Wie klein die Welt doch ist

– Emilie und Ben –

SOPHIE MAAR

Wie klein die Welt doch ist

~ Emilie und Ben ~

Roman

Impressum

Bibliografische Information der Deutschen Nationalbibliothek:
Die Deutsche Nationalbibliothek verzeichnet diese Publikation in der Deutschen Nationalbibliografie; detaillierte bibliografische Daten sind im Internet über http://dnb.d-nb.de abrufbar.

c/o AutorenServices.de, Birkenallee 24, 36037 Fulda

Herstellung und Verlag: BoD – Books on Demand, Norderstedt

ISBN: 978-3-7543-9719-0

Das Buch ist auch als E-Book erhältlich.

Zitat

Was wir brauchen, sind ein paar verrückte Leute.

Seht euch an, wohin uns die Normalen gebracht haben.

- George Bernard Shaw -

Prolog:

Die Sonne scheint hell ins Zimmer.

Schlaftrunken blinzle ich und ein Gefühl der Zufriedenheit durchströmt mich.

Das wird ein schöner Tag!

Ich greife nach links.... ins Leere.

Ist Ben etwa schon gegangen und dass nach den wunderschönen Stunden, die wir miteinander verbracht haben?

„Ben?", leise rufe ich nach ihm. Keine Antwort. Schlagartig bin ich wach!

Ich setze mich abrupt auf und schaue aus dem Zimmer nach draußen! Es ist bereits viel los da draußen.

Ich schaue mich im Zimmer um, in der Hoffnung eine Nachricht, einen kleinen Zettel oder ein Kleidungsstück von ihm zu sehen, damit mein plötzliches Gefühl der Einsamkeit nicht zur Wahrheit wird.

Aber nichts!

Die letzte Nacht war einfach fantastisch. Das dachte ich zumindest.

Ob Ben das anders sieht?

Plötzliche Kopfschmerzen lassen mich zusammenzucken und die Sonne erscheint mir viel zu hell.

„Vielleicht ist er schon nach unten gegangen, weil ich ihm zu lange geschlafen habe?", versuche ich meinem Unterbewusstsein zu suggerieren, aber das Unwohlsein bleibt.

Ich ziehe mich rasch an und eile nach unten.

Ein Kaffee wäre ganz toll. Für ein Frühstück bin ich wohl schon zu spät.

Ich hoffe, für alles andere nicht.

I.

Köln

Steuerberatungsfirma Neu, Peres & Scheu GmbH

„Emmi hast du dir überlegt, ob du es mit mir 2 Wochen aushältst?" Linda strahlt mich an.

„Süße, ich freue mich doch! Wir zwei, in der Sonne abhängend, Strand, Meer und nur heiße Spanier um uns herum!", strahle ich zurück.

„Dann lass uns heute Nachmittag ins Reisebüro gehen, ja?" Linda hüpft auf der Stelle wie ein junges Reh und tänzelt um mich herum.

Ich muss laut lachen. Sie ist ein echtes Energiebündel. Ich bin eher die Ruhigere von uns Beiden. Wir beide sind total unterschiedlich, nicht nur im Aussehen, sondern auch, wenn es um unsere Mentalität geht, sie das Energiebündel, ich die Introvertierte.

„Komm, freue dich ein bisschen!", schaut sie mich an und zieht einen Schmollmund.

„Ich freue mich doch!", versichere ich ihr mit einem Lächeln als Antwort.

„So sieht Freude bei dir aus?", knufft sie mich in die Seite.

„Aua! Die Freude kommt bei der Buchung! Bestimmt!", zwinkere ich ihr zu.

„Ich hole dich nachher ab, ja?", sagt sie und verschwindet, zu einer nicht hörbaren Melodie tanzend, aus meinem Büro. Ich schaue ihr grinsend hinterher.

Heute habe ich dermaßen viel zu tun, dass ich unsere Verabredung fast vergessen hätte. Aber auf Linda kann man sich verlassen. Zwei Stunden nach unserem Gespräch steht sie pünktlich vor meinem Schreibtisch und tritt wie ein Kindergartenkind von einem Fuß auf den anderen.

„Ich komme ja schon", versichere ich ihr ein wenig gehetzt und packe schnell meine Sachen zusammen. Innerlich muss ich grinsen.

Wäre Linda anders drauf, würde mir etwas fehlen. Seit sie auch in der gleichen Steuerberatungsfirma arbeitet wie ich, sind wir unzertrennlich. Das sind nun schon 5 Jahre. Linda entlockt mir immer wieder ein Lächeln und ist die zuverlässigste Freundin, die man sich wünschen kann.

Köln

Reisebüro „nah und fern"

„Wir möchten 2 Wochen nach Spanien", fällt Linda mit der Tür ins Haus.

„Setzen Sie sich doch bitte erst einmal!" Das Mädel vom Reisebüro lächelt und bietet uns einen Platz an.

„Ich gehe davon aus, dass Sie eine Clubanlage bevorzugen?", fragt sie, fängt aber bereits an, im Computer danach zu suchen.

Wir sehen also nach Cluburlaubern aus? Geht mir der Gedanke durch den Kopf. *Das trifft eigentlich nur auf Linda zu.*

„Das wäre es doch!", grinst meine Freundin mich da auch schon an.

„Ja, damit wäre ich auch einverstanden", versichere ich ihr nach kurzem Überlegen.

Nach 2 ½ Stunden verlassen wir das Reisebüro und haben eine zweiwöchige Urlaubsreise nach Torremolinos in Spanien gebucht.

„Cool! Party den ganzen Tag!", freut sich Linda. Mich beschleichen leise Zweifel, ob es auch das ist, was ich mir wünsche.

Ich bin eigentlich kein Party-Typ. Mir liegt es eher, auf der Liege mit einem guten Buch und einem kalten Getränk meinen Urlaub zu verbringen, vielleicht noch ein wenig Kultur und es ist ein gelungener Urlaub.

Aber es ist für mich auch der Versuch etwas aus mir herauszukommen und offener zu werden. Seit dem Tod meiner Eltern vor 2 Jahren habe ich mich in der Arbeit vergraben.

Die Beiden waren unterwegs zu einer Party bei Freunden, dabei kam ihr Auto von der Straße ab. Beide verstarben bei diesem Unfall.

Ich hatte lange Zeit keinen Lebensmut mehr. Auch meine Großmutter Anna, eine richtige Abenteurerin, die sich ganz lieb um mich bemüht hat, konnte mich mit nichts aus meinem Schneckenhaus locken. Unterschwellig habe ich die Trauer meiner Großeltern gespürt und diese nicht ertragen können.

Linda war die Einzige, die ich an mich herangelassen habe.

Linda ist eben Linda, lustig, immer gut gelaunt und für jede Ablenkung zu haben. Sie ließ mich hin und wieder meine Trauer vergessen und konnte genauso gut ganz empfindsam mit mir umgehen. Das vergesse ich ihr nie!

Köln

Innenstadt

„He! Du Nudel, worüber grübelst du schon wieder?", schaut Linda mich mit schief gelegtem Kopf an.

„Tue ich doch gar nicht!", erwidere ich.

„Ich hoffe, deine Stirnfalte kommt daher, dass du überlegst, dir einen neuen Bikini zuzulegen!", feixt sie.

„Ja, klar!", beeile ich mich zu versichern.

„Gut! Dann komm mit! Wird sofort erledigt!" Sie zieht mich mit sich.

Im Kaufhaus schleppt Linda einen Bikini nach dem anderen in die Kabine und wir probieren alle durch. Da wir fast die gleiche Größe haben, ist das einfach. Zuerst probiert Linda an, dann reicht sie den Bikini in meine Kabine, die nebenan liegt. Natürlich unterhält Linda alle Ladys, die in den anderen Kabinen stehen. So ist sie und so mag ich sie! Berührungsängste gibt es bei ihr nicht!

Unsere Ausbeute liegt bei je einem neuen Bikini und einem Badeanzug.

Ich, mit meinen blonden Haaren, habe mich für einen türkisfarbenen Badeanzug mit hohem Beinausschnitt entschieden, der meine schlanke Figur betont. Mein neuer Bikini ist weiß mit roten Blumen und gefällt mir auf Anhieb.

Linda mit ihren schwarzen langen Haaren und der schon leicht gebräunten Haut nimmt einen knallroten Badeanzug und einen Winzling an Bikini in Gelb, der bestimmt den Herren der Schöpfung das Blut in den Adern stocken lässt.

„Genauso will ich es haben!", kicherte sie, als ich sie auf die Größe ihres Bikinis anspreche.

Da muss ich auch lächeln, immer auf Angriff, meine Freundin. Linda mit ihrem herzförmigen Gesicht und dem roten Schmollmund ist eine richtige Schönheit.

Beim Anprobieren kommt dann doch Vorfreude auf und ich schiebe meine negativen Gedanken auf Seite.

Mit Linda wird es mit Sicherheit lustig und Ablenkung ist mir gewiss.

II.

Spanien

Flughafen Malaga

„Andaluz wir kommen!", ruft Linda als wir aus dem Flughafengebäude von Malaga treten.

„Hast du behalten, welchen Bus wir nehmen müssen?", fragt sie mich.

„Ja, die Nummer 39 hat die Dame von TUI gesagt", antworte ich ihr.

„Na dann los! Damit wir noch etwas von dem Tag haben", sagt sie und spurtet an mir vorbei.

Ich muss fast rennen, um ihr zu folgen.

„Hey, warst du nicht auch in unserem Flugzeug?", spricht sie einen Typ an, der in die gleiche Richtung läuft, wie wir.

„Von Köln gestartet", gibt er schmallippig zur Antwort.

„Genau! Du hast zwei Reihen vor uns gesessen", grinst sie ihn an.

Der Typ nimmt seine langen Beine in die Hand und flüchtet vor Linda.

„Warum rennt der denn so?", schmollt sie.

„Du hast es aber eilig Bekanntschaften zu machen", kann ich mir nicht verkneifen zu sagen, als der Typ weit ausholenden Schrittes davon spurtet, um Linda zu entkommen.

„Man muss jede Gelegenheit nutzen. Schließlich sind wir nur 2 Wochen hier!" Sie kneift das rechte Auge zu und lächelt mir zu, ohne in ihrem Lauf langsamer zu werden.

„Der ist doch süß. Er ist mir im Flugzeug schon aufgefallen", ist ihre Erklärung.

Ich hechele hinter ihr her. Endlich haben wir unseren Bus erreicht und ich schwöre mir innerlich beim nächsten Urlaub weniger Gepäck mitzunehmen. Im Bus dreht sich Linda auf ihrem Platz um und schaut nach hinten.

„Ach nee! Da bist du ja wieder! Vielleicht hast du ja Glück und steigst im gleichen Hotel ab wie wir!", scherzt sie mit dem jungen Mann, den sie eben schon einmal angesprochen hat.

Der brummelt etwas und schaut aus dem Fenster.

„Er hätte mir ja wenigstens eine Antwort geben können. Ich wollte ihn ja nicht gleich heiraten", flüstert sie mir zu, als sie sich wieder zu mir umdreht. Sie grinst in sich hinein.

Ich schüttle nur den Kopf und muss leise kichern. Wie zwei Teenager stecken wir die Köpfe zusammen und beratschlagen was wir später noch anstellen werden.

Andalusien

First Beach Hotel, Torremolinos

Im Hotel angekommen, checken wir ein und nehmen unsere Schlüsselkarten entgegen. Linda verabschiedet sich kurz Richtung Toiletten.

„Bitte bedienen Sie sich." Ein Kellner hält mir ein Tablett mit Gläsern entgegen. Der Saft darin schmeckt köstlich. Jetzt merke ich erst, welchen Durst ich habe.

„Maracuja-Limone", grinst mich eben dieser junge Mann an, den wir schon vom Flughafen kennen. Er ist im gleichen Hotel wie wir abgestiegen.

Da wird sich Linda aber freuen! So schießt es mir durch den Kopf.

„Lecker", gebe ich zur Antwort und schaue ihm in seine schönen Augen.

„Finde ich auch!" Er schaut mich ernst an. „Ben!"

„Wie bitte?" Ich schaue ihn irritiert an.

„Mein Name ist Ben!", sagt er und reicht mir die Hand.

„Emilie. Aber meine Freunde nennen mich Emmi", antworte ich ihm und merke, dass ich rot werde.

„Wo ist denn deine nervige Freundin?"

Dann hat Linda es doch geschafft, seine Aufmerksamkeit zu erwecken. Grinse ich innerlich.

Doch als Linda zu uns stößt, nickt mir Ben zu und dreht sich auf dem Absatz rum. *Oder auch nicht, er meint tatsächlich mich,* denke ich verwirrt.

***

Linda und ich beziehen unser Zimmer und eine halbe Stunde später sitzen wir in unseren neuen Bikinis am Hotelpool. Als ein Schatten auf uns fällt, blicken wir gleichzeitig nach oben.

„Die Damen! Heute angekommen?", fragt uns ein strohblonder Jüngling mit holländischem Akzent. „Ich bin Jimmy und für euer Vergnügen zuständig!" Er lächelt uns mit wahnsinnig weißen Zähnen an.

„Und was schlägst du da vor?", fragt Linda frech zurück.

„Wie wäre es mit Beachvolleyball in einer halben Stunde? Ich könnte noch etwas Unterstützung gebrauchen!" Er strahlt Linda an und legt seinen ganzen Charme in dieses Lächeln.

„Ich möchte erst etwas herunterkommen, Linda!", lenke ich sofort ein.

„Bist du sauer, wenn ich gehe?" Linda zieht die Nase kraus.

„Nee, mach mal!", fordere ich sie auf.

Und schon ist sie weg. Ich lächle und packe mein Buch -Ein ganzes halbes Jahr- aus.

Die Geschichte von Lou und Will habe ich mir bereits im Kino angeschaut, obwohl ich üblicherweise erst das Buch lese. Doch es ist ein Versuch wert es einmal anders herum zu probieren.

Ganz vertieft in die Geschichte bemerke ich erst nicht, dass es sich jemand neben mir bequem gemacht hat.

„So spannend?" Ich zucke zusammen. Ben sitzt auf der von Linda reservierten Liege und begutachtet scheinbar meine Beine.

„Und dir gefällt, was du siehst?", stelle ich die Gegenfrage schmunzelnd.

Manchmal kann ich echt schlagfertig sein. Verschmitzt klopfe ich mir geistig auf die Schulter.

„Ja, schon", jetzt ist es an ihm zu erröten.

Da fühlt sich jemand ertappt! Ich muss schmunzeln.

„Magst du Waffen?", fragt mich Ben.

Was für eine komische Frage? Ich schaue ihn herausfordernd an.

„Grundsätzlich nicht", antworte ich ihm wahrheitsgemäß. Diskutiert er jetzt mit mir die Problematik über den Besitz von Schusswaffen? Das Thema ist im Moment ja mehr als aktuell durch die Geschehnisse in Amerika. Darauf habe ich momentan aber wirklich keine Lust.

„In 15 Minuten findet ein Wettbewerb statt. Hast du Lust mich zu begleiten?"

„Und wir schießen mit Gewehren?", frage ich verblüfft.

„Nicht ganz. Es wird mit Pfeil und Bogen auf Scheiben geschossen!", grinst er frech.

„Aha!" Ich schaue ihn groß an!

„Oder hast du Angst gegen mich zu verlieren?"

Der Mann ist wirklich richtig frech! Aber das gefällt mir!

Ich überlege nur kurz. Warum eigentlich nicht? Lesen kann ich immer noch, außerdem weiß ich ja schon wie die Geschichte ausgeht.

***

Wir haben wirklich viel Spaß und Ben kann richtig lustig sein. Wir stellen uns hintereinander, mit noch 10 anderen Leuten, in einer Reihe auf und als Ben an der Reihe ist, schaue ich ihn mir etwas genauer an. Eigentlich stehe ich auf schwarzhaarige Männer. Aber Ben mit seiner dunkelbraunen Mähne gefällt mir wirklich gut. Er hat eine staatliche Figur und einen echten Knackhintern. Mit seinen fast 1,90 m ist er über einen Kopf größer als ich.

Er hat bemerkt, dass ich ihn taxiere und lächelt mich verschmitzt an.

Oh, wie peinlich!

Ich siege mit Abstand bei unserem Turnier und triumphiere auf dem ganzen Weg zurück zum Pool.

„Mensch, Emmi! Ich hab's ja kapiert!", tut Ben genervt und setzt hinterher: „Das war Anfängerglück und morgen erwarte ich eine Revanche!" Auweia, er hat Grübchen, wenn er lacht. Das ist nicht gut! Vor allem nicht gut für mein Seelenleben!

Als Ben sich verabschiedet, verabreden wir uns nach dem Essen zum Tanzen und ich hoffe, Linda ist deshalb nicht sauer auf mich, schließlich ist ihr Ben als erstes aufgefallen.

First Beach Hotel

Zimmer von Linda und Emilie

Ich bin schon geduscht, fertig angekleidet und bereit essen zu gehen. Da erscheint meine Freundin gut gelaunt.

„Wow, was hast du denn vor?", staunt sie. „Es steht dir sehr gut, wenn du deine Haare hochsteckst."

„Vielen Dank! Und wenn du dich jetzt ein wenig beeilst, nehme ich dich mit zum Essen", scherze ich.

„Ei ei Sir", salutiert sie vor mir. „Dann will ich mal." Sie hüpft fröhlich ins Bad und ich höre sie laut singen. Ich muss lächeln.

„Emmi, wie findest du Jimmy?", ruft sie aus dem Bad.

„Er scheint nett zu sein", antworte ich ihr.

Sie schaut um die Ecke: „Nett? Er ist eine Wucht. Hast du bemerkt, wie toll der aussieht. So was von durchtrainiert. Und diese blonden Haare! Ich finde ihn einfach süß", schwärmt sie.

Ich kann mir ein Lachen nicht verkneifen.

„Da hat wohl jemand Feuer gefangen?", frage ich sie schmunzelnd.

Soll ich ihr erzählen, dass ich mit Ben verabredet bin? Aber ich komme gar nicht dazu, weil Linda in einem fort von Jimmy, dem Strand und unserem Urlaub schwärmt. Ich verschiebe meine Beichte auf später.

„Dass wir so schnell Anschluss gefunden haben, finde ich toll!", rufe ich ihr zu.

Linda schaut um die Ecke und runzelt die Stirn: „Du auch?"

Ich grinse, sage aber nichts.

„Geheimnisse, Freundin?", grinst sie da schon wieder und verschwindet wieder im Bad.

„Nee. Erzähle ich dir gleich in Ruhe, okay?", lenke ich ein.

***

Auf der Terrasse unseres Hotels genießen wir ein köstliches Essen und wir plaudern angeregt, als Linda ganz plötzlich strahlt. Ich drehe mich um und hinter mir steht Ben.

„Hallo, die Ladys! Darf ich mich dazusetzen?", strahlt er mich an.

Linda runzelt zwar die Stirn, bejaht aber seine Frage.

Ben setzt sich unmittelbar neben mich und lächelt mich an.

„Ich glaube, mir fehlt da eine Erklärung", meint Linda stirnrunzelnd. "Irgendwie scheine ich nicht auf dem Laufenden zu sein." Linda schaut mich mit großen runden Augen an. „Ach so ist das gemeint! Dein Anschluss?" Sie kichert.

„Ich wollte dich eigentlich schon im Zimmer darüber aufklären, dass ich mit Ben zum Bogenschießen war", beginne ich eine Erklärung.

„Wie lange war ich denn weg, dass mir entgangen ist, dass ihr zwei Freundschaft geschlossen habt?"

„Lange genug", grinst Ben und reicht Linda die Hand.

Sie zögert ein wenig, greift aber dann zu und schaut Ben durch kleine Augenschlitze an: „Emmi ist meine beste Freundin und ich habe ein Auge auf dich!" Das kommt in einem solch strengen Ton, dass wir alle drei zur gleichen Zeit laut lachen müssen.

„Hier geht es lustig zu, da möchte ich mitmachen!" Jimmy stützt sich von hinten auf Lindas Schulter ab und drückt ihr einen Schmatzer auf die Wange.

„He he junger Mann, nicht so stürmisch!", falle ich in Lindas Tonlage ein und wieder müssen wir alle lachen.

Ab da sind wir als Viererbande unterwegs.

Ben und ich erkunden die Gegend, während Linda zusammen mit Jimmy sportlichen Aktivitäten nachgeht. Abends treffen wir uns zu viert zum Essen. Manchmal erscheinen noch zwei Freunde von Ben und gehen mit uns zum Tanz oder zu den Show-Vorführungen.

***

Ben ist liebenswürdig zu mir und wir verstehen uns gut. Er entspricht ziemlich genau dem Typ Mann, auf den ich abfahre. Er liegt sozusagen auf der gleichen Wellenlänge wie ich und wir können gemeinsam lachen und auch schweigen. Wir diskutieren über Geschichte. Hin und wieder gehen wir als Zuschauer zu den Sportveranstaltungen, an denen die anderen beiden teilnehmen und ich habe das Gefühl, dass Ben sich mit mir genauso wohlfühlt, wie ich mich mit ihm.

First Beach Hotel, Torremolinos

Bar

Am Abend des 5. Tages möchten Linda und Jimmy in die Stadt. Wir beide bleiben im Hotel und tanzen in der Disco.

Irgendwann schlägt Ben vor, am Strand spazieren zu gehen.

Wir haben einige Cocktails getrunken und albern ausgelassen herum.

Ganz plötzlich bleibt Ben stehen und hält mich an den Händen fest.

„Was ist los?", frage ich erschrocken.

„Nicht sprechen!" Er hält mir einen Finger an die Lippen und es wird mir ganz plötzlich heiß.

Er beugt sich zu mir herunter und küsst mich ganz zart auf den Mund. Meine Knie geben nach. Er hält mich fest und küsst mich wieder, jetzt etwas stürmischer. Er streichelt mir über den Rücken und ich höre auf zu denken. Tausend Schmetterlinge fliegen durch mein Inneres und mein Körper reagiert prompt.

Als ich nach Luft schnappe, strahlt er mich an: „Das wollte ich schon die ganze Zeit machen und ich möchte dir gestehen, dass ich kein schnelles Abenteuer suche?" Er schaut mich richtig bittend an.

„Ich ganz bestimmt auch nicht!", versichere ich ihm.

„Ich glaube, ich habe mich ihn dich verliebt", gesteht er mir und ich weiß, dass es mir auch so geht, aber ich habe Angst vor einer Enttäuschung und sage deshalb nichts. Das fasst Ben falsch auf und schaut mich enttäuscht an.

„Ich mag dich auch sehr", bekenne ich Farbe.

„Okay!", ist das Einzige, dass er darauf äußert. Ich merke, ich habe mit meiner Antwort zu lange gezögert.

„Lass uns zurückgehen", sagt er und dreht sich abrupt um.

„Ben!"

„Komm schon!"

Er geht mit riesigen Schritten voraus.

„Bitte, Ben!", rufe ich ihm verzweifelt nach. Ich fühle, wie schlimm es mir ist, dass ich ihn enttäuscht habe.

„Emmi, du musst dich nicht rechtfertigen", dreht er sich zu mir um.

Ich laufe fast in ihn hinein.

„Ben, bitte! Ich mag dich wirklich sehr. Lass uns hinsetzen und lass mich erklären, warum ich gezögert habe!", bitte ich ihn.

Er setzt sich auf die Mauer zum Strand und zeigt neben sich ohne aufzuschauen.

„Ich bin vor einigen Jahren von meinem Freund betrogen worden und dass über mehrere Monate. Er hat mich immer wieder belogen und mir versichert, dass es keine andere Frau gibt. Eines Tages stand diese vor meiner Haustür und erzählte mir freudestrahlend, dass sie von meinem Freund schwanger ist. Dieses Gefühl will ich nie nie wieder erleben", erkläre ich ihm.

„Und jetzt sind alle Männer so schlecht wie dein Ex?", fragt Ben ruppig.

„Kannst du denn nicht verstehen, dass ich Angst davor habe?", flehe ich fast.

„Lass uns schlafen gehen und morgen darüber reden, wenn du magst? Ich bin ziemlich müde." Ich sehe ihm an, dass er jetzt nicht mehr sprechen will.

„Ja, du hast recht. Lass uns morgen reden!", gebe ich enttäuscht zurück.

Ben bringt mich noch bis an die Tür und gibt mir einen Kuss auf die Wange. Aber er lächelt nicht mehr und ich habe das seltsame Gefühl, dass jetzt etwas zwischen uns steht.

Wird er sich morgen wirklich noch auf ein Gespräch einlassen?

Das sind meine wirren Gedanken beim Einschlafen.

First Beach Hotel

Zimmer von Linda und Emilie

„He du Langschläferin!" Meine Freundin ist schon putzmunter.

Schlaftrunken schiele ich nach ihr.

Linda reißt mir die Decke weg und setzt sich mit einem Plumps auf meine Bettkante.

„Manno!", knurre ich sie an.

„Hast du einen schönen Abend gehabt?", strahlt sie mich fröhlich an, unbeeindruckt von meinem mürrischen Gesicht.

„Ach Linda! Nicht wirklich." Ich setze mich auf und habe sofort ein flaues Gefühl im Magen.

„Was ist denn passiert?", fragt sie mitfühlend.

Ich erzähle ihr vom gestrigen Abend und sie lässt mich quasseln.

„Du musst heute mit ihm sprechen! Es liegt dir doch etwas an ihm, oder?" Linda schaut mich durchdringend an.

„Ja, schon. Aber ich möchte kein Urlaubsflirt sein."

„So schätze ich Ben nicht ein, Emmi", versichert mir Linda, „wenn ich sehe, wie er dich anschaut... Das spricht Bände, Liebes! Und schließlich hat er gesagt, dass er kein schnelles Abenteuer sucht, oder?" Da hat Linda recht und ich entspanne mich ein wenig.

***

Nach dem Frühstück mache ich mich auf die Suche nach Ben. Seine Kumpel erzählen mir, dass er schon früh aufgestanden ist, um zu joggen.

Ich gehe zu seinem Zimmer und klopfe an. Ich klopfe ein zweites Mal und Ben erscheint frisch geduscht, mit einem Handtuch bekleidet, an der Tür.

Was für ein Anblick!

„Hallo, Ben! Wir wollten heute miteinander sprechen oder möchtest du nicht mehr?"

„Doch, klar! Komm rein!" Er tritt zur Seite und ich betrete sein Zimmer. Wir setzen uns nebeneinander auf das schmale Sofa. Die Gefühle, die ich in seiner Nähe für ihn empfinde, so unbekleidet wie er ist, passen mir in diesem Moment überhaupt nicht.

Konzentriere dich, Emmi!

„Emmi, ich war gestern Abend enttäuscht, dass du mir nicht gleich geantwortet hast, aber ich verstehe, wenn es bei dir anders aussieht, als bei mir."

„Ben, ich habe die ganze Nacht nicht geschlafen und über uns nachgedacht. Ich habe mich auch in dich verguckt, aber ich war nicht darauf eingestellt, dass ich in diesem Urlaub jemanden finde..." Ich schlucke und weiß nicht weiter.

„Meinst du, ich hätte mir das so gewünscht. Aber nun ist es so und ich empfinde viel für dich. Ich verstehe dich ja, nachdem du mir deine Geschichte erzählt hast. Aber ich bin nicht wie dein Verflossener. Und um es gleich klarzustellen, ich suche auch keinen Urlaubsflirt." Ben schaut mich an und greift nach meinen Händen.

„Ben, wie soll es denn weitergehen, wenn der Urlaub vorbei ist?"

„Süße, Köln und Bonn sind doch fast Nachbarorte", gibt er sogleich zur Antwort und lächelt mich ganz lieb an.

„Darf ich dich küssen?" Er lächelt immer noch und ich schmelze dahin. Diese verdammten Grübchen machen mich willenlos.

Ich stehe auf und setze mich ihm auf den Schoss. Er nimmt mein Gesicht in seine Hände und küsst mich ganz zaghaft.

„Ich will keinen Druck machen, aber du hast es mir angetan. Schon auf dem Flughafen bist du mir aufgefallen. Emilie, möchtest du meine feste Freundin sein?" Er schluckt heftig.

Bei so einem altmodischen Versuch anzubändeln, kann ich nicht anders und antworte ihm strahlend: „Ja, das möchte ich." Der Knoten in meinen Innereien löst sich allmählich auf und macht Platz für eine Menge Schmetterlinge.

***

Der Rest des Urlaubs verläuft fantastisch. Wir sind unzertrennlich und Ben gibt mir das Gefühl für ihn sehr wichtig zu sein. Er ist zärtlich und bedrängt mich nicht. Er versichert mir immer wieder, dass wir Zeit haben, auch für den Sex.

III

Deutschland, Köln

Emilies Wohnung

Wieder zu Hause. Wie immer war der Urlaub viel zu schnell vorbei und so kehrt der Alltag schneller ein, als gewünscht. Linda und ich sind sofort wieder völlig im Alltagstrott gefangen.

Zwei Tage höre ich nichts von Ben und ich mache mir auch keine Gedanken, weil ich keine Zeit dazu habe.

Am dritten Tag komme ich ins Grübeln.

Wieso kommt keine Nachricht von Ben? Er könnte ja zumindest eine SMS schicken. Ich vermisse ihn, er mich scheinbar nicht.

***

Abends klingelt es an der Tür, kurz nachdem ich von der Arbeit zu Hause bin. Ich gehe davon aus, dass meine Nachbarin ein Paket für mich angenommen hat, auf das ich warte.

„Frau Wegener...", setze ich an und bin total überrumpelt, als Ben vor mir steht.

„Hallo, Emmi!" Er schaut verlegen auf seine Schuhe.

„Ben, mit dir habe ich wirklich nicht gerechnet", gestehe ich ihm erstaunt.

Das Blut rauscht sogleich in meinen Ohren. Er grinst verlegen und zeigt seine süßen Grübchen.

Die Schmetterlinge in meinem Bauch wirbeln durcheinander.

„Willst du hereinkommen?", frage ich etwas unsicher.

„Gerne! Ich muss mich bei dir entschuldigen, dass ich mich jetzt erst melde. Es war nach dem Urlaub etwas hektisch und abends war ich immer müde. Ich hoffe, du verzeihst mir?"

„Bei mir war es auch recht stressig", gebe ich zur Antwort und versuche meine aufkommende Enttäuschung runter zu schlucken.

Wir unterhalten uns eine Weile und trinken Wein. Es fühlt sich wieder an, wie im Urlaub. Wir verstehen uns gut.

Ben macht aber immer noch keine Anstalten mit mir ins Bett zu gehen. Wir schmusen und um 23 Uhr verabschiedet er sich mit der Erklärung, dass er am nächsten Tag für einige Tage verreist und daher früh raus muss.

„Ein großer Auftrag. Ich hoffe, du verstehst das?"

Er schaut mich fragend an.

„Wir sehen uns am kommenden Wochenende, ja?" Er schaut mich aufmerksam an.

„Ja klar! Ich freue mich auf dich!" Er küsst mich, streichelt mir über die Wange und geht.

Ob wir das jetzt immer so machen? Das ist nicht ganz so, wie ich es mir vorgestellt habe.

***

Jetzt sind Ben und ich schon über 2 Monate zusammen. Er besucht mich ganz unregelmäßig und bleibt auch nie über Nacht.

Linda findet das genauso merkwürdig wie ich.

„Man könnte meinen, Ben habe noch eine Familie in Bonn", spekuliert Linda als sie abends bei mir reinschaut.

„Mir ist diese Idee auch schon gekommen!", gebe ich zu.

„Besucht dich Ben am Wochenende?", fragt mich Linda.

„Nein! Er ist übers Wochenende von der Firma in Holland unterwegs und kommt erst am Dienstag zurück. Mittwoch will er bei mir vorbeischauen", beantworte ich Lindas Frage.

„Weißt du was? Wir fahren am Samstag nach Bonn und schauen mal nach, wo er wohnt. Es ist doch komisch, dass er dich nie zu sich einlädt. Und wo wir schon dabei sind. Finde ich es auch unnormal, dass er nicht mit dir in die Kiste will!"

Linda bringt es mal wieder auf den Punkt und spricht meine geheimen Gedanken aus. Ich verspüre schon intensive Gefühle für ihn, aber dank meiner konservativen Erziehung würde ich nie den ersten Schritt in diese Richtung machen.

Bonn

Vor Bens Wohnung

Linda steht pünktlich am Samstag um 10.00 Uhr vor meiner Haustür und hupt wie eine Verrückte.

„Ich komme ja schon!", rufe ich ihr entgegen, obwohl ich weiß, dass sie das im Auto nicht hört.

Im Laufen ziehe ich mir noch die Jacke an, damit Linda nicht nochmal loslegt.

„Jetzt sind alle wach", stellt sie schmunzelnd fest, als ich einsteige. „Bei diesem Wetter wäre es doch schade, wenn deine Nachbarn den Tag verschlafen würden!" Sie grinst frech übers ganze Gesicht.

„Du bist unmöglich", versuche ich sie zu tadeln, aber ein Grinsen kann ich mir nicht verkneifen, dass meine wahren Gedanken verrät und mir einen Knuff in die Seite einbringt.

Wir beide fahren in die Stadt, frühstücken in aller Ruhe und schmieden verrückte Pläne, was wir mit Ben anstellen, sollte er mich hintergehen.

Schließlich machen wir uns auf den Weg nach Bonn und suchen seine Wohnung.

In einer Wohnanlage am Rheinufer werden wir fündig. Aber Wohnanlage trifft es nicht ganz. Es handelt sich um „Wohnungen der gehobenen Klasse an exponierter Lage", so würde es wohl ein Immobilienmakler wie Ben bezeichnen. Wir schauen uns an und staunen.

„Wie stellen wir denn jetzt fest, welche seine Wohnung ist und ob er da alleine wohnt?", frage ich meine Freundin, immer noch platt, ob der tollen Lage.

Linda überlegt einen kurzen Moment und hat gleich eine Lösung parat. Sie schnappt sich die Zeitschrift, die auf der Rückbank liegt und grinst.

„Ich werde hingehen und klingeln. Wenn jemand öffnet, gebe ich mich als Zeitungsverkäuferin aus", schlägt Linda vor.

„Ich weiß nicht!" Ich bin mir unsicher, ob das eine gute Idee ist, aber eine andere habe ich im Moment auch nicht parat. Wir beschließen, dass es so gemacht wird und Linda spurtet sogleich los.

***

Linda ist bereits eine gefühlte Ewigkeit weg.

Ich sitze wie auf heißen Kohlen und es dauert fast eine Dreiviertelstunde, bis sie wieder um die Ecke biegt.

Ich steige aus und überfalle sie mit Fragen: „Hast du seine Wohnung gefunden und war er da? Ich hoffe nicht! Wohnt er dort alleine oder hat er eine Familie? Hat er mich tatsächlich belogen?"

„Langsam, langsam", lächelt mich Linda ganz mitleidig an. „Ich schlage vor, wir fahren in die Stadt und bei einem Kaffee erzähle ich dir, was ich in Erfahrung gebracht habe, okay?"

„Na gut. Gleich platze ich zwar vor Ungeduld, aber du hast recht. Lass uns hier verschwinden!"

Die ganze Zeit schaue ich mich schon hektisch um, in der Angst, Ben könnte jeden Moment um die Ecke biegen. Obwohl ich ja weiß, dass das nicht passieren kann. Aber mein schlechtes Gewissen lässt mich paranoid werden.

Bonn

Innenstadt

Es dauert ewig bis wir einen Parkplatz finden. Die Stadt ist voller Menschen, dementsprechend schlecht sieht es mit Parkmöglichkeiten aus. Ich halte es kaum aus und rutsche auf meinem Sitz herum. Linda schaut ab und zu mit verschmitztem Gesicht nach mir, aber sie bleibt hart und vertröstet mich.

Endlich kommen wir im Café an und nachdem wir unsere Bestellung bei der Kellnerin aufgegeben haben, halte ich es nicht mehr aus.

„Jetzt sprich endlich!" Mit strenger Miene schaue ich sie an.

Linda schaut mich eine Weile an und holt dann theatralisch tief Luft. Das kann sie, sich in Szene setzen. Aber im Moment habe ich dafür kein Verständnis.

„Emmi, es ist ganz anders als wir vermutet haben!" Linda schaut mich an, redet aber nicht weiter und macht mich dadurch noch nervöser.

Sie atmet tief ein und wieder aus und beginnt mit ihrer Erzählung. „Ich habe im 2. Stock geklingelt, nachdem im 1. Stockwerk niemand öffnete und war prompt bei der richtigen Wohnung. Diese ist fantastisch. Riesengroß und super chic eingerichtet. Da würde ich sofort einziehen."

„Linda, du weißt, dass mich das nicht interessiert. Quäle mich nicht so." Ich schließe genervt die Augen.

„Also, um es vorweg zu nehmen, er wohnt nicht alleine dort." Endlich wird sie deutlicher.

„Ich habe es geahnt. Er hat eine Familie!", mutmaße ich niedergeschlagen.

„Nein, jedenfalls nicht in dem Sinne, wie du jetzt denkst."

„Sondern?" Ich zeige ihr, dass meine Geduld ziemlich am Ende angelangt ist und ziehe genervt meine Augenbrauen nach oben.

Ich verstehe nichts mehr.

Nicht wie ich es verstehe. Was meint sie nur?

„Emmi, er wohnt dort mit seiner Schwester", erklärt Linda mir daraufhin mit.

Ich bin verwirrt.

„Ein erwachsener Mann wohnt mit seiner Schwester in einer Wohnung? Ist das nicht seltsam?" Ich schaue sie spannungsgeladen an.

„Nein! Nicht, wenn die Schwester behindert ist und alleine nicht klarkommt."

„Wie? Behindert?", frage ich sie entsetzt.

„Sie ist gehbehindert und sitzt im Rollstuhl. Ich habe mit ihr geredet. Deshalb hat es auch etwas länger gedauert. Sie hat mir eine Zeitung abgekauft und ich hätte ihr glatt ein Abo andrehen können."

„Linda, du hast kein Zeitungs-Abo zu verkaufen", hole ich sie auf den Boden der Tatsachen zurück.

„Das weiß ich doch. Aber ich denke wirklich, dass Mona nicht alleine bleiben kann. Sie ist sehr nett und sie war richtig froh, dass ich kam. Das bedeutete ein wenig Ablenkung für sie."

„Eine Schwester", überlege ich laut.

„Und noch was. Sie hat mir erzählt, dass sie seit einem Autounfall gehbehindert ist. Früher war sie Tänzerin und um so schwerer fällt es ihr, die Tatsache zu akzeptieren, dass sie jetzt auf einen Rollstuhl angewiesen ist."

„Oh, die Arme", bemitleide ich Bens Schwester unbekannter Weise. „Aber warum hat er mir das denn nicht erzählt?"

„Das musst du ihn fragen. Aber dann verrätst du ihm natürlich, dass wir hier waren und wer weiß, wie er darauf reagiert!"

Da hat Linda recht. Ich werde warten müssen, bis Ben mir von sich aus von seiner Schwester erzählt.

Köln

Emilies Wohnung

Mittwochabend. Ich habe mich besonders hübsch gemacht.

„Hallo Süße", empfängt mich Ben, als ich die Tür öffne.

Ich nehme ihn am Kragen und ziehe ihn an mich, küsse ihn, bis er lachend um Erbarmen fleht.

„Du scheinst mich ja sehr vermisst zu haben", strahlt er mich an.

„Und wie! Ich habe für uns gekocht und dachte, wir verbringen einen gemütlichen Abend hier bei mir", schlage ich ihm vor.

„Ja, das ist eine gute Idee. Ich bin auch zu müde zum Ausgehen."

Wir essen gemeinsam und Ben erzählt mir von seiner Woche und den nervigen Kunden, die er besucht hat. Dann machen wir es uns auf dem Sofa gemütlich und ich kuschele mich an ihn.

Er streichelt meinen Arm und küsst mich auf die Schläfe.

Ich wage einen Vorstoß.

„Bist du gerne hier bei mir?" Ich schaue ihn von unten herauf an.

„Ja klar! Warum fragst du?" Er streichelt mir abermals über den Arm.

„Ich wäre auch bereit, dich bei dir zu Hause zu besuchen", antworte ich ihm.

„Okay, das können wir gerne mal machen. Aber es macht mir nichts aus, zu dir nach Köln zu kommen!"

Ich lasse nicht lockern.

„Dann komme ich nächstes Mal zu dir und schau mir mal an, wie du so wohnst, ja?" Ich schaue ihm ins Gesicht.

Er windet sich und ich würde ihm so gerne helfen. Daher lenke ich ein und küsse ihn. Ich fühle, er ist nicht bei der Sache und weicht mir aus.

„Was ist los?", frage ich ihn, „hast du ein Geheimnis, dass ich nicht wissen darf?", versuche ich zu scherzen.

„Wieso sollte ich ein Geheimnis haben?" Jetzt ist er verärgert. „Ich habe dir doch schon gesagt, dass ich ziemlich müde bin. Verstehst du das denn nicht?", meckert er.

„Bitte nicht sauer sein. Ich habe nur versucht dich zu foppen." Ich lasse das Thema im Moment besser ruhen. Irgendwann wird er mir schon reinen Wein einschenken! Da bin ich mir sicher. Ich verstehe allerdings nicht, wieso er um seine Schwester so ein Geheimnis macht. Das sage ich ihm natürlich nicht.

„Emmi, ich werde jetzt nach Hause fahren", signalisiert er mir.

„Ach bleib doch! Ich würde morgen gerne mit dir frühstücken!"

„Ich habe morgen noch andere Pläne. Nicht sauer sein! Ich komme morgen Nachmittag zurück und vielleicht kann ich es einrichten und über Nacht bleiben. Okay?" Er schaut mich verzeihend an.

„Ja gut. Dann machen wir morgen etwas Schönes zusammen", schlage ich ihm vor.

Er küsst mich leicht auf den Mund und schnappt sich seine Jacke. Schon ist er zur Tür hinaus.

Das sah nach Flucht aus! Der Gedanke kommt mir sofort in den Sinn.

Ich bin deprimiert und überlege verzweifelt, wie ich ihm beibringen kann, dass ich weiß, was mit ihm los ist, weshalb er nach Hause muss, und dass er sich keine Sorgen zu machen braucht, wenn er es mir erzählt.

Aber Ben wird mir nicht verzeihen, wenn er erfährt, dass ich ihm nachspioniert habe.

***

Als ich aufwache, mag ich noch nicht aufstehen und kuschele mich in meine warme Bettdecke, da klingelt es an der Haustür. Linda steht davor und strahlt über das ganze Gesicht.

„Was ist passiert?", frage ich sie. Ich gehe in die Küche und Linda folgt mir auf den Fuß.

„Stell dir vor, Jimmy hat mich heute Morgen angerufen und er will mich besuchen. Ich bin so happy!", ruft sie und dreht sich einmal um sich selbst. Dann springt sie mir an den Hals und küsst mich auf die Wange. „Heute Nachmittag landet er bereits und ich werde ihn am Flughafen abholen!" Sie hüpft vor mir herum wie ein Flummi.

„Das freut mich so für dich, Liebes", versichere ich ihr genauso erfreut, aber mein Gesicht verrät mich.

„Du bist traurig", stellt sie fest. „Was ist los, Emmi?"

„Ach, Linda. Ben war gestern Abend hier und ich habe ihm vorgeschlagen, dass ich ihn in seiner Wohnung besuche. Er hat abgelenkt und ist dann auch schnell wieder gegangen. Ich weiß mir keinen Rat mehr!" Ich bin verzweifelt und Linda versteht das. Sie nimmt mich in den Arm. Es war mir bisher nicht klar, dass es mich dermaßen mitnimmt, aber ich muss schlurzen und ein paar Tränchen kullern mir über die Wangen.

„Ach Emmi, weine doch nicht! Sonst muss ich auch weinen! Wir müssen uns eine Lösung überlegen, wie wir Ben aus seinem Schneckenhaus locken können!" Ich bin so froh, dass ich Linda habe.

Sie kocht uns Kaffee und als ich mich ein wenig beruhigt habe, versichere ich ihr: „Ich bin so egoistisch. Jetzt habe ich dir deine Überraschung vermiest. Ich freue mich sehr für dich, dass Jimmy sich gemeldet hat. Meinst du, aus euch kann ein Paar werden?"

„Ich wäre bereit dazu. Und ich werde Jimmy ganz klar fragen, ob er das auch möchte!" Sie schmunzelt.

„Ich drücke dir die Daumen. Ihr zwei passt gut zusammen!" Das meine ich ehrlich!

„Meinst du wirklich? Ich finde ihn schon klasse. Ist dir aufgefallen, was für einen tollen Body er hat und er ist witzig und sportlich und kann sehr liebevoll sein."

Ich muss lächeln.

„Was?" Linda zieht die Stirn kraus.

„Du musst mich nicht überzeugen", grinse ich sie an.

Da muss Linda auch lachen.

„Gehst du mit mir zum Joggen?", fragt sie da.

„Was? Jetzt?", erschrecke ich mich.

„Warum nicht jetzt?", kontert sie.

„Ben kommt doch nachher zu mir und ich möchte vorher noch etwas aufräumen", ist meine lahme Erklärung.

„Okay, dann lauf ich alleine los", schmollt sie. Ich sehe aber, dass es nur gespielt ist.

Sie verabschiedet sich und wünscht mir viel Glück für den heutigen Tag und vielleicht... Nacht? Sie zwinkert mir zu und ist schon aus der Tür.

***

Als Ben etwas später anruft, habe ich sofort ein seltsames Gefühl.

„Emilie, ich komme erst gegen Abend. Ich muss unbedingt noch etwas erledigen. Aber ich beeile mich! Versprochen!"

„Wann kann ich denn ungefähr mit dir rechnen?", frage ich ihn eingeschnappt.

„Etwa gegen 18.00 Uhr", kommt es kleinlaut aus dem Hörer.

„Dann koche ich uns etwas Leckeres und soll ich einen Wein kaltstellen?", möchte ich wissen.

„Wäre auch ein Bier drin?", lautet seine Gegenfrage und ich sehe ihn vor mir, wie er schon wieder frech grinst.

„Gerade noch so", versichere ich ihm lächelnd.

„Süße!"

„Ja?"

„Ich habe dich lieb. Denk daran!"

„Das tue ich! Ben?"

„Ja?"

„Ich habe dich auch lieb!" Ich spüre, dass er erneut lächelt.

***

Punkt 18.00 Uhr klingelt Ben an meiner Tür.

Er hat einen riesigen Strauß bunter Blumen dabei und streckt ihn mir mit beiden Händen entgegen. Sein Strahlen ist noch leuchtender als der Blumenstrauß.

Ich nehme die Blumen entgegen und küsse ihn auf die Wange.

„Komm doch rein. Das Essen braucht noch ein bisschen. Aber das Bier steht kalt. Bediene dich, bitte!"

Er folgt mir in die Küche und nachdem ich eine Vase für den Riesenstrauß gefunden habe, packt er mich von hinten um die Hüfte und flüstert mir ins Ohr: „Kann ich heute Nacht bei dir bleiben?"

Ich drehe mich um und küsse ihn leidenschaftlich auf den Mund. Er erwidert meinen Kuss und kurz darauf liegen wir auf meinem Bett.

Wie sind wir denn hierhin gekommen? Blitzt es in meinem Kopf auf, aber gleich darauf, ist es mir schon egal, denn endlich wird das wahr, wovon ich schon eine kleine Ewigkeit träume! Ich kann es kaum erwarten und das Kribbeln verbreite sich in meinem ganzen Körper.

Ben streichelt mir zärtlich über die Wange, küsst mich auf den Hals, mein Dekolleté, den Brustansatz... und ich vibriere innerlich. Darauf warte ich schon so lange.

Es ist schon verdammt lange her, dass ich einen Mann in meinem Bett hatte und es mischt sich plötzlich ein wenig Angst in meine Vorfreude.

Ben ist der zärtlichste Liebhaber, den ich mir vorstellen kann. Er achtet sehr darauf, was mir gefällt und auf was ich reagiere.

Wir haben eine fantastische Nacht zusammen, genauso, wie ich es mir in meinen Träumen vorgestellt habe. Ben ist einfühlsam, liebevoll und zärtlich. Er streichelt mich eine kleine Ewigkeit von meinen Wangen über meinen Hals, fährt mit seinem Zeigefinger über meinen Kehlkopf, meinen Brustansatz. Ich strecke mich ihm entgegen, aber er beschleunigt sein Tempo nicht. Zwischen meinen Brüsten hält er einige Sekunden an, um dann über meinen Bauch zu meinem Dreieck zu gelangen. Ich halte es fast nicht mehr aus und stöhne laut. Er schaut mir ins Gesicht und lächelt. Jetzt übernehme ich die Regie und knöpfe ihm das Hemd auf. Ich ahnte bereits, dass Ben gut gebaut ist, aber die Realität sieht noch besser aus. Breite Schulter, einen Waschbrettbauch und braun gebrannt, einfach klasse! Da ich liege, fällt es mir schwer, ihm sein Hemd auszuziehen, außerdem bin ich total aufgeregt und verhaspele mich. Daher hilft mir Ben lächelnd und zieht sich aus. Wow! Was sich mir da bietet, ist enorm und ich halte es kaum aus, bis er endlich zu mir kommt. Aber Ben will mich scheinbar leiden sehen. Er küsst mich leidenschaftlich auf den Mund, während er mir mein Höschen auszieht und mich dort streichelt.

„Ich halte es nicht mehr aus! Bitte, bitte komm zu mir", flehe ich ihn zwischen zwei Küssen an.

Er schaut mir tief in die Augen. Seine Pupillen werden ganz dunkel und ich merke, dass es ihm ebenso ergeht, wie mir.

Mit einem lauten Stöhnen dringt er in mich ein und ich gebe einen spitzen Schrei von mir. Jetzt kann er sich nicht mehr zurücknehmen. Während er mit schnellen Stößen in mich eindringt, knetet er meine Brust und küsst mich unentwegt.

Als wir fast gleichzeitig kommen, treten mir Tränen in die Augen.

„Schatz, was ist mit dir?", will er erschrocken wissen.

Stammeln gestehe ich ihm: „So etwas habe ich noch nie erlebt. Ich glaube, ich liebe dich!" Erleichtert streichelt er mir über die Wange und küsst mich ganz zart auf den Mund. Löffelchen liegend schlafen wir ein.

Am Morgen werde ich wach und rieche Kaffee.

Da erscheint er auch schon mit einem Tablett in der Tür.

„Den Topf mit der braunen Masse, der auf dem Herd steht, kannst du im Müll entsorgen", grinst er mir entgegen.

„Ach, Mist! Das Gemüse stand noch auf dem Herd. Wenigstens hatte ich den Herd ausgeschaltet." Ich habe das Essen komplett vergessen.

„Wie wäre es mit Frühstück?", fragt er mich.

„Bombenidee! Ich habe einen Riesenhunger", sagt ich und schnappe mir ein Croissant.

„Ben, darf ich dich etwas fragen?", presche ich vor.

„Klar doch. Schieß los!" Noch lächelt er.

„Warum möchtest du nicht, dass ich dich in deiner Wohnung besuche? Und wieso hast du jetzt erst Lust auf mich gehabt? Ich bin auch nicht für eine schnelle Nummer, aber wir kennen uns nun schon eine ganze Weile!"

Er schaut auf die Bettdecke und ich habe das Gefühl, er muss sich sammeln. Einen kurzen Augenblick denke ich, gleich läuft er aus dem Zimmer.

„Am frühen Morgen willst du schon eine solche Diskussion anfangen?", stellt er die Gegenfrage.

„Na gut, wenn du jetzt nicht antworten willst, dann eben ein anderes Mal. Aber ich hätte doch gerne irgendwann eine Antwort!"

„Okay, warum aufschieben. Ich muss dir etwas beichten", fängt er an und ich setze mich, in Erwartung dessen, was jetzt kommt, aufrecht hin.

Was muss er beichten? Fährt es mir ängstlich durch den Kopf.

„Emmi, ich lebe nicht allein!"

Ich muss mich zügeln nicht hervor zu preschen, mit: *Das weiß ich doch längst!*

„Meine Schwester Mona lebt bei mir", teilt er mir, mitten in meine Überlegungen hinein, mit.

„Wie alt ist deine Schwester denn?", möchte ich von ihm wissen.

„Sie ist 8 Jahre jünger als ich. Gestern hatte sie Geburtstag und ist 28 Jahre alt geworden."

Er lächelt.

„Dann sind wir gleich alt", stelle ich fest. „Du liebst sie sehr, oder?"

„Wie kommst du denn darauf?", fragt er erstaunt.

„Du lächelst, wenn du von ihr sprichst", stelle ich fest.

„Ja, sie ist eine ganz liebe Person und bis vor ca. 2 Jahren war sie ein richtiger Sonnenschein. Dann hatte sie einen Unfall und seither ist sie öfters nicht so gut gelaunt", sagt er mehr zu sich selbst und verfällt ins Grübeln.

„Was für einen Unfall hatte deine Schwester?", hole ich ihn aus seinen Gedanken.

„Es war ein Autounfall", kommt gepresst über seine Lippen.

„Geht es ihr denn sonst soweit gut?", will ich von ihm wissen.

„So kann man ihren Zustand nicht bezeichnen." Er presst die Lippen fest aufeinander, sodass ich ihm ansehe, wie schwer es ihm fällt, darüber zu reden.

„Was ist denn mit ihr?", frage ich ihn, obwohl ich die Antwort bereits kenne. Eigentlich möchte ich ihn nicht mit weiteren

Fragen quälen, aber jetzt haben wir mit dem Thema begonnen und ich möchte es zu einem Abschluss bringen.

„Sie hat eine Rückenmarksverletzung und sitzt seitdem im Rollstuhl. Sie war Balletttänzerin und sehr gut darin. Du kannst dir vorstellen, wie schwer es für sie ist, dass sie nicht mehr tanzen kann und noch nicht mal mehr laufen."

„Die Arme", bedauere ich seine Schwester.

„Das mag sie gar nicht!" Ben schaut mich jetzt direkt an.

„Was mag sie nicht?" Ich verstehe ihn nicht.

„Sie mag es nicht bedauert zu werden", antwortet er mir.

„Oh, okay." Etwas Anderes fällt mir dazu nicht ein.

„Werde ich sie kennenlernen?", frage ich ihn direkt.

„Natürlich", kommt es etwas zögerlich.

„Und du kümmerst dich nun um deine Schwester?", frage ich ihn und ich hätte es bei der Frage belassen sollen, stelle aber gleichzeitig noch eine: „Was ist denn mit deinen Eltern? Kümmern sie sich nicht um sie?"

Ich habe eindeutig das falsche Thema angesprochen.

„Über die möchte ich nicht sprechen!" Er dreht sich um und verlässt das Zimmer.

Ich springe aus meinem Bett und laufe ihm hinterher.

„Entschuldige bitte", versuche ich einzulenken.

„Schon gut! Aber lass uns heute etwas gemeinsam machen", lenkt er vom eigentlichen Thema ab und mir ist klar, dass ich es darauf beruhen lassen muss. Fürs Erste!

„Was schwebt dir vor?", frage ich daher zurück, froh darüber, dass er nicht wegläuft.

Er kommt auf mich zu und schaut mir lange ins Gesicht. Dann küsst er mich stürmisch und hebt mich hoch. Den Rest des Tages verbringen wir im Bett. Es ist schön mit ihm.

Wir schmusen, reden, aber nur über belanglose Dinge. Seine Eltern sind kein Thema mehr. Ich lasse ihm Zeit. Vielleicht erzählt er es mir irgendwann von selbst.

„Ach ja, da war doch noch etwas. Du wolltest doch wissen, warum ich so lange gewartet habe, dich ins Bett zu bekommen."

„Ha, du tust gerade so, als hätte ich mich mit Händen und Füßen gewehrt", empöre ich mich im Spaß.

„Quatsch! Aber im Ernst. Ich musste mir über einige Dinge klarwerden. Ich hatte vor dem Urlaub noch eine Beziehung mit einer Frau, die ich schon seit den Kindertagen kenne. Es war schon länger nichts Hundertprozentiges mehr. Aber so richtig Schluss gemacht hatten wir auch nicht. Und da ich in dieser Hinsicht nicht unbedingt der Mutigste bin, hat es etwas gedauert, bis ich mit Lena richtig Schluss gemacht habe. Ich wollte die Geschichte aber abgehakt haben, bevor wir zwei ..." Er schaut mich entschuldigend an, zieht den Mund kraus und beendet den Satz nicht.

Noch jemand, der so altmodisch denkt, wie ich, fällt mir auf und ich muss lächeln.

Obwohl ich die letzte Nacht davon nichts gemerkt habe, geht es mir, immer noch lächelnd, durch den Kopf. Da fällt mir etwas ein und ich muss ihm sofort die dazugehörige Frage stellen: „Das heißt ja, dass du mit mir geflirtet hast und noch eine Freundin hattest?", will ich von ihm wissen.

„Wenn du es so nennen willst! Aber ich konnte dich doch nicht entwischen lassen!", grinst er mich frech an.

Ich sehe seine Grübchen und schon habe ich ihm verziehen. Er macht mich schwach, wenn er versucht frech zu sein.

Aber es ehrt ihn, dass er mir so ehrlich geantwortet hat.

Ich erzähle ihm davon, dass Jimmy Linda besucht.

„Ist es eine ernste Sache zwischen den beiden?", will Ben wissen.

„Ich denke, Linda hätte nichts dagegen. Wie es bei Jimmy aussieht, weiß ich nicht, aber er besucht sie schließlich."

„Sollen wir etwas mit den Beiden unternehmen?", schlägt Ben vor.

„Ich würde viel lieber deiner Schwester guten Tag sagen. Vielleicht könnten wir etwas mit ihr unternehmen?", lautet mein Gegenvorschlag.

„Du gibst ja doch keine Ruhe. Ich rufe Mona an!"

Er schwingt sich mit einem Satz aus dem Bett und kehrt mir dabei seine herrliche Rückansicht zu. Aber nur kurz denn er verlässt das Zimmer und ich höre ihn in der Küche telefonieren.

Als er zurückkommt, macht er ein langes Gesicht.

„Hat sie keine Lust auf uns?", frage ich ihn.

„Sie ist an manchen Tagen nicht gut gelaunt. Heute ist so ein Tag. Der Geburtstag gestern war vielleicht auch etwas viel für sie. Es war nur eine ganz kleine Feier, aber an solchen Tagen ist Mona oft deprimiert. Deshalb müssen wir ein Treffen verschieben. Wie wäre es mit Kino?", hat er sofort einen Vorschlag parat.

„Keine schlechte Idee, obwohl ich mir denken kann, warum du das vorschlägst", lasse ich ihn wissen, dass mir seine Hintergedanken klar sind. Er grinst frech: „Was du nur von mir denkst!" Kichernd nimmt er mich in seine Arme.

„Am Rhein geben die Höhner heute ein Konzert. Darauf hätte ich Lust! Was meinst du dazu?", schaue ich ihn erwartungsvoll an.

„Ja, dann machen wir das", freut er sich, „obwohl knutschen im Kino wäre eine Alternative gewesen", feixt er.

Er kann es nicht lassen. Zum Schein tue ich empört. Er ist in dem Moment so stolz auf sich, als hätte er etwas tolles Neues erfunden. *Männer!*

Ich rufe Linda dann doch noch an. Sie und Jimmy kommen natürlich mit zum Konzert.

Köln

Tanzbrunnen

Es wird ein richtig lustiger Abend. Wir lachen, scherzen und singen lauthals jedes Lied mit, dass gespielt wird.

Auf dem Nachhauseweg hakt sich Jimmy plötzlich bei mir ein.

„Emmi, ich muss dich mal etwas fragen." Er schaut mich von der Seite her an und blickt dabei ganz ernst.

Er macht es aber spannend! Automatisch geht mir das durch den Kopf, als er eine lange Pause macht, bevor er zu sprechen beginnt.

„Ja, Linda mag dich auch", antworte ich ihm, obwohl er noch keine Frage gestellt hat.

Er lacht und Linda schießt von hinten auf uns zu.

„Habt ihr zwei Geheimnisse?", fragt sie.

„Ja, klar. Ich wollte Emmi um ihre Hand anhalten, aber sie hat ja keine Chance mir zu antworten", entgegnet ihr Jimmy prompt.

„Dann werden Ben und ich euch mal allein ziehen lassen", sagt es, kichert und dreht sich zu Ben um.

Als die anderen beiden etwas Abstand zu uns haben, beginnt Jimmy von vorn: „Also, nochmal. Kannst du mir verraten, ob Linda bereit wäre, mit mir nach Spanien zu kommen?"

Ich staune nicht schlecht, aber ich sehe auch, dass es ihm ernst ist.

„Das kann ich dir nicht beantworten. Du musst Linda schon selbst fragen. Mir würde es zwar sehr leidtun, wenn es dazu käme, aber wenn es euer Glück ist, dann soll es wohl so sein. Ich wünsche euch auf jeden Fall alles Glück der Welt."

„Das ist lieb von dir", Jimmy drückt meinen Arm. „Dann gehe ich mal wieder zu meinem Schatz. Ben schaut schon misstrauisch. Ihr zwei seid glücklich?", fragt er mich.

„Ja, sehr sogar", gebe ich ihm wahrheitsgemäß zur Antwort.

Linda versucht den ganzen Weg über herauszubekommen, was wir zwei besprochen haben, aber wir halten dich. Linda hat recht mit ihrer Feststellung, dass Jimmy süß aussieht, wenn er so verschmitzt schaut. Er freut sich wie ein Kind, dass seine Freundin so vorwitzig ist und er ein Geheimnis hat, das er ihr über kurz oder lang doch verraten wird.

Köln

Emilies Wohnung

Als wir in meiner Wohnung ankommen, will Ben ebenfalls wissen, was das Thema zwischen Jimmy und mir war.

„Jimmy möchte Linda mit nach Spanien nehmen", antworte ich ihm mit zusammengekniffenen Lippen.

„Echt? Das ist doch toll, oder etwa nicht?" Er schaut mich gespannt an.

„Finde ich nicht. Ich werde sie furchtbar vermissen. Aber ich gönne es den Beiden natürlich auch. Ich finde, sie passen gut zusammen."

„Ach mein Schatz. Du hast ja jetzt mich", lächelt er mich an und drückt mich fest an sich.

Der Mann hat etwas Magisches. Sobald ich ihm näherkomme und ihn rieche, flattern hunderte von Schmetterlingen in meinem Bauch herum und meine Knie geben sofort nach.

***

Um 9.00 Uhr am nächsten Morgen klingelt das Telefon. Verschlafen torkele ich in die Küche und nehme mein Handy vom Tisch.

„Ich wandere aus!", schreit mir jemand entgegen.

„Was?" Ich bin noch gar nicht richtig wach.

Ben kommt um die Ecke, ganz verschlafen und grummelt: „Was ist denn los? Wer wirft uns denn am Sonntag so früh aus den Federn?"

„Ich denke, es ist Linda", antworte ich ihm.

„Rede mit mir", brüllt mich der Telefonhörer an.

„Linda, schrei nicht so. Ich bin nicht schwerhörig." Aber ehrlich gesagt, entlockt mir diese Art von Linda mal wieder ein Lächeln. Sie ist einmalig, immer präsent, manchmal laut, nimmt sich nie zurück. Ich stelle immer mal wieder fest, wie unterschiedlich wir doch sind und es eigentlich an ein kleines Wunder grenzt, dass wir uns schon so lange so gut verstehen.

„Ich gehe mit Jimmy nach Spanien! Morgen werde ich kündigen! Ich wollte schon lange etwas Neues machen. Das ist meine Chance. Und mit Jimmy zusammenleben... das ist doch einfach fantastisch...", sie ist nicht zu stoppen.

„Linda! Linda! Hol mal Luft! Ich weiß es doch schon!"

Plötzlich eine ungewohnte Stille am anderen Ende.

„Gib zu. Das habt ihr zwei gestern Abend ausgeheckt", empört sie sich. „Und du hast mir nichts gesagt!"

„Ja. Jimmy hat mich gefragt, ob es eine gute Idee ist", gebe ich kleinlaut zurück.

„Und was hast du gesagt?", fragt sie vorsichtig.

„Für dich freue ich mich, aber ich bin traurig. Ich werde dich unheimlich vermissen", gebe ich wahrheitsgemäß zu.

Ich muss schniefen.

„Oh Süße, soll ich zu dir herüberkommen?", fragt Linda.

„Musst du nicht. Ben ist hier!"

„Aha!", kommt es laut aus dem Hörer.

„Dann sehen wir uns die Woche, ja?", fragt Linda.

„Ja, das hoffe ich doch. Grüß mir Jimmy", bitte ich sie.

„Mach ich! Lieb dich!" Meine Antwort hört sie schon nicht mehr, weil sie aufgelegt hat. Typisch Linda! Verloren stehe ich noch eine Weile mit dem Hörer in der Hand auf der gleichen Stelle.

„Komm zu mir!" Ben sitzt auf dem Sofa und lächelt verständnisvoll.

Ich kuschele mich an ihn und bin froh, ihn bei mir zu haben.

Bonn

Mona und Bens Wohnung

Diese Woche geht schnell für mich vorbei.

Ich habe nämlich ein Date mit Ben und seiner Schwester. Ich freue mich darauf, Mona kennenzulernen.

Freitagnachmittag fahre ich nach der Arbeit zuerst in die Wohnung, ziehe mir ein schickes Sommerkleid an, packe einige Dinge ein und mache mich auf den Weg nach Bonn.

An der Tür empfängt mich Ben mit einem Lächeln.

„Hallo Emmi, hast du gut hergefunden?", fragt er.

Ich kann natürlich nicht zugeben, dass ich schon einmal hier war. Das wird wohl mein und Lindas Geheimnis bleiben. Also entgegne ich ihm: „Ja, war ganz einfach durch deine Beschreibung. Schön wohnt ihr hier", bemühe ich mich ihm zu versichern. Ich bin ziemlich aufgeregt.

„Komm doch rein", bittet er mich in seine Wohnung. Er scheint genauso nervös zu sein, wie ich.

„Mona!", ruft er in die Wohnung hinein. Da kommt sie auch schon mit einem elektrischen Rollstuhl angefahren. Sie ist sehr hübsch. Die gleichen dunkelblonden Haare wie Ben. Aber ihre Figur ist klein und zierlich, sie wirkt fast schon zerbrechlich.

„Hallo, Emilie!", begrüßt sie mich freundlich.

„Mona, schön dich endlich kennenzulernen!"

Ich überreiche ihr den Strauß Sommerblumen, den ich für sie besorgt habe.

„Der ist ja wunderschön!" Sie scheint sich ehrlich zu freuen.

„Lasst uns Kaffee trinken", fordert uns Ben auf.

Linda hat nicht übertrieben. Die Wohnung ist riesengroß und ganz modern eingerichtet.

Allein die Möbel aus Naturholz sehen richtig teuer aus.

Bens Job als Immobilienmakler scheint ordentlich Geld zu bringen.

„Ihr habt es richtig schön hier", gebe ich ehrlich zu.

„Danke. Ben ist für die Einrichtung verantwortlich. Die Wohnung gehört mir und ich gebe ihm nur Exil". Mona grinst frech.

„Na du! Jetzt denkt Emmi ich sei mittellos und von dir abhängig, Schwesterherz", feixt Ben.

Die zwei haben einen guten Draht zueinander, das merkt man sofort.

„Ich nehme dich auch, wenn du mittellos bist", stimme ich in den Tonfall ein, den die beiden angeschlagen haben.

Scheinbar war das falsch von mir, denn Ben lenkt sofort ab und fragt mich, ob ich noch Kaffee möchte, obwohl meine Tasse noch fast voll ist.

„Was arbeitest du denn?", fragt mich Mona gleich darauf.

„Ich bin Sekretärin in einer Steuerberatungsfirma. Es macht Spaß dort zu arbeiten, aber manchmal ist der Chef etwas anstrengend", plappere ich drauf los.

„Inwiefern?", will Mona wissen.

„Er ist manchmal etwas jähzornig. Man muss wissen, wie man mit ihm umgeht", erkläre ich ihr.

„Und das weißt du?", fragt sie weiter. Ich nicke und nachdem ich den Schluck Kaffee, den ich gerade getrunken habe, hinuntergeschluckt habe, will ich antworten, aber Mona ist schneller.

„Das hört sich aber nicht so toll an", meint sie.

„Ach, halb so schlimm. Die Arbeit macht Spaß und ich verdiene ganz ordentlich", versichere ich ihr.

„Ich illustriere Kinderbücher. Im Moment bin ich an meinem dritten Buch. Seit dem Unfall kann ich ja nicht mehr tanzen und die Hoffnung, dass es irgendwann wieder klappt, habe ich mittlerweile aufgegeben." Sie sagt es, aber ohne jede Spur von Ärger.

Mir fällt Bens Erklärung wieder ein, dass Mona kein Mitleid mag und nehme mir vor, darauf zu achten.

„Macht das Illustrieren Spaß?", frage ich sie daher.

„Ja. Ich habe schon immer gerne gemalt und ich liebe Kinder. Aber selbst werde ich wohl keine bekommen!"

Schon ist die Situation da und ich weiß nicht, was ich jetzt äußern soll? Ben rettet mich, indem er das Thema umlenkt: „Mona, erzähle Emmi doch von deinem Tanzkurs, den du leitest."

„Ach nein. Das ist doch nichts Besonderes." Sie lenkt ab.

Ich bin irritiert. *Wie soll denn das gehen? Sie kann ihre Beine doch nicht bewegen!*

„Jetzt schaust du total verwirrt", lächelt sie mich an.

„Ich stelle mir gerade vor, wie du das machst", erkläre ich wahrheitsgemäß.

„Warum soll ich dir das lange erklären. Besuche mich einfach mal. Vielleicht findest du ja Gefallen daran. Und es ist kein Tanzkurs, Ben. Das habe ich dir schon mal erklärt. Es handelt sich um Kundalini-Yoga für behinderte und nicht behinderte Menschen. Unsere Gruppe ist mittlerweile auf 20 Personen angestiegen, sodass wir eine zweite Gruppe begonnen haben."

Ich höre den Stolz aus ihrer Stimme.

„Ich finde es bemerkenswert, dass du so einen Kurs leitest. Ich bin bisher immer zu faul gewesen in einen Kurs zu gehen, obwohl ich schon öfter darüber nachgedacht habe."

„Dann wird es höchste Zeit, dass du es mal ausprobierst", lächelt sie ganz bescheiden.

„Ich verspreche mal bei dir hereinzuschauen", lächle ich zurück.

Ich mag Bens Schwester. Sie ist nicht nur hübsch, sie ist auch nett und offen mir gegenüber.

„Ben, Emilie bleibt doch über Nacht?", wendet sich Mona an ihren Bruder.

„Ja klar." Ben gibt mir einen Kuss und strahlt: „Und morgen lade ich euch zum Frühstück ein. Oder hast du etwas Anderes vor, Schwesterherz?"

„Wenn ihr mich mitnehmt, bin ich gerne dabei", strahlt sie ihn an.

***

Als wir abends zu Bett gehen, schaut mich Ben lange an: „Du tust nicht nur mir gut. Auch meine Schwester ist ganz angetan von dir! Das konnte ich sehen!" Er küsst mich und wir schlafen aneinander gekuschelt ein.

***

Der Samstag verläuft ebenso harmonisch. Wir drei machen nach dem Frühstück einen Spaziergang im Rheinauenpark, der zu dieser Jahreszeit herrlich anzusehen ist. Wunderschöne Rosen in allen möglichen Farben werden von Mona bewundert und sie nennt mir fast von jeder Rose den Namen. Ich bin fasziniert, dass sie sich so gut auskennt und sage ihr das auch.

„Das habe ich von Mutter gelernt. Sie ist Rosenzüchterin mit Leib und Seele", erklärt sie mir.

Wir sind zügig unterwegs und albern herum, schauen den Kindern beim Spielen zu und führen uns zeitweise ebenfalls wie Kinder auf.

Zurück in der Wohnung erhält Ben einen Anruf und muss nochmal für kurze Zeit ins Büro.

„Ich bin gleich wieder zurück. Es dauert sicher nicht lange." Er küsst mich, schaut mir tief in die Augen und verlässt lächelnd die Wohnung.

Als Ben weg ist, ruft Mona nach mir. Ich vermute sie in der Küche, denn ich höre sie mit Geschirr hantieren.

„Ich muss mit dir reden." Sie dreht sich zu mir um und schaut mir direkt in die Augen. Nach einer kurzen Pause, ändert sich ihr Gesichtsausdruck und sie zischt mir zu: „Wenn du meinem Bruder weh tust, dann musst du mit mir rechnen. Er ist alles, was ich habe! Und noch was! Ich gebe ihn nicht kampflos auf." Die letzten Worte wirft sie mir wütend an den Kopf.

Was ist denn plötzlich los?

„Ich nehme ihn dir doch nicht weg und wieso soll ich ihm wehtun? Ich liebe ihn doch." Ich bin schockiert.

Was ist denn in die gefahren?

„Das haben schon andere gesagt und ihn nur verletzt."

Die liebe, reizende, junge Frau rollt wie eine Furie an mir vorbei in ihr Zimmer.

Ich lasse mich auf einen Küchenstuhl fallen und verstehe die Welt nicht mehr. Ich sitze auch noch dort, als Ben zurückkommt.

„Ben, ich werde jetzt nach Hause fahren. Ich habe furchtbare Kopfschmerzen. Bitte sei nicht sauer", flehe ich fast, den Tränen nah.

Ich muss hier raus, bevor ich anfange zu weinen!

„Was ist denn los. Vorhin ging es dir doch noch gut?" Er tut mir leid, weil er so verzweifelt schaut. Aber ich kann hier nicht bleiben und im Moment auch nicht mit ihm über das Geschehene sprechen. Ich gebe ihm einen flüchtigen Kuss und flüchte regelrecht aus der Wohnung.

Köln

Emilies Wohnung

Auf der Heimfahrt geht mir das Gespräch mit Mona immer wieder durch den Kopf und ich verstehe nicht, was da auf einmal geschehen ist.

Zu Hause angekommen, rufe ich Linda an.

„Emmi! Was ist los? Soll ich rüberkommen?"

„Bitte ja. Ich brauche deinen Rat", bettele ich.

„Gib mir 20 Minuten." Sie hat sofort begriffen, dass ich ihre Unterstützung brauche.

„Bis gleich!" Ich lege auf und mir entfährt ein Schluchzer.

***

Linda ist bereits 15 Minuten später bei mir.

„Bist du geflogen?", empfange ich meine liebe Freundin an der Tür. Sie schaut mir ins Gesicht, sagt ausnahmsweise nichts und nimmt mich an der Hand. So geleitet Linda mich bis zu meinem Sofa.

Nachdem ich Linda alles berichtet habe, herrscht Schweigen.

„Mona sah so nett aus", überlegt Linda und schüttelt ihren Kopf.

„Das dachte ich am Anfang auch. Und solange Ben dabei war, war sie auch freundlich zu mir, sogar sehr freundlich. Und ich hatte nicht das Gefühl, dass es gespielt war. Aber sobald er die Wohnung verlassen hat, benahm sie sich wie ein komplett anderer Mensch."

„Erzähle es Ben", fordert mich Linda auf.

„Das kann ich nicht machen. Er liebt seine Schwester abgöttisch." Mir entfährt ein Schluchzen. Linda streichelt mir beschwichtigend über den Arm.

„Dann musst du mit ihr sprechen", ist ihr nächster Vorschlag.

„Das kann ich auch nicht. Ich glaube auch nicht, dass es etwas bringt, nochmal mit ihr zu reden. Von einem auf den anderen Moment war die Welt nicht mehr in Ordnung." Ich schaue Linda an und weiß mir keinen Rat.

„Linda, ich verstehe nicht, was in sie gefahren ist!", schluchze ich verzweifelt.

„Da ist guter Rat teuer, Emmi", meint sie, „schlaf mal eine Nacht darüber. Ich rate dir, rede mit Ben."

Als sie sich von mir verabschiedet, beschleicht mich ein merkwürdiges Gefühl. Wenn meine Freundin auswandert, kann ich nur noch mit ihr telefonieren. Das werden harte Zeiten für mich.

∗∗∗

Sonntagmorgen geht es mir etwas besser.

Ben und ich lieben uns doch, was will seine Schwester daran ändern?

Ben steht mittags plötzlich vor meiner Tür.

„Ich hatte Sehnsucht nach dir. Geht es dir besser?" Er schaut mich mitleidig an.

„Ja, es hat geholfen, dass ich früh zu Bett gegangen bin", lehne ich mich an ihn.

„Heißt das, dass ich dich vom Schlafen abhalte?", scherzt er.

„Ist es nicht so?", kontere ich.

Er lächelt mich ganz lieb an und stupst mir mit seinem Finger an meine Nase. Wir verbringen einen geruhsamen Tag miteinander. Aufregung hatte ich schon genug. Er ist sehr aufmerksam. Bei strahlendem Sonnenschein gehen wir am Rhein spazieren.

„Ich bin froh, dass du einen so guten Draht zu meiner Schwester hast", strahlt Ben mich an. „Dann waren die Besorgnis, die ich wegen eurem Treffen hatte, unbegründet. Die Befürchtung, dass ihr euch vielleicht nicht versteht und Mona nicht gut gelaunt sein könnte, hat mich einige Tage beschäftigt", gesteht er mir leicht errötend.

Ich wage einen Vorstoß: „Kann es sein, dass deine Schwester ein wenig eifersüchtig ist?"

Er schaut mich schockiert an: „Wie kommst du denn darauf? Mit Sicherheit nicht. Sie hat nur immer ein Auge auf mich und möchte, dass es mir gut geht. Mit Lena hat sie sich doch auch richtig gut verstanden. Warum also sollte sie ein Problem mit dir haben?"

Wenn ich das wüsste, Ben!

Damit ist das Thema für ihn erledigt. Den Rest des Tages verkneife ich mir, ihn darauf nochmal anzusprechen.

Ich werde wohl oder übel zu einem späteren Zeitpunkt noch einmal darauf zurückkommen müssen.

Bonn

Yogainstitut Innenstadt

Dienstags beschließe ich spontan Mona in ihrem Yoga-Kurs zu besuchen und wenn möglich auf ihren Angriff auf mich bei unserem ersten Treffen anzusprechen.

Ben ist mal wieder von der Firma aus unterwegs und kommt auch erst freitags wieder zurück. Als Mona mich in der Tür erblickt, verfinstert sich ihr Blick. Scheinbar kann sie nur freundlich zu mir sein, wenn Ben in der Nähe ist. Ich gehe auf sie zu und begrüße sie trotzdem freundlich: „Hallo Mona. Ich wollte dein Angebot annehmen und mir deinen Yoga Kurs anschauen."

„Das ist heute ganz schlecht. Es haben sich 12 Personen eingetragen und eine weitere Person ist einfach zu viel. Der

Raum gibt das nicht her", sagt sie und dreht sich mit ihrem Rollstuhl von mir weg.

Das war dann wohl eine Abfuhr.

Schnellen Schrittes und hoch erhobenen Hauptes verlasse ich das Gebäude.

So eine Schnepfe!

Ich fahre nach Hause und ärgere mich über mich selbst.

Als ich das Geschehene Linda telefonisch mitteile und ist sie auch baff über Monas Benehmen.

Auch Ben werde ich nochmal auf das Thema ansprechen müssen.

Abends ruft Ben an. „Hallo, Süße! Geht es dir gut?", fragt er ganz unbefangen.

„Ja, mein Schatz. Bin zufrieden!"

Am Telefon werde ich das Thema nicht beginnen, überlege ich.

Nach einer halben Stunde beenden wir das Gespräch und wir verabreden uns für Freitagabend bei mir.

Köln

Emilies Wohnung

Freitag bin ich den ganzen Tag nervös. Einen bestimmten Grund gibt es nicht.

Abends ruft Ben an: „Emilie, hat es diese Woche Schwierigkeiten zwischen dir und Mona gegeben?" Ich muss schlucken.

Auf was spielt er an? Ich überlege, aber außer dem Rausschmiss aus dem Yogainstitut, habe ich Mona doch gar nicht gesehen.

„Meinst du, den Rauswurf aus dem Yogainstitut?", frage ich ihn vorsichtig.

„Was für ein Rauswurf?", fragt er ganz entgeistert.

„Wenn du das nicht meinst, weiß ich nicht, worauf du hinauswillst", erwidere ich wahrheitsgemäß.

„Mona war richtig aufgeregt und meinte, du würdest sie nicht mögen. Kannst du dir das erklären?", deutet er an und ich höre die Hilflosigkeit aus seiner Stimme heraus.

„Wieso soll ich sie nicht mögen? Du hast doch selbst gesehen, dass wir uns gut verstanden haben." Ich beginne vor Aufregung zu zittern. Was für ein raffiniertes Luder! Damit, dass sie alles umdreht, muss ich ihr beipflichten und kann Ben das Geschehene nicht erzählen, weil ich mich dann Lügen strafen würde.

„Da hat sie wohl etwas missverstanden", versuche ich die Situation zu entschärfen.

„Ich verstehe das auch nicht. Ich wäre traurig, wenn meine Lieblingsfrauen Stress miteinander hätten." Er seufzt.

„Mach dir keine Gedanken! Sag Mona, dass alles in Ordnung ist, bitte!" Ich reiße mich zusammen. Innerlich koche ich vor Wut!

„Mona ist so aufgewühlt. Ich möchte sie heute Abend nicht alleine lassen. Wir sehen uns dann morgen, ja?", kommt es ganz vorsichtig von der anderen Seite der Sprechmuschel.

Na toll! Jetzt hat sie es geschafft und hält Ben von mir fern. Das ist also ihr Ziel!

„Ja, dann bis morgen", mache ich gute Miene zu bösem Spiel.

„Schlaf gut, mein Schatz." Ben hat aufgelegt.

Ich bin richtig sauer. Jetzt würde ich gerne Linda anrufen und mit ihr ausgehen oder auch nur quatschen, aber Jimmy ist noch bei ihr und ich will nicht schon wieder stören.

Fahrt in die Eifel

Als Ben am Samstag auftaucht, ist meine Wut abgeebbt. Er schlägt vor, einen Ausflug zu machen. Ich strahle ihn an und habe ruckzuck gepackt.

Es geht über Landstraßen Richtung Eifel. Ich freue mich auf das Wochenende mit ihm.

„Ich kenne einen idyllischen Landgasthof, in dem man gut essen kann. Dorthin will ich dich entführen. Was hältst du davon?" Er strahlt mich an, da kann man ja nicht nein sagen. Allein schon dieses Lächeln und schon hat er bei mir gewonnen.

„Tolle Idee, Schatz", gebe ich ihm zur Antwort. Er lacht freudig.

„Dann bist du nicht sauer, dass ich dich gestern versetzt habe?", wendet er sich nach einer längeren Pause an mich, in der wir nur die Landschaft genießen.

„Nein. Wir haben ja jetzt 2 Tage für uns", strahle ich ihn an.

„Ich muss allerdings früher nach Bonn zurück. Ein ... Kunde braucht noch Unterlagen von mir, die muss ich ihm morgen vorbeibringen."

„Dauert das denn lange?", frage ich ihn. „Wenn nicht, kann ich vielleicht auf dich warten?"

Ben überlegt.

„Eigentlich will ich auch nicht, dass wir nur einen Tag zusammen haben, nachdem wir uns die ganze Woche schon nicht gesehen haben. Weißt du was? Ich setze dich in der Innenstadt ab und du gehst bummeln und nach meinem Termin gehen wir zwei Eis essen. Was hältst du davon?" Er strahlt über seine phänomenale Idee.

Er ist so süß, wenn er sich freut wie ein kleiner Junge.

„So machen wir es! Gute Idee", erwidere ich. Dafür ernte ich einen Kuss von ihm!

Wir haben an diesem Tag viel Spaß zusammen und auch an der Natur. Wir gehen ein wenig wandern und essen vorzüglich in dem kleinen Landgasthof. Die Betten sind super bequem und das Frühstück eine Wucht.

„Das müssen wir unbedingt wiederholen", strahle ich Ben am Morgen bei der Rückfahrt an.

„Ja, hat es dir gefallen?", strahlt er nicht minder zurück.

Ich bin eine glückliche Frau und das lasse ich mir von seiner Schwester nicht kaputt machen.

Auf der Rückfahrt kommen wir in einen Stau und Ben kann mich nicht mehr in die Innenstadt bringen, da er sich sonst verspätet.

„Ist nicht schlimm. Ich warte einfach im Auto auf dich", biete ich ihm an.

„Ich beeile mich auch, ja?" Er schaut mich entschuldigend an.

Zustimmend nicke ich ihm zu.

Bonn

Anwesen der Familie Winter

„Mach dir keine Sorgen. Es ist alles in Ordnung. Gehe jetzt und sei fleißig", scherze ich. Ich werfe ihm einen Handkuss zu, aber er hat sich bereits herumgedreht und sieht es nicht mehr.

Er ist nervös, das merke ich ihm an.

Es muss ein bedeutender Kunde sein, denn der Park und die Auffahrt waren schon imposant, aber das Haus, nein, die Villa ist fantastisch. Riesengroß und weißgelb angestrichen, richtig mondän mit einem schlossähnlichen Eingang. Als Ben einige Minuten fort ist, kommt ein Butler an den Wagen und klopft an das Seitenfenster.

Ich erschrecke mich, denn ich hatte meine Augen kurz geschlossen.

„Ja, bitte?", frage ich vorsichtig.

„Frau Winter bittet Sie, mir zu folgen", sagt er und öffnet die Autotür.

„Ich warte lieber im Auto", versuche ich ihm klarzumachen.

„Das lässt Frau Winter nicht gelten." Er deutet eine Verbeugung an und jetzt packt mich der Vorwitz. Wann habe ich nochmal die Chance so eine Villa von innen zu sehen? Also folge ich ihm!

Er bringt mich durch eine riesige Eingangshalle, mit einem runden Tisch in der Mitte auf dem ein riesengroßer Rosenstrauß steht, in einen Salon, der mit rosa Tapeten verkleidet ist. Teure Möbel in Weiß stehen an den Wänden. Auch dieser Raum ist groß. Einen Salon habe ich mir bedeutend kleiner vorgestellt.

„Guten Tag", höre ich plötzlich hinter mir. Ich bin im Türrahmen stehen geblieben und habe nicht bemerkt, dass sich mir jemand genähert hat.

Erschrocken drehe ich mich um.

Eine zierliche Dame mit graumelierten, halblangen Haaren in einem teuren, grauen Wollkleid steht hinter mir. Am Hals trägt sie eine edle Perlenkette und dazu die passenden Ohrstecker. Obwohl sie, so auf Anhieb betrachtet, nicht mehr jung wirkt mit ihren grauen Haaren, bestätigt sich dieser Eindruck bei näherer Betrachtung nicht. Sie hat kaum Falten und ist sehr diskret geschminkt.

Eine angenehme Erscheinung.

Sie reicht mir die Hand und weist gleichzeitig einladend mit der anderen Hand in den Raum, den ich neben ihr betrete.

„Guten Tag, Frau Winter", begrüße ich sie.

„Guten Tag. Lassen Sie uns setzen", erwidert sie lächelnd.

„Das wäre aber nicht nötig, dass Sie mich empfangen. Ich denke Ben, ich meine Herr Horon, wird nicht lange brauchen und mich sicher gleich vermissen, wenn ich nicht im Auto sitze."

„Kommen Sie, Frau ...?", ist ihre kurze Erwiderung ohne auf meine Worte einzugehen.

„Meis, Emilie Meis", antworte ich ihr.

„Frau Emilie Meis, kommen Sie. Trinken wir eine Tasse Kaffee. Oder möchten Sie lieber Tee?"

„Kaffee ist in Ordnung!"

Ich folge ihr und sehe wie beschwingt sich die Hausherrin bewegt. Ich denke sofort, wie eine Tänzerin.

„Erzählen Sie mir etwas über sich?", fragt sie, als wir uns gesetzt haben.

Was interessiert diese fremde Dame, wer ich bin? Überlege ich, will aber nicht unhöflich sein und beginne einiges aus meinem Leben zu erzählen: „Ich bin 28 Jahre alt und wohne in Köln. Ich arbeite in einer Steuerberatungsfirma als Sekretärin. Die Arbeit macht mir Spaß und der Chef bezahlt die Arbeit gut."

„Und was machen ihre Eltern?", erkundigt sich Frau Winter.

„Meine Eltern sind vor zwei Jahren bei einem Autounfall ums Leben gekommen."

„Das tut mir sehr leid für Sie", sie meint es ehrlich, das sehe ich ihr an.

„Danke", entgegne ich.

Plötzlich wird die Tür aufgerissen und ein wütender Ben schreitet mit weit ausholenden Schritten auf uns zu. Als er vor uns steht, funkelt er mich böse an.

„Was suchst du hier?", herrscht er mich laut an.

Was habe ich denn so falsch gemacht? Ich bin völlig verwirrt. Da zerrt er mich am Arm hoch und herrscht Frau Winter an: „War das wirklich nötig?"

Sie schaut ihm ins Gesicht und lächelt milde, sagt aber nichts.

Ohne ein weiteres Wort läuft er mit Riesenschritten nach draußen. Ich hechte hinter ihm her, ohne zu wissen, was da eben passiert ist. Auf dem Weg nach draußen begegnet uns ein stattlicher Herr mit graumelierten Haaren im grünen Lodenanzug. Er nickt mir zu. *Was für ein freundlicher Herr!*

Wir hasten wie Besessene an ihm vorbei.

Im Auto herrscht eisiges Schweigen und ich wage nicht, Ben anzusprechen. Ich würde gerne wissen, warum er so wütend ist. *Schämt er sich meinetwegen?* Bei diesen Gedanken röten sich sofort meine Wangen. Ich schaue ihn mehrmals von der Seite an, aber er blickt stur mit einem wütenden Blick geradeaus.

Er setzt mich vor meiner Tür ab und fährt ohne Gruß weg. Ich stehe wie angewurzelt auf dem Bürgersteig, meine Tasche in der Hand und verstehe die Welt nicht mehr. Diesen Ben kannte ich noch nicht. Er lässt mich völlig verwirrt zurück.

Köln

Emilies Wohnung

Am nächsten Tag meldet er sich nicht bei mir.

Ich habe auch Linda nicht angerufen, weil ich das Geschehene nicht erklären kann.

Als am Montagabend immer noch keine Nachricht von ihm auf meinem AB ist, beschieße ich ihn anzurufen.

Es meldet sich Mona.

Das hat mir gerade noch gefehlt.

„Mona Winter." Ich stutze. *Hat sie gerade Winter gesagt?*

„Ja, hier ist Emilie! Kann ich mit Ben sprechen?"

„Nein, das kannst du nicht", ist die kurze und schneidende Antwort.

„Und wieso nicht?", klopfe ich bei ihr auf den Busch.

„Weil er nicht hier ist. Er ist zu unseren Eltern gefahren. Du kannst es ja später nochmal versuchen", sagt sie und legt auf. Ich habe den Eindruck sie hat gegrinst. Mit Sicherheit hat sie nicht aus Freude gelächelt. Schadenfreude würde ich eher annehmen.

Vielleicht sagt Mona Ben, dass ich angerufen habe? Ich verwerfe den Gedanken sogleich wieder.

Am Dienstagabend bin ich gerade mal eine halbe Stunde zu Hause, als es an der Tür klingelt.

Ben steht davor.

„Darf ich hereinkommen?", will er schmallippig von mir wissen.

„Natürlich", antworte ich ihm, obwohl ich mittlerweile so sauer auf ihn bin, dass ich am liebsten nein gesagt hätte.

Er geht an mir vorbei, ohne mich zu berühren, geschweige, mir einen Kuss zu geben.

Als wir Platz genommen haben, schaut er mich an und schweigt weiter.

„Weshalb warst du so sauer auf mich?", platzt es dann doch aus mir heraus.

„Wieso konntest du nicht im Auto sitzen bleiben, wie abgemacht?" Er schaut mich böse an.

„Der Butler von Frau Winter hat mich hineingebeten. Er war sehr hartnäckig und ich hatte keine Möglichkeit ihm zu widersprechen. Und was wäre denn dabei gewesen, wenn ich eine Tasse Kaffee mit Frau Winter getrunken hätte?", spreche ich die Frage an, die mir die ganze Zeit im Kopf herumgeistert und die ich mir nicht beantworten kann.

Er schaut mich durchdringend an.

„Was ist?", frage ich unsicher.

„Du weißt wirklich nicht, wer das war?" Er lässt mich nicht aus den Augen.

„Die Frau eines deiner Kunden, nehme ich an. Du hast mir doch gesagt, dass du zu einem Kunden willst", gebe ich seine Erklärung wieder. Ich verstehe die Welt nicht mehr.

Er entspannt sich merklich ein wenig und setzt sich etwas bequemer hin.

„Bitte kläre mich auf. Ich verstehe dich nicht und wenn wir schon bei der offenen Aussprache sind. Dann habe ich dir nachher auch noch etwas mitzuteilen", deute ich an.

„Gut. Fangen wir von vorne an. Frau Winter ist die Frau eines Kunden, das stimmt und stimmt wieder nicht. Bernd Winter ist mein Pflegevater und seine Frau meine Pflegemutter. Daher heiße ich auch nicht Winter, sondern Horon. Meine Pflegeeltern sind sehr reich und regeln alles mit Geld, daher haben wir ein angespanntes Verhältnis. Mein Vater hat außerdem von je her versucht, mir meine Freundinnen madig zu machen. Mona ist ihr leibliches Kind. Aber sie kann noch weniger mit ihnen umgehen als ich, deshalb wohnt sie auch mit mir zusammen. Die Winters sind sehr berechnende Leute und es ist schlimm, dass ich das preisgeben muss, aber meinen Vater will ich lediglich als Kunde in meinem Umkreis, ansonsten will ich keinen Kontakt mit ihm. Mutter hält natürlich zu ihm und daher vermeide ich auch den

Kontakt zu ihr. Sie kann sehr manipulativ sein. Das war auch der Grund, dass ich so sauer war. Leider hast du das abbekommen. Das tut mir leid. Hätte ich geahnt, dass sie dich hereinbittet, hätte ich den Termin verschoben."

Als er Luft holt, wage ich eine Frage zu stellen: „War deine Mutter Tänzerin?"

„Wie kommst du denn darauf?", wundert er sich, ein wenig aus dem Konzept gebracht.

„Sie bewegt sich so leicht wie eine Tänzerin", erkläre ich ihm.

„Du hast eine gute Beobachtungsgabe", lobt er mich. „Ja, das stimmt. Sie war früher sehr berühmt als Balletttänzerin. Und da sie sich ihre Figur nicht ruinieren wollte, wurde kurzerhand ein Pflegekind besorgt." Es spricht Verärgerung aus seiner Äußerung. „Es hört sich sicher undankbar an, aber ich denke, in einer anderen Familie wäre es mir besser ergangen. Es hat mir an nichts gefehlt, aber Liebe war immer gekoppelt an eine Leistung, die sie von mir gefordert haben, erst schulisch und später im Arbeitsleben."

„Das hört sich an, als hättest du keine glückliche Kindheit gehabt?", vergewissere ich mich.

„Das kann man so nicht sagen. Wie eben schon erwähnt, habe ich alles gehabt, was sich ein Kind wünscht. Es wurde schwierig, als Mutter schwanger wurde. Mona ist nicht geplant gewesen. Da Mutter aber aus einem sehr katholischen Elternhaus stammt, kam eine Abtreibung nicht infrage. Ich war froh. Endlich hatte ich eine Spielkameradin. Da ich nur von Privatlehrern unterrichtet wurde, kam ich nicht mit vielen Kindern in Berührung."

„Musste Mona Tänzerin werden, weil ihre Mutter eine war?", wage ich zu fragen.

„Sie war schon als kleines Kind in der Ballettschule und ich hatte auch den Eindruck, dass es ihr Spaß gemacht hat. Und so war es gar keine Frage, dass sie in die Fußstapfen unserer Mutter tritt. Bernd war nicht ganz so glücklich über diese Wahl."

„Und wie ist dieser Unfall passiert?", hake ich nach.

„Mona war unterwegs zu einer Aufführung in Köln und wurde auf der Straße von einem Wagen gerammt. Sie überschlug sich und wurde hinter dem Steuer eingeklemmt. Ihr Auto kam von der Straße ab und war von dort aus nicht mehr zu sehen. Auch konnte man nicht direkt erkennen, dass nicht ein Wagen, sondern zwei an diesem Unfall beteiligt waren und so wurde Mona erst einen ganzen Tag später gefunden. Wäre sie sofort gefunden worden, wäre sie heute vielleicht nicht gelähmt. Aber das kann man nicht mit Sicherheit behaupten."

Ich setze mich neben ihn und nehme seine Hand. Er lächelt mich unsicher an und schaut dabei ziemlich verzweifelt.

„Wir hoffen immer noch, dass sie irgendwann wieder laufen kann", gesteht er mir.

„Besteht denn die Möglichkeit, dass das geschieht?", frage ich ihn zweifelnd.

„Anfangs wurde uns gesagt, dass eine minimale Chance besteht, dafür müsste Mona aber einen Eingriff machen lassen. Der ist allerdings recht riskant." Er verfällt ins Grübeln. Daher stelle ich eine Frage, die mich seit Beginn des Gesprächs beschäftigt: „Wieso hast du mir das alles nicht schon früher erzählt?"

„Ich hatte die Hoffnung, dass du nicht mit den Winters in Kontakt kommen würdest. Dumm von mir, oder?"

„Dumm würde ich es nicht nennen, aber ein bisschen blauäugig schon", muss ich zugeben.

„Was wolltest du mir denn noch mitteilen?", lenkt er vom Thema ab.

„Vielleicht ist es doch ein wenig zu viel auf einmal", überlege ich laut.

„Raus mit der Sprache", fordert er mich auf, „wenn wir schon dabei sind klar Schiff zu machen."

„Es geht um deine Schwester", deute ich an.

„Was ist mit ihr?" Er schaut mit großen Augen zu mir herüber.

„Sie hat mich gewarnt." Es fällt mir nicht leicht das zu offenbaren, da ich nicht weiß, wie er reagieren wird.

„Vor mir?", staunt er.

„Nein, vor sich! Sie sagte zu mir, dass sie nicht zulässt, dass ich dich ihr wegnehme. Das war ihr Wortlaut."

Ich kann nicht sehen, was er denkt.

Nach einer langen Pause erklärt er mir, dass es niemanden gibt, der sie trennen kann. Er wird immer auf seine kleine Schwester aufpassen und wenn ich damit ein Problem habe, dann würde es ihm leidtun.

Mir wird eiskalt.

Macht er gerade Schluss mit mir?

Das kann nicht sein. Nein, es darf nicht sein!

Er ist meine große Liebe und die gebe ich nicht auf!

„Das heißt, wenn du dich entscheiden musst, dann entscheidest du dich für deine Schwester und gegen uns?"

Ich will die Antwort eigentlich nicht hören, weil ich Angst davor habe.

„Ich muss mit Mona sprechen. Ich werde mich bei dir melden", sagt es und steht auf.

„Ben!"

„Ja?"

„Kommst du zurück zu mir?"

Er schaut mich an und sagt nichts.

„Tschau Emmi!"

„Tschau Ben!"

Das Gespräch war eindeutig zu viel für ihn.

Auch für mich war es mehr als anstrengend. Ich fühle mich, als hätte ich einen Halbmarathon hinter mir.

Nur noch schlafen! Ist mein einziger Gedanke.

Kaum liege ich in meinem Bett, falle ich in einen Tiefschlaf.

Köln

Steuerberatungsfirma

Jetzt sind schon vier Tage vergangen, dass Ben und ich unsere Aussprache hatten. Ich agiere wie ein Roboter. Es fühlt sich an, als würde ich mich in einem Vakuum befinden. Nichts berührt mich, nichts interessiert mich. Mein Kopf ist leer. Ich habe meine Chance auf Glück verspielt.

Hunderte Male geht mir der Gedanke durch den Kopf, dass ich besser nichts von Monas und meinem Problem erwähnt hätte .... Über die Konsequenz will ich nicht nachdenken. Es ist zu schmerzlich.

Aber geschehen ist geschehen.

Im Büro klingelt das Telefon und ich melde mich.

Ben ist am anderen Ende! Endlich!

„Hallo Emilie! Ich war von der Firma aus unterwegs und komme heute Abend zurück. Können wir uns sehen?"

„Wann wolltest du denn vorbeikommen?" Ein leichter Hoffnungsschimmer macht sich in mir breit.

„Sagen wir 19.00 Uhr? Passt dir das?"

„In Ordnung. Bis dann."

Ben kommt zu mir! Vielleicht haben wir doch noch eine Chance!

Köln

Emilies Wohnung / Restaurant Innenstadt

Pünktlich um 19.00 Uhr steht Ben vor meiner Tür.

„Komm rein", fordere ich ihn auf.

„Gerne", antwortet er reserviert.

„Hast du schon gegessen?", fragt Ben.

„Ich habe keinen großen Hunger", erkläre ich ihm wahrheitsgemäß. Dieser Zustand hält bereits seit Tagen an.

76

„Lass uns essen gehen. Ich habe noch nichts zwischen die Zähne bekommen", bittet er mich.

Im Lokal bestellen wir Fisch und Ben hat wirklich großen Hunger. Er trinkt den Rotwein, den er geordert hat, in großen Schlucken.

Wenn er so weitermacht, ist er bald betrunken.

„Noch eine Flasche Wein, der Herr?", fragt der Ober.

„Ja, bringen sie noch eine Flasche", ordert er an.

„Ben, ich möchte keinen Wein mehr und ich denke, du hast auch genug."

„Heißt du Winter, dass du mich bevormunden willst?", herrscht er mich an.

Was ist denn jetzt los?

„Ben, bitte", flehe ich ihn an.

„Um was bittest du mich?", tut er unschuldig und schaut mich dabei hochnäsig an.

Als das Essen vorbei ist und die zweite Flasche Wein geleert, steht Ben schwankend auf.

„Ich fahre nach Hause", lispelt er. Ich halte ihm die Hand hin, um den Autoschlüssel in Empfang zu nehmen.

„Du willst meinen Wagen fahren. Never!" Er schwankt bedenklich.

„Ben, du kannst nicht mehr fahren. Und ich denke, du brauchst deinen Führerschein", versuche ich einzulenken.

„Dann nehmen wir eben ein Taxi", schon winkt er dem nächsten Taxi, das vorbeikommt und steigt ein. Ich könnte jetzt beleidigt sein. Er traut mir nicht zu, sein Auto heil heim zu fahren.

Das ist ja wohl eine Frechheit!

Aber wir haben andere, schwerwiegendere Probleme als das.

In der Wohnung angekommen, wandere ich aufs Sofa aus, denn sobald Ben liegt, schnarcht er ziemlich laut.

Köln

Emilies Wohnung

Morgens schaue ich vorsichtig ins Schlafzimmer. Das Bett ist leer.

Wie ist er denn an mir vorbeigekommen? Und wo ist er hin?

Gegen Mittag klingelt es an der Tür.

Ben steht dort. Er sieht nicht gut aus.

„Darf ich hereinkommen?" Er schaut etwas verschämt zu Boden.

„Okay!"

Ich trete zur Seite und lasse ihn eintreten. Er schaut mir kurz ins Gesicht, scheinbar um die Gesinnung zu prüfen.

Ich bin ziemlich sauer auf ihn.

„Ich möchte mich wegen gestern Abend entschuldigen. Ich war bei meinen Eltern, bevor ich zu dir gekommen bin. Es ist kein Entschuldigungsgrund, aber dann bin ich meistens ziemlich gereizt. Ich hätte dich nicht so anraunzen sollen. Entschuldige, bitte!"

„Schon verziehen. Aber erkläre mir mal, warum ich nicht dein Auto fahren darf?" Ich blicke ihn zornig an.

„Niemand darf mein Auto fahren, da bin ich sehr eigen. Außer mir hat noch niemand dieses Auto gefahren", lautet seine einfache Erklärung.

„Was ist denn so besonders an diesem Auto?", frage ich ihn. „Es ist doch nur ein alter MG. Ich fahre schon seit meinem 18. Lebensjahr und das unfallfrei."

„Das ist die erste größere Ausgabe, die ich mir von meinem eigenen Geld gekauft habe. Ich fahre den Wagen bereits 18 Jahre. Es hat nichts mit dir zu tun, wirklich", versichert er mir und errötet tatsächlich leicht.

„Okay, das verstehe ich. Hast du mit deiner Schwester gesprochen? Konntest du klären, warum sie mich nicht mag?"

„Mona ist im Krankenhaus und ich konnte sie noch nicht alleine sprechen. Aber das hole ich sofort nach, wenn sie wieder zu Hause ist."

„Was ist mit ihr?", will ich wissen.

„Routineuntersuchungen", lautet seine knappe Antwort.

„Ich habe mir einige Gedanken gemacht", beginne ich mit dem Thema, das mich bewegt.

„Und die erfahre ich jetzt auch?" Er schaut mir direkt ins Gesicht.

„Wenn du möchtest. Ich will deine Schwester nicht zur Feindin haben. Ganz abgesehen davon, dass ich dich dann verlieren würde. Du hast mir das überdeutlich erklärt. Ich verstehe deine

Denkweise nicht und ich verstehe auch sie nicht, aber wenn das die Tatsachen sind, werden wir uns wohl trennen müssen. Ich sage dir noch eins. Es wird für dich immer so laufen, wenn du deine Situation nicht klärst. Ich hoffte, ich sei wichtiger für dich. Da habe ich mich wohl geirrt." Ich muss schlucken und er ergreift die Chance und erklärt mir: „Ich habe niemanden auf dieser Welt, der wirklich zu mir gehört, außer Mona. Und ich mache mir Vorwürfe, dass wir sie nach ihrem Autounfall zu spät gesucht haben. Also sind wir, Vater, Mutter und ich Schuld daran, dass Mona im Rollstuhl sitzt!"

„Was ist das denn für eine bescheuerte Erklärung?", rutscht es mir heraus.

Ben schaut mich in dem Moment entsetzt an und muss sich erst einmal sammeln.

„Du kannst dir kein Urteil darüber erlauben", ist seine barsche Antwort.

Da ist noch viel Wut im Spiel und ich habe den Eindruck, dass nicht ich diejenige bin, auf die er wütend ist.

„Ich will euch doch gar nicht trennen. Ihr seid Geschwister, das bleibt doch ein Leben lang so. Aber Mona kann dir doch nicht verwehren eine Freundin, Frau oder eine eigene Familie zu haben?" Es ist mehr eine Feststellung als eine Frage.

„Sie wird nie eine eigene Familie haben ...", den Rest des Satzes lässt er offen. Ich erstarre in dem Moment, als mir die Konsequenzen aus seinem Satz richtig bewusst werden.

„Ben, sie kann doch auch einen Partner haben und Kinder adoptieren oder wie eure Eltern Pflegekinder zu sich nehmen", versuche ich einen abermaligen Einwand.

„Du hast schon bedacht, dass sie im Rollstuhl sitzt und nicht so einfach einen Partner findet, wie gesunde Menschen?" Seinem Gesicht ist nicht anzusehen, was er denkt.

„Ben, das ist doch Wahnsinn. Du willst auf alles verzichten, weil deine Schwester das nicht haben kann oder will? Ich verstehe das nicht!" Ich bin den Tränen nahe.

„Musst du auch nicht. Hauptsache ich verstehe es", gibt er böse zurück. Er funkelt mich an.

„Oder ist da noch etwas Anderes?", frage ich ihn.

„Was soll denn da noch sein?" Jetzt sehe ich echten Zorn in seinen Augen aufblitzen.

„Ich glaube, diese Diskussion bringt uns nicht weiter..." Ich bin erschöpft und weitere Argumente fehlen mir im Moment. Mein Gehirn ist wie leergefegt.

„Das sehe ich auch so", unterbricht er mich niedergeschlagen.

„Ben, das heißt also, wir machen Schluss?", frage ich ihn nochmal und bei dieser Frage rutscht mir mein Herz ein ganzes Stück tiefer.

„Emilie, es tut mir leid. Aber im Moment ist alles so schwierig und ich bin völlig durcheinander. Ich liebe dich, aber meine Schwester ist für mich auch sehr wichtig und scheinbar geht beides zusammen nicht."

Als er geht, falle ich in ein schwarzes Loch.

Ich habe ihn verloren, das fühle ich und der Schock über diese Erkenntnis sitzt tief.

Ich rolle mich wie eine Katze auf meiner Couch zusammen. Noch nicht einmal weinen kann ich.

***

2 Monate sind vergangen und kein einziges Zeichen von Ben.

Jeden Morgen denke ich, vielleicht meldet er sich heute und hat sich anders entschieden. Doch je länger es dauert, umso geringer ist die Chance, dass wir wieder zusammenkommen.

Ich leide seelisch, aber auch körperlich fühle ich mich schwach.

Ich habe keinen Appetit und es ist mir alles gleich.

Linda unterstützt mich, wo sie nur kann, aber ich sitze in einem so tiefen Loch, dass ich keinen an mich heranlassen kann.

Die Arbeit erledige ich apathisch und weder der Chef, noch ich, sind mit diesem Zustand zufrieden.

„Sie ist wie ein Zombie", höre ich eine Kollegin zur anderen sagen, als ich auf dem Flur an ihnen vorbeikomme und weiß, dass sie von mir reden. Leider haben sie recht mit dieser Behauptung. Genauso fühle ich mich. Innerlich tot! Ich kann noch nicht einmal weinen!

Köln, Innenstadt

Pizzeria

„Linda, ich muss etwas ändern", resümiere ich am Abend, als ich mit ihr bei unserem Stammitaliener sitze. Zuerst wollte ich nicht mitkommen, doch Linda hat nicht lockergelassen.

Zudem geht mir der Satz der Kollegin nicht aus dem Kopf.

„Und was schwebt dir vor, Emmi?", fragt meine Freundin und tätschelt mir meine Hand.

„Wenn ich das wüsste", antworte ich ihr wahrheitsgemäß.

„Wann geht es bei euch los? Wann reist ihr nach Spanien?", stelle ich die Gegenfrage.

„In drei Wochen, so ist die Planung. Aber solltest du mich brauchen, kann Jimmy zu dem Zeitpunkt abreisen und ich folge ihm später nach."

„Das wäre ja noch schöner. Nur weil meine Beziehung nicht geklappt hat, sollst du zurückstecken? Auf gar keinen Fall!", versichere ich ihr.

„Dann komm doch einfach mit!", schlägt sie mir vor.

Ich bin erst erstaunt über diesen Vorschlag. Aber nach einigen Minuten denke ich prompt, *warum eigentlich nicht!*

Das äußere ich dann auch: „Warum eigentlich nicht!" Ich fühle mich komisch bei dem Gedanken, unruhig, aber auch freudig erregt.

„Manchmal muss man einfach etwas Neues wagen", versuche ich mich selbst zu beruhigen, da meine Gefühle urplötzlich Purzelbaum schlagen.

„Jipiii! Das wird klasse! Süße, wir zwei zusammen! Jimmy kann gleich nachfragen, ob das Hotel noch jemanden brauchen kann. Dann arbeiten wir vielleicht sogar zusammen. Wir könnten unsere freie Zeit zusammen planen..." Linda überschlägt sich fast.

Ich muss lächeln. Sie ist einfach süß, wenn sie so euphorisch ist.

„Linda, Linda, mach mal halblang! Ich habe das doch noch gar nicht richtig durchdacht", setzt dann doch mein Verstand ein.

„Es wird kein Rückzieher akzeptiert! Ich rufe Jimmy sofort an", sagt sie und zückt ihr Handy.

Wie kann ich so eine Äußerung Linda gegenüber machen? Ich kenne ihre Spontanität doch!

„Jimmy, stell dir vor! Emilie kommt mit uns! Frag bitte deinen Chef, ob er noch jemanden benötigt, ja?" Sie kann ihr Grinsen nicht abstellen.

Ich liebe dieses Mädel. Mit ihr wird es nie langweilig und ich kann mich hundertprozentig auf sie verlassen. Ich denke, so eine Freundin findet man nur einmal im Leben.

Ich kann nicht hören, was Jimmy antwortet, aber an Lindas Gesicht kann ich ablesen, dass es etwas Positives ist.

„Er freut sich auch und ruft morgen sofort in Spanien an!", jubelt sie, steht auf und drückt mich feste an sich. Ich muss lachen und weinen zugleich.

„Du kannst wieder lachen! Das ist gut! Die Tränen sind doch Freudentränen, nehme ich an", stellt sie fest. „Wir machen es uns richtig schön in Spanien."

„Du darfst deinen Jimmy nicht vergessen", erinnere ich sie an den Punkt, den sie in ihren Überlegungen ausgelassen hat.

„Tu ich nicht! Aber das Vorrangigste ist, dass es dir wieder gut geht. Ich habe so einen Hals auf Ben! Er hat Glück, dass ich so gut erzogen bin. Am liebsten wäre ich nach Bonn gefahren und hätte ihm eine schallende Ohrfeige gegeben, für seine Dummheit. Und diese Mona..."

„Linda, es ist gut. Lass uns nach vorne schauen", beruhige ich sie. Ich möchte mich nicht mehr über Mona unterhalten. Sie hat meine Beziehung zu Ben torpediert und hat letztendlich gesiegt. Damit muss ich mich abfinden.

„Hast ja recht! Lass uns essen! Essen macht glücklich, habe ich mir sagen lassen", zwinkert sie mir zu.

Sie ist schon eine Nummer für sich!

***

Abreisetag! Der große Tag ist gekommen. Linda und Jimmy sind schon vor zwei Wochen nach Torremolinos abgereist und heute fliege ich nach. Mein Chef hat mir alles Gute für die Zukunft gewünscht, aber ich habe ihm angemerkt, dass er erleichtert ist, mich los zu sein.

Ich bin sehr aufgeregt. Ein neuer Lebensabschnitt fängt heute für mich an und ich freue mich auf alles, was kommt.

Linda hat uns eine kleine Wohnung gemietet und Jimmy war damit einverstanden, dass sie beide vorerst noch nicht zusammenziehen. Er hat mir ebenfalls einen Job im Hotel besorgt. Ich werde bei der Kinderanimation im Hotel mithelfen. Darauf freue ich mich, denn ich liebe Kinder und stelle mir das spaßig vor. Linda arbeitet bereits an der Bar im gleichen Hotel.

Meine Wohnung in Köln habe ich untervermietet, falls es in Spanien nicht klappt, kann ich jederzeit wieder nach Deutschland zurück.

Vielleicht mache ich das auch eines Tages. Da lege ich mich jetzt noch nicht fest.

Bonn

Mona und Bens Wohnung

„Mona, ich will Emilie zurück. Und ehrlich gesagt, ist es mir im Moment egal, was du sagst." Ben schaut seine Schwester wütend an.

„Komm runter, Benedikt!", schnaubt Mona.

„Was heißt hier, komm runter! Du wolltest doch von Anfang an nicht, dass Emilie und ich zusammenkommen. Ich kann es nicht verstehen. Was hast du nur gegen sie? Bist du etwa eifersüchtig?" Ben lässt sich aufs Sofa plumpsen und nimmt sein Gesicht in beide Hände. Ihm ist nach weinen zumute.

Ich vermisse meine Emmi! Diesen Gedanken hat er morgens beim Aufstehen im Kopf und es ist der letzte Gedanke, der ihn vorm Einschlafen bewegt.

„Ich habe doch nichts gegen sie. Ich will dich nur vor einem Fehler bewahren." Mona fährt mit ihrem Rollstuhl auf ihn zu.

„Das stimmt nicht. Du magst sie nicht. Gib zu, du bist eifersüchtig?", fragt Ben resigniert erneut nach.

„Ben, ich liebe dich und ich will nur das Beste für dich!", ruft Mona aus.

„Das war nicht die Frage!" Ben steht auf: „Beantworte meine Frage!" Er wirkt so energisch, dass Mona ein Stück zurückweicht. Sie sieht ihrem Bruder an, dass er sich nicht mehr vertrösten lässt.

„Okay, okay! Ja! Ich mag sie nicht! Sie will uns nur auseinanderbringen und an dein Geld herankommen. Du hättest bei Lena bleiben sollen und die Welt wäre noch in Ordnung! Unsere Eltern sehen das genauso!", schreit Mona ihrem Bruder entgegen.

„Jetzt hast du endlich die Wahrheit gesagt und … ich verstehe dich nicht!" Ben schüttelt den Kopf. „Ich dachte, du willst mich glücklich sehen. Du weißt genau, wie meine Kindheit war und ich glaubte, endlich ein Stück vom Glück erwischt zu haben. Mit deiner Verhaltensweise machst du es mir unmöglich mit dir weiterhin zusammen zu wohnen."

Mona kreischt auf! „Ben, bitte!", ruft sie verzweifelt. „Was soll ich denn ohne dich machen?"

„Du kannst zu deinen Eltern gehen, mit denen verstehst du dich doch so gut! Zu dir sind sie doch freundlich und lassen dich weitestgehend in Ruhe!"

„Ben, das kann nicht dein Ernst sein!"

„Mein voller Ernst!" Er schaut sie an und Mona sieht, dass er genau das meint, was er sagt.

„Dann pack deine Koffer!" Mona schnaubt und dreht sich um und fährt in Richtung ihres Schlafzimmers. „Das hier ist meine Wohnung!", setzt sie laut schreiend nach.

„Das mache ich auch!", ruft Ben ihr nach.

„Das wird der Beginn meines neuen Lebens", sagt er zu sich selbst.

IV.

Spanien

Flughafen Malaga

„Hey Süße, da bist du ja endlich!", kreischt mir eine hibbelige Linda entgegen. Wir fallen uns in die Arme, als seien wir Monate getrennt gewesen. Sogar einen Blumenstrauß hat sie besorgt. Sie reicht mir den Strauß mit den Worten: „Damit es dir wieder bessergeht!"

„Lieb von dir! Ich freue mich auch, endlich hier zu sein", strahle ich sie an. „Der Strauß ist so schön, aber es wäre nicht nötig gewesen!

„Papperlapapp!" Sie strahlt mich an wie ein Honigkuchenpferd und redet ohne Punkt und Komma. Ich freue mich auch sehr, endlich wieder bei ihr zu sein und sage ihr das natürlich auch!

„Komm, ich zeige dir unsere neue Wohnung!", eröffnet mir Linda stolz. Diese ist winzig, aber jede von uns hat ein eigenes Zimmer, um sich zurückzuziehen. Alle anderen Räume nutzen wir gemeinsam.

Linda umfasst mich an der Hüfte: „Wir zwei in einer WG! Ist das nicht toll, Emmi! Hier machen wir es uns gemütlich und wir brauchen nicht mehr zu fahren, wenn wir uns sehen wollen!"

Sie strahlt übers ganze Gesicht.

Ich gebe ihr einen Kuss auf die Wange.

„Das hast du prima gemacht", lobe ich Linda, „die Wohnung ist toll, etwas klein, aber toll!"

Sie blickt sich um und dreht sich dabei einmal um sich selbst.

„Schön, gell?", quietscht sie. Ich muss laut über soviel Lebensfreude lachen.

Spanien, Torremolinos

First Beach Hotel

Jimmy, Linda und Emilies Arbeitsstätte

Schon wieder eine Premiere. Heute geht's zum ersten Mal zu meiner neuen Arbeit und entgegen meiner Natur habe ich keine Angst. Ich bin voller Euphorie und freue mich riesig.

Der Tag geht wie im Fluge vorbei. Es sind nur wenige Kinder da und die sind sehr brav. Die Kollegin Shana stammt aus Indien und ist eine ganz liebe Person. Sie freut sich über meine Unterstützung. Der Chef der Anlage kommt kurz vorbei, um mir guten Tag zu sagen und viel Glück zu wünschen. Ich fühle mich rundum wohl und habe den ganzen Tag nicht ein einziges Mal an Ben gedacht. Abends kommen die Gedanken allerdings zurück, aber ich lasse mich nicht mehr herunterziehen. Es muss schließlich weitergehen.

***

Nun bin ich schon fast zwei Monate in Spanien. Tagsüber arbeite ich und spät nachmittags gehe ich an den Strand zum Schwimmen. Ich habe sogar schon eine schöne Bräune.

Ich habe etliche Kilos abgenommen und ich finde es steht mir gut.

Was so ein Liebeskummer doch alles bewirkt!

Und es geht mir auch seelisch besser. Es gibt nur einen Wermutstropfen. Da Linda an der Bar arbeitet, kann sie abends nicht zu Hause sein und dann verfalle ich ab und zu noch in Trauer wegen meines Verlustes. Ja, ich vermisse Ben immer noch.

Es tut weh, an ihn zu denken.

Torremolinos

Linda und Emilies Wohnung

Es klopft an der Wohnungstür. Wer mag das denn sein, überlege ich. Ich habe eben geduscht und bin noch im Bademantel. Es bleibt mir aber nichts Anderes übrig und so gehe ich in diesem Aufzug an die Wohnungstür.

„Hey Emmi", begrüßt mich Jimmy, „Linda meinte, ich soll dich heute mit in die Stadt nehmen. Wir wollen mit einigen Jungs etwas feiern. Da wollte ich dich fragen, ob du uns begleiten möchtest?"

„Das ist nett von euch, aber...", versuche ich abzulehnen.

„Ja, ja. Linda meinte schon, dass du ablehnen wirst und ich soll das nicht gelten lassen. Da sie nun mal keine Zeit für dich hat, muss ich eben einspringen", er grinst mich so lieb an, dass ich nicht nein sagen kann.

„Okay. Dann warte ein paar Minuten. Ich ziehe mir eben etwas über. Im Kühlschrank findest du ein kaltes Bier. Bediene dich, bitte", beeile ich mich zu sagen und bin schon auf dem Weg ins Schlafzimmer.

„Lass dir Zeit. Wir treffen die Anderen in einer Stunde." Linda hat einen wirklich lieben Freund gefunden. Ich bin sehr froh für sie.

Fünfzehn Minuten später stehe ich fertig angezogen im Wohnzimmer, in dem Jimmy es sich bequem gemacht hat.

„Hast dich feingemacht", schaut er mich anerkennend an. „So kannst du mitkommen!" Er strahlt mich an und zwinkert mir zu.

„Na, Gott sei Dank!" Ich strecke ihm die Zunge heraus und ernte einen angedeuteten Klaps auf den Arm.

„Ja, dann mal los", grinst er, „lass uns Party machen!" Er nimmt mich am Arm und schleift mich aus der Wohnung. Ich muss laut lachen und freue mich jetzt doch auf einen lustigen Abend.

Torremolinos

Arcos Bar

Jimmys Kumpel treffen wir am Eingang der Ferienanlage. Sven, Kai und Anton sind schon gut drauf.

„Hey, ihr habt wohl vorgeglüht?", ruft Jimmy ihnen entgegen.

„Klar! Wir haben uns von deiner Freundin in der Zwischenzeit unterhalten lassen", scherzt Kai, aber an Jimmys Gesicht sehe ich, dass ihm diese Äußerung nicht gefällt.

„Ja, dann...", lässt Jimmy den Rest des Satzes offen.

Wir laufen eine ganze Weile am Strand entlang, bis wir in der Bar ankommen, die die Jungs abends öfters ansteuern.

Es wird ein richtig lustiger Abend mit ihnen.

Anton ist zurückhaltender als seine Kumpels und ich halte mich an ihn. Wir setzen uns etwas abseits der Musik, während die Anderen an der Theke herumalbern.

„Hast du dich gut eingelebt?", fragt er mich.

„Ja, habe ich und es gefällt mir gut hier. Bisher bereue ich es noch nicht, diesen Schritt gemacht zu haben", antworte ich ihm wahrheitsgemäß.

„Du siehst manchmal etwas traurig aus?" Er schaut mich neugierig von der Seite an.

„Wie meinst du das? Beobachtest du mich etwa?", frage ich ihn.

„Das nicht. Aber, wenn du denkst, dass dich niemand sieht, schaust du manchmal unglücklich aus?" Er schaut mir gespannt ins Gesicht.

Der Mann hat ein feines Gespür, denke ich.

„Ach was", wiegele ich ab und damit ist das Thema beendet.

Er erzählt mir, dass er Ingenieur ist, aber nach dem Studium eine Auszeit brauchte. Seine Freundin hätte ihn verlassen und eine Anstellung war noch nicht in Sicht, so hat er kurzerhand beschlossen, eine Zeit im Ausland zu leben und zu arbeiten.

„Und wie lange bist du schon hier?", will ich von ihm wissen.

„Morgen sind es genau vier Monate." Er überlegt kurz und nickt dann.

„Und wie lange willst du noch bleiben?", frage ich ihm Löcher in den Bauch.

„Die Rückreise ist offen. Ich arbeite hier ja auch in einem Ingenieurbüro und liebäugele damit hier zu bleiben. Aber sag das bloß nicht meinen Eltern?", sagt es und zwinkert mir zu.

„Wirklich? Für immer?", staune ich.

„Warum nicht. Ich habe eine interessante Arbeit. Gut, etwas weniger Geld, als man in Deutschland verdienen würde, aber immer Sonnenschein und das Meer in der Nähe. Das hat doch auch etwas für sich, oder? Könntest du dir nicht vorstellen, für immer hier zu bleiben?"

„Ehrlich gesagt habe ich noch nicht darüber nachgedacht. Aber das könnte ich...?" Jetzt verfalle ich ins Grübeln.

„... mal darüber nachdenken?", fragt er verwirrt und ich muss lachen.

„Nein, ganz hierbleiben, meinte ich!" Und er stimmt in mein Lachen mit ein.

„Emilie, hättest du Lust auch mal mit mir allein auszugehen?", fragt er ganz plötzlich.

Ich schaue ihn erstaunt an, *aber warum nicht*, denke ich.

„Ja gerne", antworte ich ihm daher.

„Wirklich? Das freut mich!" Er strahlt.

Auf dem Heimweg flüstert mir Jimmy ins Ohr: „Da hat jemand Feuer gefangen!"

Ich stelle mich dumm: „Was meinst du?"

„Na hör mal! Du weißt doch genau, was ich meine!"

„Vielleicht", strahle ich ihn an.

„Und du?", er schaut mich wissbegierig an.

„Anton ist ein lieber Kerl, aber sonst... Ich weiß nicht!"

***

Anton und ich waren nun schon öfter zusammen aus und heute koche ich für ihn.

Ich wundere mich selbst, warum ich so nervös bin.

Als es an der Tür klingelt, schaue ich erst noch in den Spiegel. *Will ich ihm etwa gefallen?*

Ich habe die letzten Tage bereits gemerkt, dass sich meine Gefühle verändert haben. Ich mag Anton. Er ist ein lieber Kerl, nicht aufdringlich und wenn mich jemand fragen würde, dann würde ich ihn als guten Kumpel bezeichnen.

Aber weitere Gefühle ...?

Torremolinos

Wohnung von Linda und Emilie

„Guten Abend, Emilie", begrüßt Anton mich an der Tür mit Küsschen rechts und links.

„Hallo Anton! Komm doch rein! Essen ist gleich fertig! Schenke uns doch einen Wein ein, ja?"

„Klar! Was gibt es denn?" Er reckt die Nase in die Luft, so als würde er schnuppern.

„Verrate ich nicht! Nur eins. Zum Nachtisch gibt es Tiramisu, deine Lieblingsnachspeise", grinse ich ihn an.

„Wie? Extra für mich?", tut er ganz erstaunt.

Seit wir uns etwas besser kennen, ist Anton lockerer geworden und ich mag das an ihm.

Nach dem Essen schlägt Anton vor Scrabble zu spielen und wir haben mächtig viel Spaß.

Um 22.00 Uhr verabschiedet sich Anton von mir. An der Tür bleibt er stehen und dreht sich nochmal um. Er lächelt mich an.

„Was ist?", frage ich erstaunt.

„Emilie! Ich glaube, ich habe mich in dich verguckt", flüstert er und schaut auf seine Schuhspitzen.

Ich weiß nicht, was ich darauf antworten soll.

„Ich mag dich auch, Anton", erwidere ich.

Er schaut mir tief in die Augen und küsst mich dann ganz sanft auf den Mund.

Schon ist er zur Tür hinaus.

Ich schließe diese und lehne mich mit dem Rücken dagegen.

Meine Gedanken wirbeln durcheinander. Ich weiß nicht genau, was ich fühlen soll.

Ich mag Anton, das war nicht gelogen, aber verliebt bin ich nicht.

Was mache ich denn jetzt? Vielleicht sehe ich diese kleine Geste von Anton auch zu eng?

Ich warte einfach mal ab, wie sich alles so entwickelt, überlege ich.

***

„Emmi, ich habe heute Abend frei und Jimmy ist mit seinen Kumpels unterwegs. Hast du eine Idee, was wir beiden Hübschen unternehmen können?" Linda sprudelt mal wieder über vor Lebensfreude, als sie mich an der Wohnungstür begrüßt.

„Lass uns ausgehen. Ich habe heute noch nicht viel zu essen bekommen", gebe ich ihr wahrheitsgemäß zur Antwort.

„Prima Idee", freut sie sich, „und anschließend gehen wir tanzen, ja? Wir haben uns solange schon nicht mehr getroffen, geredet und herumgealbert!" Sie strahlt und ich freue mich sehr darauf. Endlich mal wieder einen unbeschwerten Abend genießen, das tut uns beiden gut.

Anton ruft nach der Arbeit bei mir an.

„Hey Emilie! Hast du Lust heute Abend mit mir auszugehen?"

„Ich habe leider schon etwas vor. Tut mir leid, Anton! Vielleicht an einem anderen Tag, ja?", entschuldige ich mich. Warum entschuldige ich mich eigentlich? Wir sind nur Freunde und ich bin immer noch mein eigener Herr. Außerdem muss ich ihm keine Rechenschaft ablegen.

Wir sitzen bei unserem Lieblingsspanier und schlemmen was das Zeug hält.

Zwischen einzelnen Bissen fragt Linda: „Was ist das mit dir und Anton? Seid ihr zusammen?"

„Nein, wir sind nur gute Freunde. Glaub ich!"

„Glaub ich? Was heißt das? Du weißt es nicht genau?" Linda schaut mich stirnrunzelnd an.

„Eigentlich sind wir nicht zusammen. Wir treffen uns öfter und es ist immer sehr lustig. Wir verstehen uns gut und ich mag ihn. Aber eine feste Beziehung? Ich weiß wirklich nicht!"

„Dann kläre das schnellstens mit dir ab. Anton ist nämlich total verschossen in dich, sagt Jimmy!"

Jetzt bin ich sprachlos.

„Das habe ich so nicht bemerkt", versichere ich Linda, „er hat so etwas angedeutet, da er aber immer so zurückhaltend ist und noch keinen Versuch gemacht hat, mir näher zu kommen, habe ich das nicht für ernst genommen. Das war scheinbar ein Fehler!"

„Denkst du noch an Ben?", will Linda überraschenderweise wissen.

„Manchmal, ja! Es tut nicht mehr ganz so weh wie am Anfang. Aber eine feste Beziehung will ich noch nicht", sinniere ich vor mich hin.

„Dann musst du das Anton beibringen. Und wenn du Zeit brauchst, die wird er dir geben. Da bin ich ziemlich sicher!"

Torremolinos

Passion auf der Ave. Palma de Mallorca

Nach dem Essen gehen wir tanzen. Als der Discjockey eine Pause macht, geht Linda zur Toilette und ich setze mich zurück an unseren Platz an der Theke und schlürfe gedankenverloren an meinem Caipirinha.

„Hallo schöne Frau", spricht mich ein blonder Adonis von der Seite an.

Wo ist der denn so plötzlich hergekommen? Den habe ich noch gar nicht bemerkt.

„Hallo", antworte ich ungeduldig.

„Ich würde dir gerne einen Drink ausgeben", strahlt der Sonnyboy mich an.

„Okay! Dann bitte nochmal das Gleiche!"

Etwas flirten ist doch erlaubt? Ich muss lächeln.

Er bestellt sich ein Bier und für mich einen weiteren Caipirinha.

Er stellt sich als Nils vor und setzt sich ohne Aufforderung neben mich. Ganz schön dreist, denke ich.

Linda kommt um die Ecke und staunt nicht schlecht.

„Dich kann man wirklich keine Minute alleine lassen", raunt sie mir ins Ohr und zu Nils gespielt barsch: „Du sitzt auf meinem Platz!"

Sofort steht er auf und stellt sich hinter meinen Barhocker.

„Und du bist...?", fragt er Linda.

„Emmis Freundin!", gibt Linda für meine Begriffe etwas zu patzig zur Antwort.

„Du heißt also Emmi?"

„Eigentlich Emilie, aber Freunde nennen mich Emmi", erkläre ich.

„Ja, dann würde ich euch doch nahelegen, zu uns an den Tisch zu kommen? Habt ihr Lust?" Er ist wirklich ganz schön dreist.

Er legt vielleicht ein Tempo vor.

Ich schaue Linda an und sehe ein wenig Gegenwert.

„Ich glaube nicht", gebe ich Nils zur Antwort.

„Wenn du möchtest, dann lass uns mitgehen", schlägt Linda mir leise flüsternd ins Ohr vor und zieht mich vom Barhocker.

So lernen wir die Jungs aus Nils Fußballclub kennen.

„Das sind Fred, Hansi und Micha", stellt Nils seine Kumpels vor.

Die Jungs sind gut gelaunt, albern herum und Linda tanzt reihum mit ihnen.

„Deine Freundin hat ja eine Ausdauer", meint Hansi als er schnaufend von der Tanzfläche zurückkommt. Einige Witze über die Konditionen der Fußballer fliegen durch die Luft und eine heitere Stimmung verbreitet sich am Tisch.

Ich unterhalte mich mit Nils ganz angeregt. Er ist seit einigen Monaten geschieden und macht eine Woche Ferien, zusammen mit seinen Kumpels.

„Ich bin hier zum Abschalten. Das letzte halbe Jahr war schlimm. Wir haben uns nicht einvernehmlich getrennt."

„Das tut mir leid, Nils", bemitleide ich ihn.

„Muss es nicht. Das wird wieder besser, da bin ich ziemlich sicher. Ich brauche nur etwas Zeit."

„Hast du Kinder?", frage ich ihn.

„Nein, Dana wollte keine Kinder. Und jetzt bin ich froh darüber."

So erfahre ich, dass Nils in Leverkusen wohnt, aber aus der Eifel stammt. Seine Frau wollte nicht in die Stadt, daher musste er vier Jahre lang von der Eifel aus nach Düsseldorf zur Arbeit pendeln.

„Ich spiele leidenschaftlich gern Fußball, bin 34 Jahre alt, habe ein Studium als Ingenieur im Maschinenbau absolviert, arbeite in einer großen Firma Nähe Düsseldorf. Meine Wohnung habe ich allerdings in Leverkusen. Von da kommen auch meine Fußballkumpels. Was möchtest du noch von mir wissen?", grinst er mich frech an, nachdem er seinen Lebenslauf abgespult hat. Am Ende des Abends habe ich das Gefühl Nils schon seit Jahren zu kennen und prompt fragt er mich: „Was machst du morgen, Emmi?"

„Arbeiten gehen", ist meine Antwort.

„Und danach?", lässt er nicht locker.

„Ich wollte anschließend zum Strand", erkläre ich ihm.

„Kann ich mitkommen?" Er schaut mich verschmitzt an.

Nils ist auf keinen Fall kompliziert. Das ist mir sehr angenehm.

„Ja, okay, wenn du möchtest."

„Sehr gerne!" Er strahlt übers ganze Gesicht.

Ich denke so bei mir, *auch andere Mütter haben nette Söhne,* und strahle zurück.

Torremolinos

First Beach Hotel

„Es tut mir leid, Frau Meis. Ich habe die Zeit völlig vergessen", entschuldigt sich die Mutter von Klein-Emma, „ich hoffe, ich habe Ihre Pläne für heute Abend nicht durchkreuzt?" Es ist ihr sichtlich peinlich, dass sie sich verspätet hat, als sie endlich ihre Tochter aus der Kita abholt.

„Kein Problem", versichere ich ihr.

„Draußen sitzt ein schöner Mann auf der Mauer und ich glaube, der wartet auf Sie", zwinkert sie mir beim Hinausgehen zu.

Nils! Den habe ich über das Spielen mit Emma ganz vergessen.

„Na endlich!", kommt Nils mir entgegen, „ich habe schon befürchtet, du versetzt mich!"

„Nein, eine Mutter hat sich verspätet, aber ich hätte Emma ja auch mitbringen können."

„Och, so gern ich Kinder mag, wäre ich doch lieber mit dir alleine", versichert er mir schmunzelnd und hakt sich bei mir unter.

Da ich meine Schwimmsachen morgens schon eingepackt habe, können wir sofort starten.

Es wird ein lustiger Nachmittag mit Nils. Wir albern herum, schwimmen eine ganze Weile nebeneinander her und anschließend unterhalten wir uns, am Strand liegend. Ich habe die Chance Nils in Badeshorts zu bewundern und erfahre, dass er seit einigen Jahren Bodybuilding betreibt und da er eine schöne Bräune hat, ist er ein echtes Leckerchen, vor allem sein Waschbrettbauch hat es mir angetan. Und mit den blonden strubbeligen, etwas längeren Haaren auf seinem Haupt sieht er wie ein Surfer aus.

Ich erzähle ihm von mir und meinem Leben, nur die Episode mit Ben lasse ich aus, warum weiß ich selbst nicht. Aber es tut einfach immer noch weh, wenn ich daran denke.

„Wie heißt du eigentlich?", frage ich ihn zwischendurch.

„Das weißt du doch", albert er herum. Er stupst mich in die Seite und kichert.

„Nee, deinen Nachnamen kenne ich noch nicht", erkläre ich meine Frage.

„Moll, Nils Moll. Eigentlich Nils Anders Moll", dabei verzieht er das Gesicht. Ich muss lachen.

„Siehst du, da lachst du auch! Deshalb lasse ich den Zweitnamen üblicherweise weg! Geht ja auch ohne!"

„Deine Eltern sind aus dem hohen Norden?", frage ich ihn lachend.

„Nee, meine Mutter ist ein Fan dieser bekannten schwedischen Kinderfilme. Wenn die vor Weihnachten im Fernsehen laufen, ist sie für nichts Anderes mehr zu gewinnen", sagt er und zieht eine Grimasse, was mir wieder einen Lacher entlockt.

„Ich habe vielleicht einen Hunger. Wie sieht es mit dir aus?", fragt er mich gegen Abend.

„Ich verhungere fast schon", gebe ich ihm zur Antwort.

„Na dann mal los!", fordert er mich auf und zieht mich am Arm mit sich. Ich muss lachen: „Genau wie Linda?"

„Wie?", dreht er sich halb zu mir um.

Im Rennen japse ich nach Luft: „Bei Linda muss auch alles im Stechschritt passieren!"

Er lacht, läuft aber im gleichen Tempo weiter und ich hinterher, weil er mich immer noch am Arm festhält.

„Ich will nicht riskieren, dass du verhungerst", grinst er mich frech von der Seite an. Japsend erreiche ich neben ihm den Hafen. Dabei glaubte ich, einigermaßen fit zu sein. *So kann man sich täuschen!*

Torremolinos

Restaurante Pizza Mare

In Hafennähe werden wir dann fündig. Eine kleine Pizzeria mit Außenterrasse ist unsere Wahl.

„Hier war ich noch nie", stelle ich fest, „aber es schmeckt richtig lecker." Meine Meeresfrüchtepizza ist die Wucht, alles ganz frisch.

„Mmh", macht Nils und schiebt sich noch ein Brötchen mit Butter in den Mund. Er sieht sehr zufrieden aus.

Ich muss mal wieder über ihn lachen.

„Wenn es deinem Bauch gut geht, dann bist du zufrieden, ja?", necke ich ihn.

„Du sagst es", antwortet er mir kauend.

„Ich bin immer angespannt, wenn ich Hunger habe. Gute Laune habe ich dann meistens nicht", raunt er und zieht dabei die rechte Augenbraue warnend in die Höhe. Ein heiseres Kichern entfährt meiner Kehle.

Weil meine Wohnung näher liegt als sein Hotel, machen wir uns auf, um dort noch einen Kaffee zu trinken.

Ich weiß, dass Linda heute Abend wieder Dienst hat und ich daher keinen unangenehmen Fragen ausgesetzt sein werde.

Torremolinos

Linda und Emilies Wohnung

„Mach es dir gemütlich. Möchtest du einen Kaffee?", frage ich Nils.

„Hast du auch Wein da?", fragt er zurück.

„Ja, ich habe noch eine Flasche leckeren Rotwein."

„Prima", sagt er und schwingt sich aufs Sofa.

Er streckt seine langen Beine aus und fühlt sich bereits heimisch, das entlockt mir ein Lächeln. Ich bringe den Wein und stelle die

Gläser und die Flasche auf dem Wohnzimmertisch ab, da zieht Nils mich mit einem Ruck auf seinen Schoß. Ich muss abrupt lachen.

Er grinst mir frech ins Gesicht und setzt mir einen dicken Knutscher auf den Mund.

„Hey! Nicht so forsch", kichere ich.

„Komm lass uns etwas schmusen!" Er beißt mir leicht ins Ohrläppchen.

„Aua!", rufe ich scherzhaft.

Eine kleine Rangelei beginnt und als ich unter ihm lande, stellt sich bei mir, und ich merke auch bei ihm, ein Ziehen im Unterleib ein.

Ich genieße seine Wärme und dass er mich begehrt. Er ist ganz lieb und zärtlich und versichert sich immer wieder, dass ich auch möchte, was er mit mir macht.

Später wandern wir mit unserem Wein in mein Zimmer und schmusen weiter.

Er ist so liebevoll, streichelt mich, küsst mich und schält mich allmählich aus meinen Kleidern.

„Darf ich das?", will er zwischen zwei Küssen wissen.

Ich bin schon zu aufgeregt, um das zu verneinen.

„Ja, ich möchte das auch", versichere ich ihm ganz außer Atem.

Und so kommt es, dass ich meinen ersten One-Night-Stand habe.

Am Morgen werde ich wach und schaue neben mich. Nils schnarcht leise und lächelt im Schlaf.

Ich küsse ihn auf seinen Arm, weil dieser mir am nächsten liegt und er räkelt sich.

„Morgen, Süße", lächelt er mich noch etwas zerknautscht an.

„Morgen, Nils! Gut geschlafen?", frage ich ihn.

„Ja, wie ein Baby", gibt er zurück.

„Ich mache Frühstück. Gib mir zehn Minuten, okay?"

„Dann kann ich mich ja nochmal umdrehen", sagt er und dreht sich auf die andere Seite.

Ich muss lächeln. Es ist fast so, als würde Nils hierhergehören.

Nach dem Frühstück muss ich zur Arbeit und wir verabreden uns wieder für den Nachmittag.

Torremolinos

First Beach Hotel

Nachmittags steht ein strahlender Nils mit einer wunderschönen orangefarbenen langstieligen Rose vor der Kita.

„Hey, Süße", begrüßt er mich. „Für dich! Eine Rose für meine Rose!"

„Womit habe ich mir die denn verdient?", frage ich ihn amüsiert.

„Weil ich mich mit dir so wohlfühle!"

„Lieb von dir!" Ich will ihm einen Kuss auf die Wange geben, da dreht Nils seinen Kopf und ich lande auf seinem Mund. Wir müssen beide lachen. In dem Moment sehe ich im Augenwinkel, dass Anton um die Ecke kommt, stoppt, als er uns sieht und dreht sich auf dem Absatz um.

Nils und ich machen uns wieder zum Strand auf, aber anschließend muss er weiter, denn seine Kumpels haben Karten für ein Fußballspiel besorgt. Nils verspricht, später noch bei mir vorbeizukommen, wenn es nicht zu spät wird.

Den ganzen Abend mache ich mir Gedanken, was ich eigentlich will.

Nils wird in einigen Tagen abreisen und wer weiß, ob ich ihn wiedersehe.

Anton ist eine treue Seele, aber etwas langweilig, das muss ich mir eingestehen und was noch wichtiger ist, ich liebe ihn nicht.

Es wäre aber nur fair von mir, wenn ich Anton reinen Wein einschenken würde. Was aber soll ich ihm sagen?

Dass ich ein Verhältnis habe?

Dass Nils nur ein Bekannter ist?

Und muss ich mich wirklich erklären?

Fragen über Fragen.

Torremolinos

Linda und Emilies Wohnung

Als ich in die Wohnung komme, klingelt das Telefon.

„Emmi, ich habe eine Stunde Zeit. Kannst du vorbeikommen? Ich bin so neugierig?", ruft meine Freundin in mein Ohr.

„Langsam, Linda!", muss ich lächeln. „Okay, ich komme in zehn Minuten. Ich bin eben erst in der Wohnung angekommen und muss mich umziehen. Bin gleich bei dir!"

Gesagt, getan!

Torremolinos

Bar des First Beach Hotels

Kurze Zeit darauf empfängt mich Linda in der Bar.

„Heute Abend ist es ruhig!" Sie küsst mich rechts und links und drückt mich an sich. „Lass uns setzen", weist sie mir einen Hocker an.

„Wen hattest du denn gestern in unsere Wohnung mitgebracht?", fällt sie mit der Tür ins Haus.

„Von Diskretion hältst du wirklich nichts", muss ich lachen.

„Papperlapapp! Ich erwarte eine Antwort. Ich platze bald vor Neugier!" Sie verdreht die Augen.

„Nils ist nach dem Essen auf einen Kaffee mitgekommen", antworte ich ihr etwas verschämt.

„Toll! Es war auch überfällig, dass du etwas Spaß hast! Ich freue mich für dich! Und dann mit einem solchen Schnuckelchen", grinst sie und zwinkert mir zu.

Sie ist mir immer gut gesonnen, egal was ich anstelle. Ich bin ihr in dem Moment sehr dankbar, dass sie mir keine Vorhaltungen macht. Ein schlechtes Gewissen habe ich schon von alleine, aber das sage ich ihr nicht.

„Genieße es, Emmi", schlägt sie mir vor.

„Das tue ich! Aber Anton hat uns heute gesehen und war schockiert, glaube ich!"

„Ist Anton denn in der engeren Auswahl?", stellt sie die Frage, die ich mir auch schon gestellt habe.

„Ich weiß es nicht. Aber in dem Moment als er uns sah, hatte ich ein flaues Gefühl im Magen. Eigentlich muss ich ihm ja keine Rechenschaft ablegen. Er ist doch NUR ein Freund", sage ich zu ihr, aber noch mehr zu mir selbst.

„Fairerweise solltest du Anton aufklären, dass du nur seine Freundschaft willst, denn ich glaube nicht, dass ihr ein Paar werdet." Linda spricht das aus, was ich eigentlich auch fühle.

Linda beginnt mit ihrer Schicht, so mache ich mich auf und gehe nach Hause.

Als ich die Anlage verlasse, höre ich jemanden meinen Namen rufen.

Ich drehe mich um und sehe Anton auf mich zu kommen.

„Hallo Emilie, wie geht es dir?" Er bleibt direkt vor mir stehen. Seinem Gesicht sehe ich an, dass er angespannt ist und sofort ist mein Magengrummeln wieder da.

„Hallo Anton! Schön dich zu sehen", begrüße ich ihn.

„Hast du eine Minute? Kann ich mit dir sprechen?", fragt er ganz vorsichtig.

„Das trifft sich gut. Ich möchte mich auch mit dir unterhalten!" Ich traue mich nicht ihm nochmal ins Gesicht zu schauen.

Torremolinos

Strand am First Beach Hotel

Wir laufen am Strand entlang und setzen uns auf die Mauer, die die Promenade vom Strand trennt.

„Emilie, ich würde gern von dir wissen, was ich dir bedeute. Ich habe dich gestern mit einem anderen Mann gesehen." Anton kommt sofort zur Sache.

„Ich weiß. Das war Nils, ein Bekannter", antworte ich ihm wahrheitsgemäß.

„Es sah nach mehr aus!" Ich blicke ihn von der Seite her an, aber er schaut mich nicht an.

„Anton, ich mag dich sehr, aber ich habe das Gefühl, dass ich nicht das für dich empfinde, was du vielleicht für mich empfindest!" Jetzt schaue ich ihm direkt in sein Gesicht, kann aber nicht darin lesen, was in ihm vorgeht.

„Ich habe dir ja schon gesagt, dass ich mehr als nur Freundschaft für dich empfinde und vielleicht habe ich mir etwas vorgemacht. Ich dachte, es geht dir ebenso", gibt er mit erstickter Stimme zu.

„Anton, ich will dir nicht wehtun, aber ich liebe dich nicht. Ich schätze deine Freundschaft, aber leider ist da nicht mehr!" Endlich ist es heraus. Anton schweigt.

„Meinst du, wir könnten Freunde bleiben?", frage ich ihn und hoffe, er sagt ja.

„Ich weiß es nicht. Gib mir etwas Zeit." Er steht auf und geht.

Ich bleibe eine Weile traurig sitzen. Ich habe gerade einen Freund verloren, das fühle ich.

War es richtig, Anton so vor den Kopf zu stoßen? Aber ihn zu belügen, wäre falsch gewesen.

Nach einiger Zeit stehe ich auf und gehe langsamen Schrittes nach Hause.

Torremolinos

Linda und Emilies Wohnung

Die Unruhe in meinem Innern macht mich zappelig. Ich laufe auf und ab, räume hier und da.

Plötzlich läutet mein Telefon.

„Hallo Emmi, hast du Zeit für mich?", fragt Nils am anderen Ende. Ich weiß gar nicht, was ich erwidern soll. Eigentlich bin ich nicht gut gelaunt, seit dem Gespräch mit Anton.

Ich höre mich aber äußern: „Hast du Lust auszugehen?"

„Was schwebt dir vor?"

„Egal, Hauptsache hier raus!"

„Ich hole dich in zwanzig Minuten ab, okay?", fragt Nils.

„Ich bin dann fertig", antworte ich und bin bereits auf dem Weg ins Schlafzimmer.

Kurze Zeit darauf klingelt es an der Tür und ich falle Nils um den Hals.

„Was ist denn los. Nicht dass es mir nicht gefällt, wenn du mich so begrüßt, aber womit habe ich das verdient?", lacht er und drückt mich an sich.

„Ich brauche heute Ablenkung!" Mehr sag ich nicht und ziehe ihn mit mir nach draußen.

Torremolinos

Banana's Beach Club / Linda und Emilies Wohnung

Wir gehen eine Kleinigkeit essen und setzen uns dann an die Bar.

Nach meinem dritten oder vierten Cocktail zieht mich Nils vom Barhocker: „Jetzt geht es heim. Ich glaube, du hast genug!"

Ich wehre mich noch, aber Nils ist stärker und ich muss mich ihm ergeben.

Zu Hause angekommen, will Nils sich an der Tür verabschieden. Ich bitte ihn zu bleiben.

„Emmi, ich weiß nicht, ob das gut ist. In vier Tagen fahre ich nach Hause und es wird für uns Beide schwer, wenn wir uns schon so aneinander gewöhnt haben."

„Bitte, Nils, lass uns die übrige Zeit genießen. Ich möchte heute Nacht nicht alleine sein. Wir können ja nur kuscheln." Ich schaue ihn von unten herauf, mit einem Schmollmund, an und er zieht lächelnd den rechten Mundwinkel nach oben.

Wir liegen kaum im Bett, da bin ich schon eingeschlafen.

Morgens werde ich wach, weil mich jemand an der Nase kitzelt.

„He! Lass das", murmele ich noch, bevor ich die Augen geöffnet habe.

„Schlafmütze! Es ist Zeit, du musst doch sicher arbeiten?" Nils liegt lächelnd neben mir.

„Wie spät ist es denn?"

„Halb acht. Ich habe Frühstück gemacht. Ich denke, ein Kaffee tut dir gut!"

Da sehe ich erst, dass er komplett angezogen ist.

„Wie lange bist du denn schon auf?", frage ich ihn.

„Noch nicht lange, eine halbe Stunde ungefähr", sagt er und zieht mir im Aufstehen die Decke weg. Lachend springe ich aus dem Bett.

Beim Frühstück meint er nebenbei: „Ich habe Linda die Nacht noch gesehen. Sie schläft nebenan, weil Jimmy die Nacht noch unterwegs war und Linda deshalb nach Hause gekommen ist. Ich habe plötzlich etwas gehört und bin leise in den Flur geschlichen, dabei habe ich sie fast umgerannt. Sie hatte kein Licht eingeschaltet und Emmi, Linda hat mir gesagt, dass sie sich für dich freut." Er lächelt mich an.

„Ich weiß! Aber manchmal ist sie etwas zu mitteilsam", grummele ich.

„Was ist denn nur mit dir los? Du warst gestern schon so seltsam gelaunt", bemerkt er.

„Ich hatte gestern ein unerfreuliches Gespräch mit einem Freund. Aber eigentlich macht mir etwas Anderes zu schaffen", gebe ich zu.

„Raus damit", fordert mich Nils Brötchen kauend auf.

„Ich wusste ja von Anfang an, dass unsere Zeit begrenzt ist. Zwischendurch habe ich es vergessen und jetzt muss ich zugeben, dass es mir etwas ausmacht. Ich möchte nicht, dass du gehst!" Ich habe Tränen in den Augen.

„Emmi, du weißt doch, dass ich nicht bleiben kann", antwortet mir Nils und nimmt mich in die Arme. „Ich habe mir das auch schon überlegt. Es ist schön mit uns und ich wollte dir den Vorschlag machen, eine Fernbeziehung zu führen. Meinst du, du würdest das schaffen, wenn ich verspreche, dich so oft wie möglich zu besuchen? Oder du kommst hin und wieder zu mir nach Deutschland?"

„Das willst du wirklich so haben? Schließlich kennen wir uns noch nicht lange", staune ich.

„Süße, ich will dich nicht verlieren. Ich möchte es versuchen, wenn du es auch willst!"

„Ja, ich will!", strahle ich ihn an und kann schon wieder über meine Äußerung lachen.

Er nimmt mich hoch und wirbelt mich durch die Küche. Ich quietsche und schlage mir gleichzeitig auf den Mund.

„Linda", flüstere ich.

Jetzt geht es mir wieder besser und der Knoten im Bauch, den ich seit gestern gefühlt habe, löst sich allmählich auf und weicht einem warmen Gefühl.

Verschlafen steht Linda plötzlich in der Küchentür: „Was ist denn hier los?" Sie reibt sich die müden Augen.

„Verzeih", versuche ich eine Entschuldigung, „Nils und ich! Wir sind zusammen!", strahle ich meine Freundin an.

Etwas verschlafen kommt von ihr: „Na endlich!" Sie zwinkert uns zu, dreht sich um und geht wieder in ihr Schlafzimmer zurück.

Stirnrunzelnd schaut mir Nils in die Augen.

„Sie hat die ganze Woche Nachtdienst gehabt", erkläre ich ihm.

Die kommenden Tage verbringen Nils und ich gemeinsam. Ich kann meinen Dienst mit meiner Kollegin Shana tauschen und habe frei.

Dann kommt der Abreisetag. Nils verabschiedet sich schon am Vorabend von mir. Er hat jede Nacht bei mir verbracht.

Es fällt ihm genauso schwer sich von mir zu trennen, wie es mir schwerfällt, ihn ziehen zu lassen.

Torremolinos

First Beach Hotel

Auf der Arbeit bin ich nicht bei der Sache.

Meine Kollegin schaut mich hin und wieder von der Seite an.

„Das wird wieder besser", versichere ich ihr ohne aufzuschauen.

„Hast wohl Liebeskummer?", stellt sie fragend fest.

„Mhm", kann ich nur antworten, da ich wieder Tränen in den Augenwinkeln spüre.

***

Nach der Arbeit steht Linda vor der Tür der Kita.

„Liebes, geht es dir gut?", fragt sie, „ich wollte eine Kleinigkeit mit dir essen. Sollen wir ausgehen und hast du überhaupt Zeit?"

„Linda, ich habe viel zu viel Zeit jetzt", schniefe ich.

„Ach Emmi!" Sie nimmt mich in den Arm und es ist um mich geschehen. Ich flenne wie ein Schlosshund.

Torremolinos

Arcos Bar

Als ich mich wieder gefangen habe und wir beim Essen sitzen, überlege ich laut: „Meinst du eine Beziehung auf diese Entfernung hat eine Chance?"

„Wenn ihr es beide wollt und euch ein wenig bemüht, habt ihr eine Chance. Das glaube ich ganz fest, Emmi", versichert sie mir.

„Nils ist doch total in dich verschossen! Und du...?"

„Du bist lieb! Ich hoffe, du hast recht! Ich könnte es im Moment nicht ertragen, ihn zu verlieren", erkläre ich ihr und beantworte damit zugleich Lindas Frage.

„Ihr telefoniert doch sicher öfters und es ist auch nicht so weit bis Deutschland!" Sie lächelt mich etwas unsicher an.

„Wie sieht es denn mit dir und Jimmy aus? Alles in Ordnung? Bist du noch immer so verliebt in ihn?", frage ich Linda und lenke damit vom Thema ab.

„Emmi, wo du es schon ansprichst. Eigentlich wollte ich noch etwas damit warten, bis ich es dir sage." Linda macht es spannend.

„Rück schon raus mit der Sprache", fordere ich sie auf.

„Okay, Süße!" Sie seufzt und schaut mich mit einem merkwürdigen Blick an. „Es ist alles in Ordnung. Wir sind ganz verrückt aufeinander."

„Du machst es aber spannend!"

„Also! Wir wollen heiraten", strahlt sie mich an.

„Wirklich!", rufe ich erfreut, und etwas leiser mit einem Blick ins Lokal, „das ist ja wunderbar! Ich freue mich für euch! Oh Linda, herzlichen Glückwunsch!" Ich falle meiner Freundin um den Hals und küsse sie auf die Wange.

Ich freue mich sehr für sie und sage ihr das auch: „Du hast das verdient, Linda!"

Wir stoßen mit Prosecco an. Ich fühle mich so beschwingt, als sei es meine gute Nachricht.

Etwas beschwipst tänzeln wir einige Stunden später nach Hause.

Torremolinos

Flughafen von Malaga

Linda und Jimmys großer Tag ist da und Nils wird natürlich auch kommen. Bei diesem Gedanken hüpft mein Magen vor Aufregung auf und ab. Ich bin total nervös.

Gefühlte zwanzigmal habe ich meine Garderobe gewechselt. Schließlich ziehe ich doch Jeans und T-Shirt an und fahre zum Flughafen. Dort warte ich an der Absperrung. Nils kommt mir entgegen und winkt mir zu. Er lässt sein Gepäck fallen und umarmt mich stürmisch.

„Süße, ich habe dich so vermisst!" Wir küssen uns und können kaum voneinander lassen.

„Nils, ich habe mir überlegt, dass du die drei Tage bei mir schläfst. Was hältst du davon? Ich denke, ein Hotelzimmer lohnt sich nicht!"

„Wird dir das nicht zu viel, Emmi?", zögert er.

„Nein! Ich will soviel von dir haben wie möglich. Und ich habe zwei Tage freibekommen. Das kann ich zwar nicht immer machen, wenn du hierherkommst, aber meine Kollegin Shana meinte, es wäre auch für sie besser, wenn ich anschließend gut gelaunt zur Arbeit komme!" Ich zwinkere ihm zu und er kichert leise. Schon wieder bekomme ich einen dicken Schmatzer. Die Begrüßung ist so, wie ich es mir die ganzen Tage ausgemalt und gewünscht habe.

Linda und Emilies Wohnung/

Friseur und Brautmodengeschäft in der Innenstadt

Die Hochzeit wird am Strand stattfinden und wir werden alle in Weiß und barfuß kommen. Das ist typisch Linda. Eine Hochzeit in einer Kirche wäre nichts für sie, meint sie.

Jimmy hat einen befreundeten Caterer gebeten am Strand ein Buffet aufzubauen.

Ein wunderschönes weißes Zelt wird aufgestellt und unter einem Bogen, geschmückt mit Blumen, wird die Trauung stattfinden.

Ich bin genauso nervös wie Linda, als der Tag da ist.

„Schätzchen, ich glaube, ich drehe bald durch!" Sie wuselt in der Wohnung herum.

„Jetzt komm mit mir. Du musst zum Friseur und ich hole in der Zwischenzeit dein Kleid ab", treibe ich sie zur Eile an.

„Ja, ja, komme ja schon!" Kichernd rennt sie ausnahmsweise hinter mir her.

Ich liefere Linda beim Friseur ab und mache mich auf den Weg zur Schneiderin.

Als ich Linda einige Zeit später beim Friseur abholen will, sehe ich auf der anderen Straßenseite einen Mann und bin geschockt.

Ist das Ben gewesen, der eben in dem Geschäft auf der anderen Seite der Straße verschwunden ist?

Emilie, du hast dich geirrt, denke ich. *Wo kommen denn diese Gedanken jetzt her?*

Ich betrete noch ganz in Gedanken den Laden und bin augenblicklich verzückt.

„Linda, du siehst aus wie ein Engel! Das habt ihr toll gemacht", lobe ich Marco, den Friseur.

Lindas Haare fallen in schimmernden Wellen auf ihre Schulter und sie trägt einen niedlichen Kranz aus kleinen bunten Blüten.

„Ja? Gefällt es dir?", schaut sie mich strahlend an.

Ich muss vor Rührung schlucken.

„Jimmy wird gar nicht anders können, als dich zu heiraten!"

„Das hoffe ich doch!", jubelt sie und Marco steht mit stolz geschwellter Brust neben ihr.

Auf dem Weg zurück in die Wohnung, überlege ich, ob ich Linda von meiner Beobachtung erzählen soll, lasse es aber. Warum Aufregung verbreiten, wo es nicht nötig ist. Ich habe mich sicher geirrt! Ich helfe Linda in ihr schönes weißes Kleid, knöchellang und aus einem leichten Baumwollstoff. Das Oberteil aus weißer Spitze mit einem großzügigen V-Ausschnitt, einem tiefen Rückenausschnitt und einem Rock aus leichter Organza, um die Hüfte ein weißes Satinband. Sie ist wunderschön und mir kommen die Tränen vor Rührung.

„Was soll das denn nachher werden, wenn du jetzt schon weinst? Lass das, Emmi, sonst muss ich auch weinen!" Im Gegensatz zu ihren Worten strahlt sie, wie eine Braut nur strahlen kann.

Ich versuche zu lächeln. „Entschuldige bitte, aber du bist so schön", versichere ich ihr schniefend.

„Danke, Süße! Das habe ich dir zu verdanken. Schließlich hast du das Kleid mit ausgesucht!" Sie strahlt, dass es eine Wonne ist.

„Du siehst aber auch fantastisch aus in deinem Kleid. Du wirkst wie eine Elfe. Nils werden die Augen aus dem Kopf fallen", kichert sie leise und zwinkert mir verschwörerisch zu.

Torremolinos

Strand am First Beach Hotel

Jimmy steht bereits im Blumenbogen und tritt von einem Fuß auf den anderen.

„Ich soll dir mitteilen, dass deine Braut in zehn Minuten da ist", wende ich mich an ihn, als ich am Ort des Geschehens ankomme.

„Danke, Brautmädchen! Wenn sie nicht kommt, heirate ich dich ganz einfach", begrüßt er mich lächelnd und küsst mich auf die Wange.

„Du Schmeichler", lächele ich und erröte über sein verstecktes Kompliment.

Nils sitzt mit den anderen Gästen auf Stühlen mit weißen Hussen, die rechts und links des schmalen Ganges bis zum Blumenbogen stehen. Er strahlt mich an.

Wie schick er aussieht! In seinem weißen Hemd mit weißer Fliege könnte er ohne weiteres als Bräutigam durchgehen.

Der Priester hat bereits seinen Platz eingenommen.

Jetzt fehlen noch Jimmys Trauzeuge und die Braut.

Jimmy hat mit erzählt, dass Anton ihn gebeten hat, sich jemand anderen als Trauzeugen zu suchen. Anton war die erste Wahl und daher gehe ich davon aus, dass es jetzt entweder Kai oder Sven sein wird.

Ich soll Linda zum Blumenbogen führen, das ist ihr Wunsch und daher stehe ich am Ende der Sitzreihen und warte.

„Emilie?" spricht mich da jemand von hinten an.

Die Stimme kenne ich und ich wage es kaum mich umzudrehen.

Mir wird augenblicklich schlecht und ich sehe Sternchen, kann aber die Fassung bewahren und frage ihn heiser: „Ben? Was machst du denn hier?"

Reiß dich zusammen und kippe nicht aus den Latschen! Geht es mir durch den Kopf.

„Ich bin James Trauzeuge", antwortet er mir, „wie klein die Welt doch ist! Das ich dich hier wiedersehe!" Er strahlt mich an.

Ich bin nicht in der Lage etwas zu erwidern.

James? Meint er tatsächlich Jimmy?

„Wir sehen uns noch", sagt er und geht nach vorn. Ich stehe stumm und stocksteif da, zu keiner Rührung fähig.

In dem Moment kommt Linda auf mich zu. Ben geht auf Jimmy zu und ich stehe immer noch wie angewurzelt an der gleichen Stelle.

„So, Süße, bringst du mich nach vorn zu meinem Fast-Ehemann", versucht sie zu scherzen. Ich sehe aber, dass sie furchtbar aufgeregt ist.

Meine taffe Freundin, denke ich liebevoll und nehme sie in den Arm.

Wir schreiten Arm in Arm nach vorn an den Sitzreihen der Gäste vorbei. Die Musik spielt die Hochzeitmelodie. Die Gäste drehen sich zu uns um und lächeln. Ich gehe neben Linda her, ohne wirklich etwas wahrzunehmen. Ich gehe wie in Trance. Wenigstens merkt Linda nicht, wie es um mich steht.

Ob sie wusste, wer Jimmys Trauzeuge wird? Nein gewiss nicht. Sie hätte mich gewarnt, da bin ich ganz sicher!

Linda stoppt plötzlich und schaut mich mit aufgerissenen Augen an. Jetzt hat sie auch gesehen, wer da vorne steht. Aber sie fängt sich sofort wieder und wir kommen, ohne zu stolpern, am Blumenbogen an.

Ich überreiche die Hand der Braut an den strahlenden Bräutigam und stelle mich links an die Seite des Blumenbogens. Auf der anderen Seite des Bogens steht Ben.

Was für eine Ironie! Ich kann es nicht glauben!

Von der ganzen Zeremonie bekomme ich nichts mit. Das Blut rauscht in meinen Ohren und ich bin froh, als das Brautpaar sich küsst und mit der Unterschrift der zeremonielle Teil beendet ist.

Die Gäste kommen sofort auf die Beiden zu und gratulieren.

Ich muss mich setzen, weil meine Beine mich nicht mehr tragen.

Nils empfängt mich und drückt mich auf einen Sitzplatz neben sich.

„Du bist ganz grün um die Nase, Emmi! Hat dich die Hochzeit so mitgenommen?", fragt er besorgt.

„Das geht gleich wieder", versichere ich ihm, „würdest du mir ein Glas Wasser holen?"

„Na klar. Ich bin in einer Minute zurück", sagt er und läuft los.

„Hallo Emilie!" kommt da auch schon Ben auf mich zu.

„Ben", mehr kann ich nicht erwidern.

„Jimmy hat mich angerufen, als sein Freund ihm eine Absage erteilt hat und gefragt, ob ich sein Brautführer sein möchte. Da habe ich natürlich gleich ja gesagt. Ich gebe zu, ich hatte ein wenig die Hoffnung, ihn nach dir fragen zu können!"

„Ach so!" Er sieht fantastisch aus in seinen hellen Leinenhosen und dem weißen Hemd. Alle Männer haben helle Leinenhosen an und weiße Hemden und eine blaue Krawatte, dazu blaue Hosenträger. Nur der Bräutigam hat zusätzlich eine farblich gleiche Jacke an.

Da kommt Nils mit dem Glas Wasser zurück und überreicht es mir.

„Hallo", begrüßt er Ben nichtsahnend. „Wir kennen uns noch nicht. Ich bin Nils, Emmis Freund."

Ich werde puterrot.

„Ich bin Benedikt und... ein guter Freund von James."

„Haha", lacht da Nils. Ich zucke zusammen, weil alle meine Nervenstränge angespannt sind.

„Entschuldigt bitte, aber niemand nennt ihn James, außer seiner Mutter", erklärt Ben da.

„Ach so, daher der Lacher. Ich ärgerte ihn damit. Ich weiß, er hört das nicht gern", erklärt Ben.

„Ich wusste überhaupt nicht, dass du Benedikt heißt", murmele ich mehr zu mir und merke sofort, was ich da angerichtet habe.

„Ihr kennt euch?" Nils schaut mich mit gerunzelter Stirn an.

„Ja, ähm..." Ich weiß nicht wie ich das erklären soll, obwohl es eigentlich ganz einfach ist, nur eben für mich in diesem Moment nicht.

Linda rettet mich. Sie ruft nach mir und ich springe auf.

„Entschuldigt mich!" Ich laufe zur Braut und endlich gratuliere ich meiner Freundin.

„Du Arme! Geht es?", flüstert sie mir ins Ohr.

„Wird schon, glaube ich." Aber sicher bin ich mir nicht. „Denk nicht an mich. Genieße deinen Tag, Süße!"

Die beiden Männer stehen immer noch zusammen. Das gefällt mir nicht. Aber ich kann auch nicht mehr zu ihnen hinübergehen, dazu fehlen mir die Nerven.

Ich gratuliere Jimmy, seiner Mutter und den Brauteltern.

„James Peeters, ich vertraue dir meine aller, allerbeste Freundin an und bitte dich gut auf sie aufzupassen!" Er strahlt mich über beide Ohren an.

„Emmi, worauf du dich verlassen kannst", sagt er und küsst mich auf beide Wangen. Lindas Vater reicht mir beide Hände.

„Emilie, ich bin froh, dass du meinen Part bei der Hochzeit übernommen hast. Mit meinem Hüftleiden hätte ich womöglich einen Salto im Sand geschlagen und unsere arme Linda wäre blamiert gewesen." Er freut sich über meine Hilfe und tätschelt mir wohlwollend die Schulter.

„Linda hat mich darum gebeten und ich habe es wirklich gerne gemacht", versichere ich ihm.

Bei unserem Gespräch werfe ich immer wieder einen Blick in die Richtung der beiden Männer, die sich jetzt die Hand geben und in unterschiedliche Richtung weggehen.

Wenn ich nur wüsste, was die Beiden gesprochen haben. Dieser Gedanke macht mich total nervös.

***

Zwei Kolleginnen von Linda servieren Sekt und Saft und ein Gewirr an Stimmen und Gelächter ist um mich rum. Linda schaut immer mal wieder zu mir herüber. Ich rede mit den anderen Gästen und tue unbeschwert, aber es ist mir schlecht. Ich habe das Gefühl, dass jeden Moment der Boden unter meinen Füßen nachgibt.

Da kommt Nils auf mich zu. Er schaut ernst.

„Ist alles in Ordnung?", frage ich ihn ängstlich.

„Was soll denn nicht in Ordnung sein", antwortet er mir, aber ich merke, er weicht mir aus.

Höre ich da einen giftigen Unterton? Was hat Ben zu ihm gesagt? Aber das muss warten. Ich will Lindas schönsten Tag nicht verderben.

Als es dämmert, werden Fackeln aufgestellt und Musik fordert die Gäste zum Tanzen heraus. Die Feier ist lustig und es geht bis spät in die Nacht. Wobei ich mich wie ein Zaungast fühle. Alle haben Spaß, nur ich stehe vollkommen neben mir.

Lindas Eltern versichern ihrer Tochter, dass es eine schöne Feier war, als sie zum Hotel aufbrechen. Lindas Mutter war erst dagegen die Feier am Strand zu feiern, aber Linda hat sich durchgesetzt, zumal ihre Mutter von Deutschland aus nicht viel ausrichten konnte.

Ben hat immer ein Auge auf mich, aber ich tue, als würde ich es nicht bemerken und bin besonders lieb zu Nils. Ich habe aber das Gefühl, als sei dieser etwas zurückhaltender als sonst.

Ich muss mich nach der Feier mit Nils aussprechen.

Torremolinos

126

Linda und Emilies Wohnung

Ich habe ein wenig zu viel getrunken und muss mich bei Nils einhängen, als wir zur Wohnung zurücklaufen.

„Du hast mir gar nicht gesagt, dass ich gut aussehe", meckere ich.

„Hast du keine anderen Probleme?", fragt er zurück und schaut mich noch nicht einmal dabei an.

„Wie meinst du das denn?", stelle ich die Gegenfrage etwas erschrocken.

„Lass uns morgen reden. Heute ist mit dir doch sowieso nicht mehr viel anzufangen", nörgelt er von der Seite.

„Mensch, bist du schlecht gelaunt", grummle ich.

„Bitte Emilie, lass uns morgen reden!"

Ich mache noch einige Versuche, bekomme aber keine Antwort mehr.

Den Rest des Weges legen wir schweigen zurück.

Im Bett dreht sich Nils auf die andere Seite, als ich versuche, mich an ihn zu kuscheln.

Aufgrund des Alkohols schlafe ich schnell ein.

Am Morgen wache ich mit einem Kater auf.

Als ich die Augen öffne, steht ein Trinkglas mit einer Schmerztablette neben meinem Bett.

Habe ich soviel getrunken, überlege ich noch, da öffnet sich die Tür zum Schlafzimmer.

Nils ist bereits angezogen und kommt zu mir und setzt sich auf die Bettkante.

„Na, du Suff Nase", sagt er, aber das Strahlen, dass ich erwartet hätte, bleibt aus. So kenne ich ihn nicht.

„Nils, ich glaube, ich muss dir einiges erklären", setze ich an.

„Ist eigentlich nicht nötig. Benedikt hat mir gestern bereits die Situation erklärt. Das hat mir schon gelangt." Er schaut auf seine Schuhe.

„Was hat dir Ben erklärt?" Ich setze mich auf und bin augenblicklich ärgerlich auf Ben.

„Das kannst du dir doch denken! Ich hätte das nicht von dir gedacht und bin sehr enttäuscht von dir." Seine Verärgerung ist ihm anzusehen. Na toll! Jetzt sind wir beide sauer.

„Nils, bitte höre mir zu. Ich weiß nicht, was Ben dir erzählt hat, aber die Wahrheit ist, dass wir mal vor ewigen Zeiten ein Paar waren und er sich gegen mich und für seine eifersüchtige Schwester entschieden hat, so seltsam sich das anhört. Es ist nichts mehr zwischen uns und wir haben uns auch schon lange nicht mehr gesehen."

Ich hoffe ihm mit dieser kurzen Erklärung einen Einblick über meine Beziehung zu Ben gegeben zu haben.

„Benedikt hat mir gesagt, dass du das so darstellen wirst. Er hat mir aber erklärt, dass du einfach weggezogen bist und ihm keine Chance gegeben hast, sich wieder mit dir zu vertragen. Und er hat mir erklärt, dass es viel ernster mit euch war und ihr heiraten wolltet."

„Was hat er dir erzählt?", schreie ich ihn an. Jetzt bin ich stinksauer. „Das ist gelogen. Von Heirat war überhaupt keine

Rede. Solange haben wir uns noch gar nicht gekannt. Und du glaubst ihm mehr als mir? Das enttäuscht mich sehr!"

„So wie es jetzt aussieht, werde ich heute schon nach Hause fliegen. Vielleicht brauchen wir etwas Abstand um wieder einen klaren Kopf zu bekommen."

Er steht auf und öffnet die Schlafzimmertür und ich sehe seinen Koffer im Flur stehen.

„Du hast ja schon gepackt." Mir kommen sofort die Tränen. Es ist alles zu viel für mich.

„Sehe ich dich wieder?", frage ich unter Tränen.

„Lass mir etwas Zeit. Ich rufe dich an. Okay?"

„Okay", schniefe ich.

Er kommt zurück und drückt mich fest.

„Emmi, ich möchte dir gerne glauben, aber Benedikt war sehr überzeugend. Gib mir etwas Zeit, ja?"

Ich nicke und es entfährt mir ein Schluchzer. Nils küsst mich auf die Wange und geht.

„Lass mich doch nicht so zurück", bettele ich, aber er hört es nicht mehr.

Ich lasse mich aufs Bett fallen und weine in meine Kissen.

Dieser Idiot, denke ich die ganze Zeit. *Wenn ich Ben in die Finger kriege!*

Ich weiß nicht, wie lange ich so gelegen und geweint habe, als es an der Tür klingelt.

Ich schrecke hoch. Nils ist zurückgekommen.

Es tut ihm leid, denke ich sofort.

Ich spurte los und öffne die Tür mit Schwung, in der Hoffnung Nils zu sehen.

„Hallo Emilie", begrüßt mich Ben.

„Du?", schreie ich fast. „Woher weißt du, wo ich wohne?"

„Ja, ich", gibt er etwas kleinlaut zurück, „das hat mir Nils gestern verraten."

„Du hast ja Mut hierher zu kommen!", brülle ich ihn an.

„Darf ich hereinkommen?", fragt er vorsichtig.

„Am liebsten würde ich nein sagen, aber dann kann ich dir nicht den Kopf abreißen", sage ich und trete zur Seite um ihn in die Wohnung zu lassen.

Da Linda mit Jimmy für einige Tage in einem Haus am Strand, dass Jimmys Mutter gehört, Flitterwochen macht, sind wir alleine in der Wohnung.

„Kann ich einen Kaffee haben?"

Ich antworte ihm nicht, gehe ins Schlafzimmer, ziehe mir etwas über und koche, zurück in der Küche, Kaffee. In der Zeit sprechen wir nicht miteinander. Ben schaut sich um und scheint auch nicht recht zu wissen, womit er anfangen soll. Gestern war das wohl anders. Nils gegenüber hatte er scheinbar viel zu erzählen.

Ich stelle ihm einen Kaffee hin, wohlweislich ohne Milch und Zucker, um ihn zu ärgern, da ich weiß, dass er sowohl Milch als auch Zucker im Kaffee trinkt.

Da fragt er auch schon danach.

„Habe ich nicht", ist meine kurze Antwort. Soll er den Kaffee doch stehen lassen, denke ich kleinlich.

„Warum hast du Nils angelogen?", falle ich mit der Tür ins Haus.

„Ich habe nicht gelogen", versichert er mir.

„Sondern? Nur ein wenig geschummelt?", frage ich ihn vorwurfsvoll.

„Wenn du es so nennen willst!" Er zieht eine Schnute.

„Dann erkläre es mir!"

„Ich habe dich gesucht. Du warst auf einmal verschwunden und niemand wusste, wohin du verzogen bist. Ich war verzweifelt", versichert er mir.

Da geht es mit mir durch und ich werde wieder laut: „Für deine Überlegungen und die Suche hast du dir aber ordentlich viel Zeit gelassen. Ich war noch eine ganze Zeit in meiner Wohnung in Köln zu finden und habe nichts von dir gehört."

„Ja, ich weiß. Ich musste mir erst darüber klarwerden, was ich will. Dann musste ich mit Mona klären, was zwischen euch vorgefallen ist und schließlich wurde ich von der Firma für einen ganzen Monat nach Amerika geschickt und als ich zurückkam, warst du weg. Ich weiß, ich hätte mich vorher mit dir aussprechen sollen, aber ich war sauer auf dich. Mona hat zuerst auch nicht mit mir kommunizieren wollen. Sie sagte, sie sei sauer auf dich, weil du ihr Gemeinheiten nachsagst." Er stockt. Für eine Weile schweigen wir.

„Aber Emmi, ich wusste nach kurzer Zeit schon, dass du mir fehlst und ich nicht ohne dich sein will", versichert er mir ganz ernst.

„Ben, es geht trotzdem nicht, dass du zu Nils sagst, dass wir heiraten wollten. Das ist gelogen", werfe ich ihm vor.

„Ich weiß! Aber dein Nils hat so von dir geschwärmt, da wusste ich mir nicht anders zu helfen und es fiel mir in der Schnelle nur diese Notlüge ein. Bitte, Emmi, verzeih mir und lass es uns noch einmal miteinander versuchen", fleht er mich an.

„Ben, ich bin mit Nils zusammen. Wie denkst du dir das?" Ich schüttele zur Antwort den Kopf.

„Du hast mich doch auch geliebt und wir hatten so eine tolle Zeit zusammen. Ich habe gehofft, dass ich dich irgendwann finde und wir einen neuen Anfang zusammen haben. Dass ich dich hier treffe, das hat mich völlig überrumpelt."

Das glaube ich ihm sogar.

„Ben, es hat keinen Zweck. Ich habe furchtbar gelitten, als du dich nicht mehr gemeldet hast", gestehe ich ihm.

„Ich weiß. Mir ging es auch schlecht. Aber ich brauchte einfach Zeit." Schuldbewusst schaut er mich an.

„Ich bin mit Nils glücklich und habe mich hier eingelebt. Es geht mir wieder gut und an diesem Zustand will ich nichts ändern." Ich fühle mich etwas erleichtert, dass es jetzt raus ist.

„Ben, bitte geh jetzt", bitte ich ihn. Ich ertrage ihn im Moment nicht in meiner Nähe, außerdem ist mir schlecht, wovon weiß ich nicht genau.

„Wenn das dein Wunsch ist, dann gehe ich. Bitte überlege es dir noch mal. Ich warte auf dich, Emilie. Ich lasse dir alle Zeit, die du brauchst", und schon ist er zur Tür hinaus.

Ich sitze wie betäubt am Tisch und starre vor mich hin.

Was soll ich jetzt denken? Ich bin total verwirrt. Ich brauche Linda, aber sie kann ich natürlich nicht auf ihrer Hochzeitsreise stören.

Ich lege mich in die Wanne und als das Wasser kalt wird, merke ich erst, dass ich fast schon eine Stunde hier liege. Dann verkrieche ich mich ins Bett.

Ich bin so fertig, dass ich sofort einschlafe.

Als ich mitten in der Nacht wach werde, höre ich noch, dass das Telefon klingelt. Aber ich bin zu langsam. Als ich den Hörer aufnehme, tutet es nur noch in der Leitung.

Ob das Nils war?

Es geht mir immer noch nicht besser und die Gedanken wirbeln durcheinander. Mein Magen dreht sich.

Ich versuche wieder einzuschlafen, aber das Gedankenkarussell dreht sich immer weiter.

Ich nehme mir eine Decke und lege mich im Wohnzimmer vor den Fernsehapparat. Da fällt mir die Flasche Wein ein, die halb leer in der Küche steht.

Ein großes Glas trinke ich in wenigen Schlucken leer. Die Flasche ist schnell leer getrunken und ich öffne noch eine.

***

Am Morgen wache ich mit Schädelbrummen und steifen Gliedern auf dem Sofa auf.

Erst bin ich verwirrt und muss überlegen, ob ich gleich zur Arbeit muss. Dann erinnere ich mich, dass ich ja noch freihabe.

Bei einer Tasse Kaffee überlege ich, wie ich die Zeit in meinem Zustand hinter mich bringe.

Ich werde eine Runde Laufen gehen. Das lenkt mich ab und vielleicht geht es mir danach etwas besser.

Torremolinos/Spanien

Emilies und Lindas Wohnung

„Hey, Süße! Du siehst ja gut aus! Hast du eine schöne Woche mit deinem Ehemann verlebt?" Endlich ist Linda wieder zurück und ich begrüße sie freudig.

Sie fliegt mir um den Hals.

„Lass uns einen Kaffee trinken und klönen!" Sie strahlt und sofort geht es mir besser.

„Emmi, es war fantastisch. Du musst einmal dorthin mitkommen. Das Haus liegt auf den Klippen direkt am Strand. Du hast einen Blick übers Meer, der ist sensationell. Wir konnten vom Schlafzimmer aus aufs Meer schauen und morgens den Fischern zusehen, wenn sie zurück in den Hafen einfuhren!"

Linda ist nicht zu stoppen. Ich muss laut lachen.

„Was?", schaut sie etwas irritiert.

„Soll ich dir tatsächlich glauben, dass ihr morgens nichts Besseres zu tun hattet, als den Fischern zuzuschauen!" Jetzt lacht sie auch.

„Alles musst du nicht wissen", sagt sie und zwinkert mir zu.

Dann erfolgt ein angeregtes Gespräch über die Hochzeit, die Gäste und Linda bringt das Thema auf den Punkt: „Ich wusste nicht, dass Ben zur Hochzeit kommt. Nachdem Anton sich nicht bereiterklärt hat, den Trauzeugen zu machen, hat Jimmy nur gesagt, dass er mit einem Freund telefoniert hat. Und dann war soviel zu erledigen, dass wir über das Thema nicht mehr geredet haben. Jimmy tut es leid, was er da angestellt hat. Er hat nicht nachgedacht und er wird sich noch bei dir entschuldigen! Bitte, glaube mir, dass ich genauso überrascht war, wie du", versichert mir meine Freundin.

„Linda, ich habe keine Sekunde daran gezweifelt, dass du mir es gesagt hättest, wenn du im Vorfeld erfahren hättest, dass Ben hier erscheint." Ich hole kurz Luft, aber jetzt sprudelt all das aus mir heraus, was seit vielen Tagen in mir gärt.

Schließlich erzähle ich ihr alle weiteren Begebenheiten, dass Ben mit Nils auf der Hochzeit geredet hat bzw. Nils angelogen hat, dass Nils direkt abgereist ist und sich bisher nicht mehr gemeldet hat, und dass ich mit Ben gesprochen habe.

„Oh Emmi! Und das musstest du alles mit dir alleine ausmachen! Ich bewundere dich für deine Kraft!" Linda kommt um den Tisch herum und drückt mich fest an sich. „Und es tut mir leid, dass ich dir nicht geholfen habe!" Sie streichelt mir über den Rücken und es tut gut, sie hier zu haben.

„Ach Linda, es waren echt schwere Tage und ich habe jeden Tag gehofft, Nils meldet sich bei mir! Aber kein Lebenszeichen. Ich bin so enttäuscht, dass Nils mir weniger glaubt als Ben. Ich muss andauernd an ihn denken. Einen Tag bin ich stinksauer auf ihn und dann vermisse ich ihn so sehr, dass es wehtut." Jetzt muss ich, dumme Kuh weinen und Linda streichelt mir wieder über den Rücken und flüstert mir leise ins Ohr: „Süße, weine nur. Vielleicht geht es dir danach etwas besser."

Als ich mich wieder beruhigt habe, beschließen wir etwas an die frische Luft zugehen.

Nach einer kurzen Zeit schlägt Linda vor, sich hinzusetzen und über das Meer zu schauen.

„Es tut mir so leid, was du durchmachst. Deshalb werde ich auch noch nicht zu Jimmy ziehen. Das verschiebe ich auf jeden Fall so lange bis Jimmy und ich eine andere Wohnung gefunden haben", Linda schaut mich von der Seite an.

„Ich habe ja damit gerechnet, dass du jetzt zu deinem Mann ziehst und ich bin wirklich froh, dass es noch etwas dauert. Dann werde ich mich nach einer Untermieterin umsehen", sinniere ich.

„Lass dir Zeit damit. Ich zahle die Hälfte der Miete so lange, bis du jemanden gefunden hast, der zu dir passt."

„Danke, Linda. Das ist lieb von dir!"

„Leider kann ich mir keine zwei Wohnungen leisten. Ich habe ein wenig Sorge, dass jemand anderes meine Stellung bei dir übernimmt." Linda schaut verlegen auf ihre Füße.

„Das wird nie passieren, Linda!" Ich drücke ihr einen Kuss auf die Wange und sie wird doch tatsächlich rot. Wir müssen beide lachen und so verläuft der komplette Tag. Wir albern herum und es tut so gut, mal wieder etwas lockerer zu sein. Ich merke jetzt erst, wie sie mir gefehlt hat.

V.

Deutschland

Nils Wohnung

„Hey, Jimmy, wie geht's dem frisch gebackenen Ehepaar?", ruft Nils in den Hörer.

„Mir könnte es nicht besser gehen. Ich habe die tollste Frau der Welt geheiratet. Jetzt muss ich nur sehen, dass sie mir nicht mehr wegläuft", scherzt Jimmy.

„Hey Kumpel, ich habe eine Entscheidung getroffen und will nächste Woche nach Spanien kommen. Ich wollte dich in den Flitterwochen nicht stören. Aber jetzt brauche ich einige Auskünfte von dir! Erzählst du mir bitte, was das mit Emilie und deinem Trauzeugen ist? Weißt du, ob die Geschichte stimmt, dass die Beiden heiraten wollten?", fragt Nils und Jimmy merkt, wie wichtig seinem Freund das Thema ist.

„Ehrlich gesagt, habe ich Ben und Emmi kennengelernt, als sie in unserem Hotel Urlaub gemacht haben. Emmi war mit Linda hier und Ben mit einigen Kumpel. Wir haben viel Zeit zu viert verbracht und ich habe mich mit Ben angefreundet. Linda hat mir erzählt, dass Emmi und Ben in Deutschland kurze Zeit ein Paar waren. Es hat scheinbar aber nicht geklappt. Da war so eine komische Geschichte mit Bens Schwester und den Eltern. Aber ehrlich gesagt, habe ich nicht ganz verstanden, wo das Problem lag."

„Jimmy, die Geschichte kenne ich auch genau so. Aber von einer bevorstehenden Hochzeit oder einem Antrag, weißt du auch nichts, oder?", will Nils wissen.

„Da war keine Rede von und ich habe Ben länger nicht gesprochen, daher weiß ich auch nichts Näheres darüber", äußert Jimmy etwas nachdenklich. „Aber Nils, ich werde Linda nochmal danach fragen, okay?"

„Bitte tu das. Ich wäre dir dankbar dafür", versichert er seinem Freund.

„Nils?"

„Ja?"

„Liebst du Emilie?"

„Ja. Und ich will sie wiederhaben. Ich war nur sehr enttäuscht, dass sie mir nicht alles erzählt hat, und dass sie angeblich ihren „Fast-Ehemann" verlassen hat, ohne ihm mitzuteilen, wo sie hin ist. Mittlerweile stellt sich die Geschichte doch etwas anders dar und ich glaube, ich habe Emmi Unrecht getan. Das will ich schnellstens wieder gutmachen!"

„Tu ihr nicht weh, Nils. Sie ist ein nettes Mädchen", fordert Jimmy Nils auf.

„Zu spät! Ich glaube, ich habe ihr schon wehgetan!"

„Dann versuche es schnellstmöglich wieder in Ordnung zu bringen!"

„Das werde ich. Danke, Jimmy! Bis bald!"

Deutschland

Bens neue Wohnung

„Hallo Bräutigam", begrüßt Ben seinen alten Freund Jimmy am Telefon.

„Hallo", kommt es etwas zögerlich von Jimmy.

„Alles in Ordnung? Oder gibt es schon Wolken über dem rosaroten Himmel?", versucht Ben zu scherzen.

„Benedikt, um es sofort auf den Punkt zu bringen. Ich habe eben mit Nils telefoniert." Stille am anderen Ende der Leitung.

„Ben?", fragt Jimmy.

„Ja, ich bin noch dran." Ben räuspert sich.

„Ben! Ich glaube, du musst mir einiges erklären! Du hast viel Unruhe gestiftet", wirft Jimmy seinem Freund vor.

„Ich weiß", gesteht Ben. „Ich war total überfordert, als ich Emmi auf eurer Hochzeit gegenüberstand. Als du von Hochzeit sprachst, habe ich noch gedacht, dass ich Emmi mitbringen würde. Aber dann war plötzlich Schluss und ich habe gedacht, ich hätte sie verloren. Da steht sie auf eurer Hochzeit plötzlich wieder vor mir."

„Ben, das rechtfertigt aber nicht, dass du Emmis Freund belügst."

„Ja, das ist mir natürlich mittlerweile auch klargeworden. Ich war, wie gesagt, total überrumpelt und gleichzeitig so froh sie zu sehen. Als sie Nils als ihren Freund vorstellte, hatte ich das Gefühl etwas tun zu müssen und es ist mir nichts Besseres eingefallen, als diese Notlüge. Ich weiß, dass ich Mist gebaut habe." Ben macht eine Atempause. „Jimmy, bitte, sei du nicht auch noch sauer auf mich! Du weißt, ich bin kein Lügner! Aber die Situation hat mich total überfordert!"

„Stell es klar, bei Nils, aber vor allem bei Emilie", fordert Jimmy Ben auf.

„Das mache ich! Ich werde nach Spanien kommen und mit beiden sprechen. Meinst du, ich habe noch eine Chance bei Emilie?", fragt Ben verzweifelt.

„Das kann ich dir nicht sagen, Ben. Frag sie einfach, okay?", schlägt Jimmy Ben vor.

„Dann bis bald, Kumpel. Und nochmals danke und Entschuldigung für das Durcheinander, dass ich angestellt habe!"

„Schon gut! Bis bald!", erwidert Jimmy und legt auf.

VI.

Spanien

Kita im First Beach Hotel

Der Tag war anstrengend. Viele Kinder waren zu betreuen, die keine gute Erziehung genossen haben. Shana stöhnt und verdreht die Augen, als das letzte Kind endlich von unserer Kita abgeholt wird.

„Hast du noch etwas vor?", fragt mich meine Kollegin.

„Nein, eigentlich nicht", antworte ich ihr.

„Gehst du mit mir einen Cocktail trinken? Ich brauche heute Alkohol! So einen anstrengenden Tag hatten wir ja noch nie", stöhnt sie.

„Okay! Aber nur einen. Ich wollte heute Abend noch zum Zumba-Kurs. Du kannst ja mitkommen. Es ist die erste Stunde. Ich habe beschlossen, etwas für meine Kondition zu tun. In der letzten Zeit habe ich mich in dieser Hinsicht ziemlich gehenlassen."

„Das könnte ich tatsächlich machen. Ich habe auch schon öfter darüber nachgedacht, Sport zu machen." Shana verzieht nachdenklich den Mund zur Schnute. Plaudernd verlassen wir die Kita und ich reagiere erst nicht darauf, dass jemand meinen Namen ruft.

Als ich mich umdrehe, steht Nils auch schon vor mir.

Ich bleibe wie angewurzelt stehen und kann meinen Augen nicht trauen.

„Nils?", presse ich ganz ungläubig hervor.

„Hallo Emmi!" Etwas verschämt lächelt er mich an.

„Hast du etwas Zeit für mich?", fragt er scheu.

„Ruf mich nachher mal an", verabschiedet sich Shana sofort von mir und geht ihres Weges.

„Okay, Shana. Mach ich!", rufe ich ihr hinterher.

Ich bin sprachlos und habe urplötzlich ein flaues Gefühl in der Magengrube.

„Mit dir habe ich nicht mehr gerechnet." Ich kann kaum Freude empfinden. Nils hat mich doch sehr enttäuscht.

„Können wir irgendwohin gehen und etwas trinken?", fragt er ganz vorsichtig.

„Eigentlich bin ich mit Shana verabredet und mein Zumba-Kurs beginnt auch in 2 Stunden." Ich weiß nicht recht, was ich tun soll. Die ganze Zeit habe ich auf ein Zeichen von Nils gewartet und jetzt wo er vor mir steht, empfinde ich nur Ärger.

„Bitte, Emmi. Gib mir eine Chance, dir mein Benehmen zu erklären", bittet er mich.

„Na gut. Etwas Zeit habe ich noch", lenke ich ein.

Torremolinos

Restaurant Vintage 8

Da Nils direkt vom Flughafen zu mir gekommen ist und Hunger hat, betreten wir das erste Lokal auf unserem kurzen Weg. Wir

142

besuchen ein marokkanisches Lokal. Weil ich auch Hunger habe, stimme ich zu, eine Kleinigkeit zu essen. Das Gespräch will nicht in Gang kommen. Im Lokal machen wir erst Smalltalk, als Nils es dann doch nicht aushält und über den Tisch nach meiner Hand greift: „Emmi, ich muss dich um Verzeihung bitten. Ich kann zu meiner Entschuldigung nur anbringen, dass ich überfordert war und plötzlich das Gefühl hatte, dich nicht mehr zu kennen. Meine Emmi hätte nie ihren Verlobten ohne ein Wort sitzen lassen und wäre einfach so ins Ausland abgehauen...“

„So war das nicht, Nils“, versuche ich einzulenken.

„Das weiß ich jetzt auch. Ich habe mit Jimmy geredet und auf dem Weg vom Flughafen hierher habe ich mit Linda telefoniert. Sie hat mir einiges mehr erzählt. Ich habe dir Unrecht getan und es tut mir sehr, sehr leid. Bitte verzeih mir!“ Er schaut mich mit traurigen Augen an. Ich muss lächeln. Sein Gesicht sieht aus wie das eines kleinen Jungen, der Schokolade geklaut hat.

„Buh! Du lächelst! Heißt das, ich habe noch eine kleine Chance, es wieder gut zu machen?“, fragt er vorsichtig.

„Nils, ich war auch enttäuscht! Du hast mir wehgetan, weil du Bens Lügen mehr geglaubt hast, als mir. Und auch, dass du mir keine richtige Chance gegeben hast, dir die Wahrheit zu erklären. Ich kenne dich so nicht!“

„Emmi, ich habe mich so auch noch nie erlebt. Ich weiß bis heute nicht, was mich so rasend vor Wut gemacht hat. Ich denke, es war das Gefühl dich an Ben zu verlieren. Aber ich hatte ja viel Zeit zum Nachdenken und ich weiß jetzt, dass es für mich keine andere Frau gibt. Ich habe dich so sehr vermisst“, sagt er und schaut mich ganz liebevoll an.

„Nils, ich bin im Moment überrumpelt. Ich brauche Zeit zum Nachdenken, denn ich habe nicht mehr damit gerechnet, dass ich dich wiedersehe", gebe ich wahrheitsgemäß zurück.

„Ja, klar! Das verstehe ich. Ich bin erst mal für eine Woche hier. Aber ich überlege in Spanien zu bleiben."

„Wieso?", entfährt es mir.

„Ich hoffe, du vergibst mir und ich möchte dann gerne bei dir bleiben!"

„Setzt mich nicht unter Druck", bitte ich ihn.

„Das möchte ich nicht! Ich lasse dir die Zeit, die du brauchst!"

Ich verabschiede mich kurz darauf von Nils und verlasse das Lokal um zu meinem Zumba-Kurs zu gehen. Nils bleibt zurück und er tut mir in dem Moment ein wenig leid, weil er mir so traurig nachblickt.

Torremolinos

Linda und Emilies Wohnung

Zu Hause erzähle ich Linda von diesem Treffen und sie staunt nicht schlecht, dass Nils nach Spanien auswandern will.

„Emmi, dann ist es ihm sehr ernst. Ich kann mich daran erinnern, dass Jimmy immer gesagt hat, dass Nils sich nicht zum Südländer eignet. Süße, was willst du machen?", fragt sie mich.

„Ich weiß es wirklich nicht. Ich bin, seit er aufgetaucht ist, ziemlich sauer auf ihn. Dieses Gefühl ist im Moment übermächtig. Die ganze Zeit habe ich gedacht, dass ich ihm um den Hals falle, wenn er wieder zu mir zurückkommt. Aber ich hätte ihm am liebsten eine runtergehauen, als er vor mir stand."

„Dann lass das doch mal raus und schimpfe mit ihm. Mach deinem Ärger Luft, damit wieder Platz für anderes ist", schlägt mir meine Freundin vor.

„Meinst du?" Sie ist manchmal so weise.

„Ja, das meine ich", bestätigt sie.

Ich rufe Shana an und nach dem Zumba-Kurs geht es mir etwas besser. Sport hilft den Kopf frei zu bekommen.

Ich schlafe diese Nacht wie ein Murmeltier und wache morgens gut gelaunt auf.

Torremolinos

Kita First Beach Hotel

„Emmi, da ist jemand für dich am Telefon", ruft mir Shana zu.

„Hallo?", rufe ich in den Telefonhörer.

„Hey, Emmi", begrüßt mich Jimmy am anderen Ende der Leitung.

„Ist was mit Linda?", frage ich ihn sofort.

„Nein, nein, Emmi", wiegelt er ab, „ich rufe an, um dich zu warnen."

„Wovor musst du mich warnen? Was ist passiert?" Ich mache große Augen und es stellt sich sofort wieder ein flaues Gefühl in meiner Magengrube ein.

„Emmi, du bekommst Besuch", stellt Jimmy fest.

„Der Besuch war gestern schon bei mir", antworte ich ihm.

„Wie?", höre ich ihn verdutzt fragen.

„Nils hat mich gestern nach der Arbeit abgepasst", erkläre ich ihm.

„Ach du lieber Gott!", entfährt es ihm.

„Jetzt wird es aber mysteriös, Jimmy! Raus mit der Sprache!" Ich trete von einem Bein aufs andere vor Nervosität.

„Wie bringe ich es dir bei, Liebes!" Er macht eine Pause.

„Jimmy, raus damit. Ich muss weiterarbeiten", fordere ich ihn auf.

„Den Besuch meinte ich nicht. Ben ist hier!"

Ein Mauseloch, bitte!

„Das ist nicht dein Ernst?", flehe ich ihn an.

„Doch, Emilie! Er hat mich gebeten, bei dir vorzutasten!"

Ich kann das nicht und sage ihm das auch. Jetzt nicht!

„Das glaube ich dir, Emmi. Ich werde Ben mitteilen, dass du ihn im Moment nicht sehen willst", schlägt er mir vor.

„Gib mir etwas Zeit. Ich muss Ordnung in den Wirrwarr meiner Gedanken und meiner Gefühlswelt bringen. Im Moment weiß ich nicht, ob ich Fisch oder Fleisch bin. Bitte verstehe das, Jimmy, und sag ihm das, ja!" Ich lege auf, ohne auf eine Antwort zu warten. Ich muss mich setzen.

Was habe ich verbrochen, dass mir immer solche Sachen passieren?

Der Tag verläuft wenigstens ruhig, da nur wenige Kinder zu uns kommen und mit Fingerfarben voll auf beschäftigt sind. Shana merkt, dass ich nicht bei der Sache bin und hält mir die Kleinen einigermaßen vom Hals. Sie fragt auch nichts und ich bin ihr sehr dankbar dafür. Nur Klein-Sarah lässt sich nicht abwimmeln.

„Emilie, bist du traurig?", fragt mich das 4-jährige kleine Mädchen und klettert auf meinen Schoß.

„Ja, ein wenig", gebe ich ihr zur Antwort.

Sie streichelt mir vorsichtig über die Hand.

„Mama, sagt immer, wenn ich traurig bin, weil mein Bruder mit mir gezankt hat, dass es mir morgen wieder besser geht", versucht mich das Kind zu trösten.

„Deine Mama hat damit recht. Morgen ist es bestimmt wieder besser", erwidere ich, weiß aber genau, dass es so nicht sein wird. Natürlich sage ich das der Kleinen nicht. Ich staune darüber, was kleine Kinder doch für eine empfindliche Antenne haben und bin für einen Moment abgelenkt.

***

Abends lauert Nils wieder vor der Tür herum und wartet auf mich.

„Heute Abend kann ich nicht, Nils!"

„Okay. Wie sieht es mit morgen aus?", fragt er.

„Mal sehen, ja!"

Damit gehe ich meines Weges. Es ist mir alles zu viel.

Ich suche Linda an der Bar auf. Diese hat aber viel zu tun und leider keine Zeit für mich. Entschuldigend, mit den Schultern zuckend, schaut sie mich kurz an, um dann weiterzuarbeiten. Also gehe ich in unsere Wohnung und lege mich auf die Couch. Ich kann keinen klaren Gedanken mehr fassen. Alles wirbelt in meinem Kopf durcheinander. Ich bin irgendwann eingeschlafen und als ich Stunden später wieder wach werde, habe ich eine Idee und rufe Jimmy sofort an.

„Hör mal, ich habe eine große Bitte an dich", beginne ich das Gespräch.

„Alles was ich tun kann, Emmi", versichert er mir.

„Das Ferienhaus deiner Mutter, ist das belegt?"

„Ich glaube im Moment nicht. Möchtest du dorthin?", durchschaut er sofort meinen Plan.

„Ich muss im Hotel noch nach Urlaub fragen, aber wenn ich das Okay bekomme, dann ja. Ich muss hier weg. Ich bin völlig verwirrt und brauche einfach Abstand und Ruhe zum Überlegen. Das klappt hier nicht, wo andauernd Nils auftaucht und ich damit rechnen muss, dass Ben auch noch vorbeikommt!"

„Ich verstehe dich! Ich rufe meine Mutter an und sage dir dann Bescheid, ja?"

„Und Jimmy!"

„Ja, Emilie!"

„Würdest du bitte dichthalten", bitte ich ihn verzweifelt.

„Na klar, ist doch selbstverständlich. Nimm dir nur Zeit! Aber glaube mir, sowohl Nils als auch Ben wollen dich unbedingt zurückhaben! Ich weiß, dass dir das bei deiner Entscheidung nicht wirklich hilft. Aber ich will dir ans Herz legen, egal wie du dich entscheidest, beide Männer sind total verliebt in dich!"

***

Ich bekomme 2 Wochen Urlaub, weil im Moment nicht viele Anmeldungen von Familien mit Kindern anstehen und das Ferienhaus ist auch frei. Also mache ich mich am nächsten Tag bereits auf nach Almunecar.

Torremolinos

Bus in Richtung Almunecar (111 km entfernt)

Mit dem Bus fahre ich 2 ½ Stunden an der Küste entlang und merke mit jedem Kilometer, den ich mich von der Wohnung entferne, dass ich ruhiger werde.

„Das hast du gut entschieden", denke ich.

„Was meinen Sie?", fragt mich eine Frau so um die 50, die in der Reihe vor mir sitzt.

„Oh, habe ich das laut gesagt?", frage ich erschreckt.

„Ja, das haben Sie", lächelt sie mich an. „Wo wollen Sie denn hin?"

„Nach Almunecar", gebe ich zur Antwort.

„Ach wie lustig. Ich will auch dort hin." Sie schaut mich freundlich an.

„Wohnen Sie dort im Hotel?", frage ich die Frau.

„Nein. Ich wohne in einem kleinen Haus direkt am Strand." Sie lächelt immer noch.

„Machen Sie Urlaub?", frage ich sie.

„Nein, ich lebe dort! Und Sie?", lautet ihre Gegenfrage.

„Ich lebe in Torremolinos und mache einige Tage Urlaub in Almunecar", antworte ich wahrheitsgemäß.

„Sehr ungewöhnlich", schaut sie stirnrunzelnd zu mir nach hinten. Dann lächelt sie mich wieder an.

So komme ich mit Frau Schubert ins Gespräch und erfahre, dass sie nach ihrer Scheidung von Deutschland hierhergezogen ist und sie sich von dem Geld, dass sie bei der Scheidung erhielt, in Almunecar ein kleines Haus gekauft hat. Sie ist Malerin und verkauft ihre Bilder auf den Märkten in der Umgebung. „Dabei kommen auch immer noch ein paar Euro zusammen", so ihr Wortlaut. Als wir ankommen, bietet sie mir an, dass wir uns ein Taxi teilen und so erfahre ich, dass sie das Haus in Almunecar neben meinem Feriendomizil bewohnt.

Manchmal spielt einem das Leben seltsam in die Karten! Denke ich lächelnd. Dieses Mal lautlos.

Almunecar/Costa del Sol

Ferienhaus von Familie Peeters

Am Zielort angekommen, staune ich über meine Wohnstätte genauso wie über das „Häuschen" von Frau Schubert.

„Mann O Mann!", entfährt es mir.

„Es ist schön hier, nicht wahr?", strahlt sie mich an. „Und da wir nun Nachbarn sind, werden wir uns wohl öfter sehen! Das freut mich. Ich heiße übrigens Christa!"

„Ich bin Emilie, aber Freunde nennen mich Emmi!"

„Sehr schön, Emmi." Sie reicht mir die Hand. Christa bietet mir an, nachher einen Kaffee bei ihr zu trinken, aber ich lehne ab. Sie ist ein wenig enttäuscht, das sehe ich ihr an und deshalb schlage ich ihr vor, dass wir es am nächsten Tag nachholen. Sie lächelt und ist sofort sichtbar wieder versöhnt.

Ich bin hin und weg von diesem „Ferienhaus." Es handelt sich um ein richtiges Schätzchen mit Pool und Blick von der Terrasse über die Bucht. Palmen stehen rechts und links vom Pool und erst die Innenausstattung. Jimmys Mutter hat Geschmack. Es ist alles mit hellen Möbeln und wunderschönen Teppichen ausgestattet. Ich bin im Paradies gelandet. Hier könnte ich für immer bleiben und mit zwei Schlafzimmern wäre es einer kleinen Familie möglich, hier auf Dauer zu wohnen. Die frei stehende, moderne Küche ist mit allem ausgestattet, was man so braucht. Es stellt sich sofort ein Gefühl des Angekommen seins ein.

Ich werde mich wohlfühlen, das weiß ich jetzt schon.

Christa lässt mich doch, wieder erwarten, ziemlich in Ruhe und ich hänge einige Tage einfach nur ab.

Am dritten Tag ruft sie über die Grenzmauer hinweg nach mir, als sie mich am Pool liegen sieht.

„Hallo, Emmi? Wie geht es Ihnen? Haben Sie sich eingewöhnt?" Sie strahlt wie ein Honigkuchenpferd. „Wie wäre es? Ich habe Kuchen gebacken. Kommen Sie doch gleich rüber und wir plaudern ein bisschen miteinander!"

151

Ich nehme gerne an. Alleine der Gedanke auf frisch gebackenen Kuchen lockt mich zu Christas „Häuschen"!

Christas Haus ist nicht minder schön, wie mein Domizil. Der einzige Unterschied besteht darin, dass bei ihr große, bunte Bilder an den Wänden hängen, die sie selbst gemalt hat und ein Wintergarten dient ihr als Atelier.

So lässt sich leben.

Jetzt weiß ich auch, was sie mit dem Spruch: „Willkommen im Paradies" meinte, als sie mir die Tür öffnet.

„Ich kann da nur zustimmen, Christa! Hier würde ich auch leben wollen", bestätige ich ihren Spruch.

„Ich fühle mich auch pudelwohl hier", bestätigt sie mir.

Wir schlemmen eine leckere Himbeertorte zu fantastischem Mokka und ich lobe Christa in höchsten Tönen.

„Wenn sich meine Bilder nicht so gut verkaufen würden, könnte ich mir vorstellen, ein Café zu eröffnen", beichtet mir Christa.

„Und warum geht nicht beides?", schlage ich ihr vor.

„Bisher habe ich mit meiner Malerei genug zu tun! Aber sollte das nicht mehr klappen... Wer weiß!" Sie zwinkert mir zu und hat dabei ein schelmisches Lächeln auf den Lippen.

Zwei Stunden später muss Christa zu einer Galerie, um ihre Bilder vorzustellen und ich mache mich zu meiner „Behausung" zurück. Ich öffne die Terrassentür, als mein Handy klingelt.

„Hallo!", rufe ich in mein Handy.

„Emmi, endlich habe ich etwas Zeit, um mich bei dir zu melden. Wie geht es dir? Fühlst du dich wohl und wie findest du das Haus? Fantastisch, oder? Und erst der Ausblick!"

„Linda, Linda, langsam!", antworte ich lachend. Meine Freundin wie sie leibt und lebt.

„Also. Eins nach dem anderen. Mir geht es sehr gut und ich fühle mich richtig wohl hier. So wohl, dass ich am liebsten hierbleiben würde. Das Haus ist großartig und der Ausblick eine Wucht! So, habe ich dir jetzt deine Flut an Fragen beantwortet?" Ich muss wieder laut lachen.

„Entschuldige, Liebes, aber ich beneide dich wirklich. Die zwei Wochen nach der Hochzeit waren unvorstellbar schön dort und als Jimmy mir sagte, dass du Reißaus nimmst, war ich schon ein wenig beleidigt, dass du nicht mit mir gesprochen hast. Aber, Emmi, ich verstehe dich ja. Du hast die richtige Entscheidung getroffen. Deine beiden Verehrer haben vielleicht eine Wallung veranstaltet, als du plötzlich weg warst."

„Ich musste sofort weg. Es war nicht mehr auszuhalten. Das Gefühl, als würde man mich in einen Schraubstock stecken, hat mich fertiggemacht und du hattest soviel zu tun, dass ich mich nicht mehr verabschieden konnte. Außerdem wusste Jimmy ja Bescheid, wo ich stecke", erkläre ich Linda.

„Süße, alles in Ordnung! Geht es dir denn jetzt etwas besser? Konntest du ein wenig Ruhe finden? Ist es dir nicht zu langweilig dort?", überschlagen sich die Fragen meiner Freundin.

„Nicht im Geringsten. Es geht mir hier richtig gut und ich habe schon Freundschaft geschlossen", erkläre ich ihr.

„Oh nein!", entfährt es ihr. Ich muss lachen.

„Nein, Linda! Nicht so wie du jetzt denkst. Meine Nachbarin ist sehr nett. Kennst du Christa Schubert? Sie wohnt hier direkt neben mir!"

„Nein! Wir haben keine Kontakte in der Zeit geknüpft, als wir dort waren. Verständlicherweise wollten wir ganz für uns sein!" Ich sehe bildlich, wie Linda verschmitzt vor sich hinlächelt.

„Dann muss ich dich doch etwas fragen. Waren dir die zwei Wochen hier nicht zu langweilig?", ziehe ich sie auf.

Aber meine Freundin hat mich direkt durchschaut: „Nee, nee! Ich erzähle dir nicht, wie wir unsere Zeit verbracht haben!" Sie prustet los und damit bringt sie mich ebenfalls zum Lachen.

„Emmi?", setzt Linda an.

„Ja?" Jetzt bin ich aber gespannt, was kommt.

„Bist du schon zum Nachdenken gekommen?", will Linda wissen.

„Wieso fragst du?" Ich ahne schon, was sie mir eröffnen will.

„Ich habe mir überlegt, wenn es dir recht ist, würde ich für zwei oder drei Tage zu dir kommen! Aber wie gesagt, nur, wenn ich dich wirklich nicht störe?" So kleinlaut kenne ich sie gar nicht.

„Was sagt Jimmy dazu?", stelle ich die Gegenfrage.

„Er wäre einverstanden." Schon schmunzelt sie.

„Wann kommst du?", stelle ich die direkte Frage.

„Echt?", kommt es ungläubig aus dem Handy.

„Na klar! Du weißt doch, dass du mir immer willkommen bist!" Ich muss lächeln.

„Dann käme ich übers Wochenende vorbei. Samstag und Sonntag, okay?"

„Ich freue mich auf dich, Linda", bestätige ich ihr nochmals.

„Und ich mich erst!", jubelt sie am anderen Ende der Leitung. „Dann erzähle ich dir, was sich in der Zwischenzeit hier getan hat, ja?", schlägt sie vor.

„Will ich das wissen?", sinniere ich.

„Ich muss auch nichts erzählen, wenn du nichts darüber hören willst. Das sehen wir dann, wenn ich bei dir bin! Mach es gut, Süße! Bis in zwei Tagen!"

„Dann machen wir es uns richtig gemütlich!" Aber Linda hat schon aufgelegt und ich muss lächeln. Auf Linda ist Verlass. Sie lässt ihren frisch gebackenen Ehemann nur alleine, weil sie sich Sorgen um mich macht. Das weiß ich genau. Und das ist ein schönes Gefühl!

**

Freitagmorgen klingelt es an der Haustür und ich erschrecke mich. Linda kommt erst morgen. Jimmy hat sicher auch dichtgehalten, denke ich auf dem Weg zur Haustür.

„Hallo Emmi! Wie geht es Ihnen?" Christa steht, mit einem kunterbunten Kaftan bekleidet, vor meiner Tür.

„Hallo Christa! Was kann ich für Sie tun?", frage ich etwas verdattert.

„Oh, ich habe sie erschrocken! Das wollte ich nicht!"

„Kommen Sie doch erstmal herein. Bitte!" Ich trete zur Seite und lasse Christa ins Haus.

„Ich wollte mir eben Kaffee kochen. Möchten Sie auch einen?", frage ich sie.

„Sehr gerne! Ich habe auch eigentlich nur eine Frage an Sie?"

„Dann fragen Sie?", schlage ich ihr vor.

„Zuerst möchte ich Ihnen das du anbieten. Geht das in Ordnung?", fragt sie zögerlich.

„Ja gerne. Ist sonst so verkrampft, finde ich jedenfalls!"

„Dann wage ich es auch meine nächste Frage zu stellen. Emmi hast du Lust mit mir heute Abend zu einer Vernissage zu gehen?", fragt sie da.

Ich überlege nur kurz und antworte ihr sogleich erfreut: „Sehr gerne, Christa! Wer stellt denn aus?"

Sie lächelt und wird rot um die Wangen. „Ich", lautet ihre kurze Antwort.

„Das ist ja fantastisch", freue ich mich für sie.

„Der Vorschlag kam von dem Galeristen, den ich gestern aufgesucht habe. Er hat Bilder von mir gesehen und war direkt angetan. Da letzte Woche eine Ausstellung in seiner Galerie geendet hat, sind seine Räumlichkeiten nun nicht belegt und so kam der Vorschlag von ihm, meine Gemälde dort auszustellen. Du kannst dir vorstellen, wie happy ich bin!" Sie strahlt über das ganze Gesicht.

„Wirklich, Christa. Das ist toll und ich komme gerne mit!" Da fällt mir etwas ein. „Was trägt man denn zu so einem Anlass?"

„Das ist eine lockere Veranstaltung. Du musst nichts Besonderes tragen. Ein schönes Sommerkleid oder Hose und Bluse geht in Ordnung." Da lächelt sie verschmitzt. „Ich werde wohl ganz in Schwarz erscheinen, wie sich das für eine Künstlerin gehört." Sie kichert leise und hat scheinbar ein königliches Vergnügen an ihrem Ausspruch. Wir machen noch ein wenig Smalltalk, dann verabschiedet sich Christa und versichert mir, mich abends abzuholen. Nach einigen Probeläufen, betreffend meine abendliche Montur, entscheide ich mich für ein buntes Sommerkleid, dass ich mir extra für Spanien gekauft habe. Nachdem dieses Problem gelöst ist, lege ich mich mit einem Block an den Pool. Die wenigen Tage in Almunecar ist meine Haut schon toll gebräunt und ich bin auch nervlich ruhiger geworden. Eine Entscheidung in puncto Liebesleben habe ich allerdings noch nicht getroffen. Diese Gedanken schiebe ich immer noch vor mir her. Ich habe mir überlegt eine Pro- und Kontraliste einmal für Ben und einmal für Nils zu erstellen. Doch nach kurzer Überlegung lasse ich es sein.

„Emilie, das ist albern", sage ich laut zu mir selbst.

Den Rest des Nachmittags vertrödele ich am und im Pool.

Pünktlich um halb acht steht Christa wieder vor meiner Tür.

„Emmi, ich bin fürchterlich aufgeregt. Hast du einen Schnaps für mich?" Sie lächelt mich entschuldigend an. Ich bitte sie herein und schütte uns jeweils einen Ron Aguere Oro, ein Rum hergestellt aus gereiften Destillaten, die aus dem Zuckerrohr stammen, ein.

„Puh! Stark!" Christa schüttelt sich.

„Tut mir leid. Aber ich habe nichts Anderes an Alkoholika da", entschuldige ich mich bei ihr. Draußen hupt ein Wagen.

„Das Taxi ist da." Christa nimmt meinen Arm und wir machen uns auf den Weg zur Galerie.

Almunecar

Marcos Mantojas Galerie

„Was für eine Freude, gnädige Frau", begrüßt der Inhaber der Galerie Christa überschwänglich.

„Herr Mantoja, ich freue mich Sie zu sehen! Ich möchte Ihnen meine Nachbarin und Freundin Emilie Meis vorstellen?"

„Ich freue mich, Frau Emilie Meis, Sie kennenzulernen!" Er nimmt meine Hand und haucht einen Kuss darauf.

Ich muss mich beherrschen, um nicht zu lachen. Dabei ist der Galerist sicher nicht älter als Mitte 30.

Und dann so altmodisch! Geht mir durch den Kopf.

Nachdem Christa mir ein Glas Sekt überreicht hat, entschuldigt sie sich und begrüßt zusammen mit Herrn Mantoja weitere Gäste.

„Das sind alles wichtige Personen im Kunstgewerbe", flüstert er mir noch zu.

Buh, der ist so gar nicht mein Fall!

Ich schlendere von einem Bild zum nächsten und bin erstaunt, wie vielfältig die Motive sind, von abstrakt über klare Landschaften bis hin zu Gruppenbildern von Personen, Gesichtern oder Tieren oder auch Stillleben von Pflanzen oder Gegenständen.

Christa hat ihre Bestimmung gefunden, scheint mir. Sie ist wirklich gut, soweit ich das als Laie beurteilen kann.

Da ich niemanden kenne, schlendere ich so in den Räumen herum, bis ich wieder auf Herrn Mantoja treffe.

„Liebe Frau Meis, schön, dass sie noch da sind. Ich habe Sie bereits gesucht und war enttäuscht, weil ich Sie nicht gefunden habe. Gefallen Ihnen die Bilder von Frau Schubert?"

„Ich bin wirklich begeistert. Da ich keine Kunstkennerin bin, kann ich nur meine laienhafte Meinung äußern." Herrn Mantoja unterbricht mich sofort: „So eine schöne Frau, wie Sie, hat es auch nicht nötig sich in allem auszukennen. Ich male ja selbst und würde gerne bei Gelegenheit ein Bild von Ihnen malen!"

„Dafür bin ich nicht zu haben!" Ich habe das Gefühl dem Ganzen sofort einen Riegel vorschieben zu müssen und antworte einen Tick zu garstig, daher lenke ich ein. „Ihr Vorschlag ehrt mich, Herr Mantoja, aber ich muss ablehnen!"

„Ich werde jetzt auch nach Hause fahren", damit reiche ich ihm die Hand und drehe mich abrupt um. Nachdem ich mich auch von Christa verabschiedet habe, winke ich einem Taxi heran und mache mich auf den Heimweg.

In der Nacht träume ich einen wirren Traum, in dem sich die Figuren Ben, Nils und Herr Mantoja immer wieder abwechseln und das ohne großen Sinn.

Als ich morgens aufwache, koche ich mir einen Kaffee und setze mich draußen an den Pool in die Sonne.

„Hallo Emmi!" begrüßt mich da Christa von der anderen Seite der Mauer.

„Du bist so früh schon auf?", staune ich.

„Ich bin noch nicht lange zu Hause, Emmi! Nachdem die letzten Gäste gegangen sind, waren Marcos und ich noch in einer Bar." Da sehe ich erst, dass Christa ziemlich zerzaust aussieht.

„War wohl eine wilde Party?", frage ich amüsiert.

„Ja schon! Marcos ist schon ein netter Kerl", antwortet mir Christa.

Was will sie mir damit kundtun? Denke ich, frage aber nicht weiter nach.

„Heute kommt meine Freundin von Torremolinos herüber", erkläre ich Christa.

„Das freut mich für dich", versichert mir Christa, „dann habt viel Spaß zusammen."

„Ich freue mich auch! Ich mache mich jetzt auf und hole sie am Busbahnhof ab! Bis nachher, Christa", verabschiede ich mich von meiner Nachbarin.

„Ja, bis nachher! Ich werde jetzt mal eine Mütze Schlaf nachholen", sagt sie und ist augenblicklich verschwunden.

Schon im Weitergehen fällt mir noch etwas ein: „War deine Ausstellung eigentlich erfolgreich?", rufe ich ihr nach.

„Das kann man so sagen. Ich habe 6 Bilder verkauft", kommt von der anderen Seite der Mauer.

„Super! Ich fand deine Bilder auch klasse, Christa!", versichere ich ihr. Da erscheint ihr Kopf wieder an der Mauer.

„Ja, wirklich? Wenn man bedenkt, dass es anfangs nur ein Hobby war, um mich von meiner Scheidung abzulenken", überlegt sie laut.

„Na ja, als Hobby kannst du es aber nicht mehr bezeichnen. Großes Lob, Christa." Das meine ich ganz ehrlich.

„Vielen Dank, Emmi", freut sie sich und verschwindet wieder.

Almunecar

Busbahnhof

„Hey, Süße!", brüllt mir eine mir bekannte Stimme entgegen.

„Hallo, Linda! Wartest du schon länger hier auf mich?", frage ich meine Freundin, die mir augenblicklich um den Hals fällt.

„Klar, seit Stunden!", scherzt sie. Mir ist noch nie ein Mensch begegnet, der soviel positive Energie ausstrahlt, wie Linda.

Ich knuffe sie in die Seite und wir machen uns auf den Weg zum Ferienhaus.

„Ich bin froh, dass du hier bist", versichere ich ihr, „ich hätte aber nicht gewagt, dich darum zu bitten, weil du doch erst so kurz verheiratet bist!"

„Ach Emmi! Du denkst immer zuerst an die Anderen. Sei mal ein bisschen egoistischer", schlägt sie mir vor.

Sie hakt sich unter und wir schlendert lachend und scherzend durch die Stadt. Viele Blicke und einige Pfiffe sind die Antwort der männlichen Spanier, die uns unterwegs begegnen. Linda sieht in ihrer gelben Shorts und dem gleichfarbigen engen Tank Top fantastisch aus. Die langen, schwarzen Haare tun ihr übriges. Ich denke das ganz ohne Neid. Im Übrigen steht mir mein kurzer Overall in Türkis ebenfalls ganz gut.

„Willst du dir keinen anderen Mann anlachen?", fragt mich Linda in meine Gedanken hinein.

„Nee, habe im Moment genug vom männlichen Geschlecht. Gestern auf der Vernissage war auch wieder so ein abtörnendes Beispiel am Start", erkläre ich Linda. Sie will dann natürlich mehr darüber wissen und lacht sich kaputt, nachdem ich ihr den Vorabend geschildert habe.

„Einen Handkuss!", brüllt sie lachend, „ich werde nicht mehr!"

So geht es den ganzen Tag weiter. Am Ferienhaus angekommen, kochen wir uns einen starken Kaffee und legen uns an den Pool. Es tut mir gut, Linda um mich zu haben. Plötzlich wird Linda ernst. „Emmi, du sagst mir, wann und ob du überhaupt über Nils und Ben reden möchtest, ja?"

„Lass uns essen gehen und dann darüber babbeln", schlage ich ihr vor. „Was hältst du davon?"

„Das machen wir!" Schon ist sie aufgesprungen und Richtung Bad unterwegs. Sie entlockt mir immer wieder ein Lächeln.

Almunecar

El Chambao de Joaquín

Im El Chambao de Joaquin bestellen wir Paella und schlemmen wie die Königinnen. Es schmeckt fantastisch und wir trinken leckeren spanischen Wein dazu.

Unsere Stimmung wird immer ausgelassener und wir beschließen noch weiter zu ziehen.

Wahrscheinlich war es zu viel Wein, denn als wir loslaufen wollen, geht es mir auf einmal nicht so gut, denn ganz plötzlich ist mir zum Weinen.

Ich muss schlucken und Linda sieht sofort, dass mit mir etwas nicht stimmt.

„Was ist denn?" Sie bleibt stehen und schaut mir in die Augen.

„Ich weiß auch nicht. Irgendwie ist mir etwas schummrig", versuche ich eine Erklärung.

„Weißt du was? Wir gehen zurück zum Haus und machen es uns dort gemütlich. Da ich morgen wieder zurück muss, könnten wir heute Abend noch über die beiden Herren sprechen, wenn du magst", äußert sie ganz vorsichtig.

„Ich glaube, das ist eine gute Idee, Linda!"

So machen wir es. Ich koche einen Kaffee, denn, wenn wir erst anfangen zu diskutieren, wird es eine lange Nacht.

Linda erzählt mir, dass Ben und auch Nils Terror gemacht haben. Beide wollten mich sehen und mit mir sprechen, weshalb sie extra von Deutschland nach Spanien gereist sind.

Nils sei ziemlich niedergeschlagen gewesen, dass er keine Chance bekommen hat, sich bei mir zu entschuldigen.

„Er hat etwas geäußert, dass dir sicher nicht gefallen wird", deutet Linda an.

„Raus damit!", fordere ich sie auf.

„Er hat zu Jimmy gesagt: „Jetzt macht sie es mit mir, wie schon einmal mit Ben. Sie verschwindet ohne ein Wort und gibt mir keine Chance auf ein Gespräch. Keine gute Eigenschaft, wenn man immer wegläuft, wenn es schwierig wird!" Er sei in dem

Moment sauer gewesen, meinte Jimmy." Linda schaut mich ängstlich an.

Ich lasse mir das durch den Kopf gehen und muss ihm in gewisser Weise recht geben.

„Leider hat er recht mit seinen Worten. Ich habe die Situation aber nicht verkraftet, mit beiden Männern in meiner Nähe." Seine Worte machen mich traurig.

„Hat Nils gewusst, dass Ben auch da ist, als er das gesagt hat?", frage ich Linda.

„Ich glaube nicht. Deshalb kann er deine Handlung auch nicht fair beurteilen." Linda greift nach meiner Hand und ich zeige ihr mit einem Kopfnicken, dass mit mir alles in Ordnung ist.

Ben sei fordernder gewesen und hätte kaum lockergelassen, um meinen Aufenthaltsort zu erfahren.

„Du hast es richtiggemacht, dass du verreist bist. Den Stress hättest du nicht ausgehalten, Liebes!" Sie drückt mir mitfühlend die Hand.

„Hast du denn bereits eine Entscheidung getroffen?", will Linda wissen.

„Du meinst in Bezug auf die Beiden?" Ich weiß nicht, was und wen ich will und sage ihr das auch.

„Ich möchte mich nicht einmischen und Jimmy hat mir ans Herz gelegt, mich aus deiner Entscheidung herauszuhalten, aber du kennst mich. Ich werde dir mitteilen, was ich denke. Was du dann machst, bleibt natürlich dir überlassen."

„Raus damit, Linda!", fordere ich sie auf, nicht sicher, ob ich es wirklich hören will. Innerlich bin ich immer noch nicht bereit eine Entscheidung zu treffen. Es ist mir klar, dass es irgendwann sein muss, aber den Zeitpunkt möchte ich eigentlich selbst bestimmen.

„Emmi, ich sehe deine Zerrissenheit, aber wenn du ewig wartest, bleibst du nachher auf der Strecke. Das ist meine Sorge. Und du liebst die beiden doch, oder?" Linda trifft den Nagel wiedermal auf den Kopf.

„Ja, aber eine Entscheidung fällt mir schwer. Ich war glücklich mit Nils und habe auch kaum noch an Ben gedacht. Aber als Nils nach eurer Hochzeit so zornig war und überhaupt nicht mehr mit sich reden ließ, hatte ich das Gefühl ihn nicht zu kennen. Ja, und dann Ben. Er war aus meinem Leben verschwunden und ich habe kaum mehr an ihn gedacht. Jetzt hätte ich riesige Angst, dass ich nochmal von ihm so enttäuscht würde. Und da ist noch Mona. Sie wird uns das Leben schwermachen." So hänge ich meinen Gedanken nach und Linda überlässt mich eine ganze Weile meinen wirren Gedanken.

„Es ist schon schwer dir etwas zu raten", überlegt Linda irgendwann. „Denkst du denn an einen der beiden mit Herzklopfen?"

Ich muss eigentlich nicht lange überlegen.

„Ja!"

„Willst du es mir gestehen? Oder soll ich raten?", fragt mich meine Freundin. „Ben?"

Sie kennt mich genau.

„Ja, Ben ist immer noch in meinem Herzen. Er hat mir sehr weh getan, aber er war der erste Mann, der mir weiche Knie und Schmetterlinge im Bauch beschert hat."

„Und Nils?", fragt sie daraufhin.

„Er ist süß und ein Superkumpel. Wir haben uns prima verstanden und es hat alles gepasst...“

„Aber?“, will Linda wissen.

„Ich glaube, ich war sehr verliebt in ihn und bin es noch. Nur, wir kennen uns auch noch nicht so lange. Aber mit Abstand zu beiden, kommt mir Ben immer öfter wieder in den Sinn. Und auf eurer Hochzeit habe ich sofort wieder weiche Knie bekommen, als er vor mir stand!“

„Weißt du, dass Ben aus Monas Wohnung ausgezogen ist?“

Jetzt staune ich.

„Ist das wirklich wahr?“

„Ja, Emmi. Er hat es Jimmy erzählt. Ihm ist scheinbar aufgegangen, dass Mona dir gegenüber ungerecht gewesen ist!“

Ich muss schlucken.

„Das heißt ja, dass ich ihm auch wichtig bin, oder?“, fordere ich mir eine Bestätigung von Linda.

„Er liebt dich auch. Da bin ich sicher!“ Linda nickt.

Ich fasse mein Glück nicht. Ben wohnt nicht mehr mit seiner Schwester zusammen. Vielleicht haben wir tatsächlich noch eine Chance.

„Linda, ich muss mich mit Ben aussprechen! Hält er sich noch in Spanien auf?“

„Ja, Süße. Er wartet auf dich! Und er sagte zu Jimmy, dass er erst abreist, nachdem er mit dir geredet hat.“

Mein Herz jubelt: *Er liebt mich!*

Aber fairerweise muss ich Nils zuerst sprechen. Das bin ich ihm schuldig.

„Und Nils? Ist er auch noch hier?", will ich da von Linda wissen.

„Das weiß ich gar nicht! Er hat sich eine Weile nicht gemeldet! Ich könnte mir vorstellen, dass er wieder abgereist ist", mutmaßt Linda.

***

Linda reist am nächsten Tag wieder ab und ich nehme mir vor, einen Brief an Ben zu schreiben.

Ich will ihm erklären, was in mir vorgeht.

Aber als Erstes rufe ich Jimmy an und frage nach, ob Nils noch in Torremolinos ist.

„Emmi, er ist abgereist. Er war sehr enttäuscht, dass du scheinbar wieder abgehauen bist. *„Das ist doch keine Lösung, sich immer aus dem Staub zu machen, wenn es schwierig ist"*, seine Worte", wiederholt Jimmy.

„Ach Jimmy", mehr fällt mir nicht dazu ein. Ich fühle mich augenblicklich müde und erschöpft, obwohl es erst Mittag ist.

„Emmi, ich habe ihm erklärt, dass er dich verstehen muss und du Zeit brauchst. Und er hat mir versichert, das auch zu tun. Aber ich weiß nicht, ob das ehrlich gemeint war", gibt Jimmy zu bedenken.

„Dann werde ich ihn anrufen... oder auch schreiben. Ich schaue mal", überlege ich laut.

„Emmi, lass dir Zeit und genieße die Ruhe", bittet mich Jimmy.

„Das werde ich", versichere ich ihm und lege auf.

Die kommenden Tage hänge ich erst ein wenig ab und treffe mich ab und zu mit Christa auf einen Kaffee. Galerist Marcos ist öfters bei ihr zu sehen.

„Habt ihr wegen der Ausstellung soviel zu besprechen?", frage ich Christa eines Tages.

„Mmh", ist die Antwort.

„Ach so", geht mir da ein Licht auf. „Das freut mich für dich", lächele ich sie an.

„Es ist nur etwas Lockeres", versichert sie mir.

„Du kannst doch machen, was du willst", erkläre ich ihr. „Du musst doch niemanden fragen oder Rechenschaft ablegen."

„Ja, aber er ist viel jünger als ich", gibt sie zu bedenken.

„Na und! Freu dich doch darüber", lächle ich ihr zu.

„Meinst du?", fragt Christa unsicher.

„Das meine ich", versichere ich ihr. „Genieße es doch einfach."

Sie lächelt etwas unsicher.

Lieber Nils!

Wie geht es dir?

Es ist das bestimmt 20zigste Mal, dass ich den Brief beginne. Es will mir nicht gelingen.

Ich glaube, ich werde ihn anrufen und Ben ebenfalls.

Am nächsten Tag fasse ich allen Mut zusammen und bringe es hinter mich.

„Hallo Nils!"

„Emmi?", kommt es ganz unsicher durch den Hörer.

„Ja! Ich falle mit der Tür ins Haus. Ich habe viel nachgedacht und wollte dir einen Brief schreiben. Aber es fällt mir schwer die richtigen Worte zu finden. Ich muss dir fairerweise eingestehen, dass ich uns keine Chance einräume. Du hast mich fallen lassen, ohne mir eine Chance für eine Erklärung zu geben. Und du hast Ben mehr geglaubt als mir. Das hat mich sehr gekränkt. Es war die erste Probe für unsere Beziehung und..." Ich mache eine Pause.

„Nils?", frage ich in den Hörer.

„Emilie, bitte mach nicht Schluss mit mir!", fleht er. „Ich liebe dich doch! Ich habe doch nur einen Fehler gemacht!" Ich höre seine Verzweiflung.

„Nils, ich habe es mir reiflich überlegt. Sei mir nicht böse, aber ich glaube nicht, dass wir im Alltag bestehen." Ich muss mich zusammenreißen, dass ich nicht anfange zu weinen. Es fällt mir unendlich schwer und ich verabschiede mich schnell, damit ich nicht wieder umfalle.

Als ich den Hörer aufgelegt habe, kommen mir dann doch die Tränen. Wir hatten eine schöne Zeit, eine schöne Urlaubszeit eben.

Das Gespräch mit Ben führe ich morgen.

Nebenan bei Christa höre ich Musik und ich linse über die Mauer.

„Hallo Emmi", begrüßt mich meine Nachbarin, „komm doch rüber. Trink einen Sekt mit mir."

Auf Christas Terrasse setze ich mich ihr gegenüber: „Nach Sekt ist mir wirklich nicht."

„Geht es dir nicht gut?" Sie hat bemerkt, dass ich verheult aussehe.

„Liebeskummer?", fragt sie.

„Ach, nein. Ich habe nur eben mit meinem Freund Schluss gemacht."

„Du Arme! Aber einen Kaffee trinkst du doch!" Schon ist sie in der Küche verschwunden.

Als sie zurückkommt, hat sie außer dem Kaffee noch eine Karaffe mit Likör dabei.

„So, jetzt trinkst du einen mit mir. Den Likör habe ich extra für uns besorgt. Du wirst sehen, dann lacht dir die Sonne wieder!" Sie lächelt mir zu.

Nach dem dritten Likör erzähle ich Christa von Ben und während meinen Erzählungen merke ich selbst, wie ich von ihm schwärme.

„Du bist noch sehr in ihn verliebt, gell?", stellt sie fest.

„Ich denke ja!"

„Dann ruf ihn an!", fordert sie mich auf.

„Wann? Jetzt?" Ich erschrecke mich aufgrund dieser Aufforderung.

„Ich habe getrunken. Das wäre nicht gut!"

„Doch gerade deshalb. Du weißt doch, Kinder und Betrunkene neigen dazu, immer die Wahrheit zu sagen. Und die Wahrheit wäre der richtige Weg für euch zwei!" Sie zwinkert mir zu.

Nachdem wir beiden noch einen Likör zu uns genommen haben, der Kaffee steht unberührt auf dem Tablett, gehe ich in mein Haus zurück.

Christa ruft mir noch nach: „Toi, toi, toi!"

Ich muss grinsen.

***

„Hallo, Ben. Ich bin es, Emilie!"

„Emmi! Schön von dir zu hören!"

„Ich habe viel über uns nachgedacht", beginne ich und weiß plötzlich nicht mehr, wie ich fortfahren soll.

„Wo bist du?", fragt Ben nach einer Weile, in der wir beide nichts gesagt haben.

Ich überlege kurz und erkläre ihm dann, wo ich mich befinde.

„Kann ich zu dir kommen?", fragte er dann auch schon.

„Ja, aber erst morgen", schlage ich ihm vor und bekomme augenblicklich eine Gänsehaut.

„Danke, Emmi! Bis morgen!"

„Bis morgen!"

Ich habe sogleich wieder Schmetterlinge im Bauch. Ob ich schlafen kann, überlege ich.

Aber meine Sorge ist unbegründet. Ich schlafe sofort ein, als ich im Bett liege.

***

Morgens muss ich erst einmal überlegen, was wir für einen Tag haben. Da fällt mir ein, dass Ben heute vorbeikommt.

Mich überfällt eine unruhige Geschäftigkeit. Ich räume hier, räume dort, obwohl die Wohnung nicht unordentlich ist. Aber ich bin total aufgeregt.

Ich koche mir einen Kaffee und bemerke erst da, dass wir keine bestimmte Zeit ausgemacht haben.

Die Zeit zieht sich wie Kaugummi in die Länge und ich laufe Kilometer in der Wohnung ab, wie ein aufgescheuchtes Huhn...

Gegen 12.30 Uhr klingelt es endlich an der Haustür.

„Hallo Emmi", begrüßt mich ein mir fremder Mann.

Erst auf den zweiten Blick erkenne ich ihn. Ben hat seine Haare abschneiden lassen. Er sieht fantastisch aus. Und sein Strahlen macht die Warterei sofort wieder wett.

„Hallo Ben! Komm rein!" Ich trete zur Seite und lasse ihn ins Haus. Was hat er an sich geändert? Er sieht noch besser aus, als ich ihn in Erinnerung habe. Er hat abgenommen. Obwohl er nicht zu dick war, sieht er jetzt noch schlanker aus und ist braun gebrannt wie ein Spanier.

„Du hast es echt schön hier!" Er staunt nicht schlecht. „Wow! Der Blick vom Pool zum Meer ist bombastisch!"

„Ich bin auch jeden Tag von neuem begeistert vom Haus und dem Ausblick", entgegne ich etwas spröde.

Wir setzen uns auf die Terrasse und es fällt uns beiden schwer über das Thema zu sprechen, dass über uns schwebt.

„Wie fange ich an?", beginne ich das Gespräch. „Bist du die ganze Zeit in Torremolinos gewesen?"

„Ja! Ich wäre erst abgereist, nachdem ich mit dir gesprochen habe. Ich habe nach dir gesucht. Jimmy und Linda wollten mir nichts verraten. Auch deine Kollegin Shanna hat dichtgehalten. Jeden Tag bin ich am Strand entlanggelaufen, habe die Orte und Lokale aufgesucht, an denen wir uns in unserem Urlaub aufgehalten haben. Jimmy ist sicher ziemlich genervt von mir. Ich habe ihn jeden Tag nach dir gefragt. Aber alles vergebens."

„Linda war hier bei mir, zwei Tage. Aber davon hat sie mir nichts erzählt. Sicher wollte sie mich nicht beunruhigen?", mutmaße ich.

„Auf die Beiden kannst du dich wirklich verlassen. Aber so schätze ich Jimmy auch ein!" Ben schaut mich etwas verloren an.

„Was?", frage ich ihn.

„Komm zu mir zurück! Emilie, ich habe dich furchtbar vermisst. Und ich bin bei Mona ausgezogen. Sie hat übrigens zugegeben, dass sie auf dich eifersüchtig ist. Ich kann das nicht verstehen und akzeptieren erst recht nicht!" Er schaut mich so traurig an, dass ich ihn am liebsten sofort in die Arme schließen würde.

„Ben, ich habe auch viel nachgedacht. Und mit Jimmy habe ich auch schon telefoniert. Mir erging es genauso wie dir. Ich will es nochmal mit dir versuchen. Aber dann darf es keine Geheimnisse mehr zwischen uns geben. Ich möchte dir 100% vertrauen können!" Ich traue mich nicht ihn anzuschauen.

Ben rutscht auf seinem Stuhl etwas nach vorn und greift mir unters Kinn.

„Emmi, ich liebe dich! Und ich will dich nicht wieder verlieren. Lass uns ganz von vorn beginnen, ja?", fragt er mich unsicher.

Ich stehe auf und stelle mich vor ihn, nehme sein Gesicht in meine Hände, schaue ihm lange tief in seine wunderschönen, blauen Augen, beuge mich zu ihm hinunter und gebe ihm dann einen langen Kuss.

Er erhebt sich und umschließt mich mit seinen langen Armen. Es fühlt sich so gut an.

„Jetzt wird alles gut", haucht er in meine Haare.

Ich schaue nach oben und sehe, dass Ben Tränen in den Augen hat.

„Emmi, ich habe nicht gewagt zu hoffen, dass du mich zurücknimmst!" Ein so großer, erwachsener Mann und dann so ein Wimmern von ihm zu hören, nimmt mich völlig für ihn ein.

Ich wische ihm die Träne aus dem Augenwinkel und nehme ihn bei der Hand.

Die nächsten zwei Stunden werde ich niemals in meinem Leben wieder vergessen.

Ben ist zärtlich und der liebevollste Liebhaber, den man sich vorstellen kann. Er küsst jede Stelle meines Körpers und bringt mich immer wieder in unbeschreibliche Höhen ohne an sich selbst zu denken.

Als es dämmert, werde ich wach.

„Na du", strahlt mich mein alter, neuer Freund von der Seite an.

Er liegt auf der Seite, auf seinen rechten Arm gestützt und hat mich scheinbar im Schlaf beobachtet.

„Ich kann nicht genug von dir bekommen, Süße!" Er beugt sich vor und küsst mich auf die Nasenspitze.

„Aber nur von Liebe leben kann ich nicht. Ich habe einen fürchterlichen Hunger!" Er schaut mich gespielt zerknirscht an.

Ich muss lachen.

„Dann müssen wir wohl Abhilfe schaffen. Ich schaue mal, was ich dir anbieten kann", gebe ich, schon im Aufstehen begriffen, an ihn zurück.

„Ich lade dich ein. Mittlerweile kennst du dich hier doch sicher aus. Lass uns essen gehen!"

„Gib mir zwanzig Minuten", bitte ich ihn.

„Na gut. Aber keine Minute länger", entgegnet er lachend.

Beim Essen wagt sich Ben, mich nach Nils zu fragen. Ich merke, er trifft seine Wortwahl ganz vorsichtig.

Ich erzähle ihm grob, dass ich mit Nils Schluss gemacht habe. Den Teil, dass Ben auch Schuld daran hat, lasse ich allerdings aus. Was würde es jetzt noch bringen?

***

Ben bleibt die restlichen Tage bei mir in Almunecar. Wir verbringen die meiste Zeit im Bett oder am Pool. Einmal kommt Christa rüber. Sie bringt selbstgebackenen Kuchen mit und Ben kocht Kaffee.

„Da hast du dir aber einen Leckerbissen geschnappt. Ich bin echt neidisch!" Sie zwinkert mir zu, um dann in schallendes Gelächter auszubrechen. Ich kann nicht anders und stimme in ihr Lachen ein.

„Was habe ich verpasst?" Ben tritt mit dem Kaffeetablett auf die Terrasse.

„Nichts Wichtiges", beeile ich mich zu bekräftigen, damit Christa keine Chance hat, eine Äußerung zu machen.

Er lächelt.

Hat er drinnen etwa gelauscht?

***

Es ist einfach schön. Wir reden über Gott und die Welt.

Ben erzählt mir auch das erste Mal von seinen Pflegeeltern. Jetzt verstehe ich auch seine gereizte Stimmung, nachdem ich in ihrem Haus war.

Sein Vater hat versucht ihm jede Frau auszureden, die ihn interessiert hat. Keine war gut genug für Ben. Nur Lena, seine Jugendfreundin, fand die Zustimmung seines Vaters.

„Lena stammt aus einem reichen Elternhaus und ich denke, das ist der Grund für das Wohlwollen, dass mein Vater ihr immer noch entgegenbringt", mutmaßt Ben.

„Dann wird er mit mir nicht sonderlich zufrieden sein", überlege ich laut.

„Er hat durch Mona schon von dir gehört und versucht, mich über dich auszufragen, aber da ist er schief gewickelt. Von mir wird er nichts erfahren!" Ben schaut säuerlich.

176

„Schämst du dich für mich?" Diese Frage muss ich ihm einfach stellen.

„Nein, Emilie! Absolut nicht! Aber er soll sich nicht einmischen und das kann ich nur verhindern, indem ich ihm keinen Angriffspunkt biete! Du kennst ihn nicht!" Ben schaut richtig verärgert. „Süße, lass uns von etwas anderem sprechen, ja?"

„Ben, ich habe noch eine Frage", beginne ich das Thema, das mir schon länger auf der Seele liegt.

„Was denn? Frag nur!", fordert er mich auf.

„Wie soll ich mit deiner Schwester umgehen, wenn ich auf sie treffe?" Ich presse die Lippen zusammen, weil ich nicht weiß, ob diese Frage zu viel für Ben ist. Aber er bleibt ganz ruhig und lehnt sich zurück, so, als ob er sich sammeln müsste.

„Ja, das habe ich mir ebenfalls schon durch den Kopf gehen lassen", er macht eine Pause. „Aber ehrlich gesagt, Emmi, ich weiß ja noch nicht mal, wie ich mit ihr ins Reine kommen soll. Sie meldet sich auch nicht bei mir und ich denke, sie ist noch sehr sauer auf mich. Unser letztes Zusammentreffen war sehr unerfreulich. Sie fühlt sich sicher von mir verraten. Ich weiß von unserer Mutter, dass Mona die Wohnung aufgeben will und in das Haus unserer Eltern zurückziehen wird. Das freut unsere Mutter natürlich. Dann hat sie wieder die völlige Kontrolle über Mona." Er holt tief Luft und ich merke, dass ihm das Thema zu schaffen macht.

„Der Umzug ist sicher die Idee unserer Mutter und Mona wird mir die Schuld dafür geben, dass sie nun nicht mehr unabhängig leben kann."

„Ist das denn so? Hast du ihr so viel abgenommen?", will ich von ihm wissen.

„Eigentlich war ich gar nicht derjenige, der ihr am meisten geholfen hat, sondern Kira, ihre Pflegerin. Sie kam dreimal die Woche vorbei, um sich um Mona und den Haushalt zu kümmern. Das Problem ist vielmehr, dass Mona nicht soviel verdient, dass sie die große Wohnung alleine behalten kann", erklärt mir Ben.

„Sie kann doch in eine kleinere Wohnung ziehen?", versuche ich Hilfestellung zu leisten.

„Eine kleinere Wohnung heißt weniger Platz und mit ihrem Rollstuhl kommen viele Wohnungen gar nicht erst in Betracht!"

Da fällt mir dann auch nichts mehr zu dem Thema ein. Aber eine Antwort auf meine Frage habe ich auch nicht erhalten. Ich will Ben aber nicht bedrängen. Bei einer anderen Gelegenheit werde ich das Thema nochmal ansprechen, denn es liegt mir am Herzen mit seiner Schwester klar zu kommen.

„Ich habe noch eine Überraschung für dich." Ben schaut mich verschmitzt von der Seite an.

„Als du gestern einkaufen warst, kam deine Nachbarin Christa vorbei." Er grinst.

„Ja und?" Jetzt bin ich neugierig. „Was wollte sie denn?"

„Wir haben uns über das Wetter unterhalten und darüber, dass wir morgen leider abreisen müssen!" Er macht es echt spannend.

„Weiter", fordere ich ihn etwas ungehalten auf.

Ben grinst mich an, sagt aber nichts.

„Willst du mich ärgern?" Ich stupse ihn in die Seite. Seine Grübchen versetzen meinen Unterleib in Verzückung.

Trotzdem versuche ich ihm ein schmollendes Gesicht zu zeigen.

„Setze dich! Drei Neuigkeiten habe ich für dich!"

„Erstens! Mensch, Ben, ich platze gleich vor Neugier!"

„Erstens! Ich habe eine Anstellung in einem renommierten Unternehmen in Malaga ab dem nächsten Ersten!" Er schaut mich unsicher an.

„Du willst nach Spanien auswandern?" Ich bin überwältigt.

„Was, wenn...!" Weiter komme ich nicht.

„... wenn du mich nicht zurückgenommen hättest?", beendet Ben meinen Satz.

„Ja!"

„Ich habe mir eine Option offengehalten. Die Firma hier in Spanien arbeitet eng mit unserer Firma in Deutschland zusammen." Er lächelt und ich sehe ihm den Stolz an, dass er alles bedacht hat.

„Zweitens?", frage ich vorwitzig weiter.

Er grinst. „Ich habe eine Wohnung in Torrox gemietet. Das ist nur fünfzig Kilometer von Malaga entfernt und liegt, wie diese Wohnung hier, direkt am Strand."

„Du hast an alles gedacht! Warst du dir denn so sicher, dass wir wieder zusammenkommen?"

„Nein, überhaupt nicht. Aber für den Fall, den wir jetzt haben, wollte ich vorbereitet sein!"

„Was hast du denn noch alles geplant!"

„Für Nummer drei kann ich nichts. Christa wird es dir erklären. Ich will ihr nicht vorgreifen!" Verschmitzt lächelnd steht er auf und tritt an die Mauer zu Christas Grundstück.

„Christa? Sind Sie da?", ruft er nach drüben.

„Ben, endlich! Wenn es passt, komme ich gleich hinüber!"

„Das wäre gut. Ansonsten platzt Emmi vor Neugier!"

Er dreht sich um und grinst mich frech an.

„Du machst mich fertig!" Ich lasse die Luft langsam aus meinen Lungen entweichen und verdrehe die Augen.

„So neugierig?", lacht er laut auf.

„Nein!" Ich stehe auf und küsse ihn. „Diese verdammten Grübchen machen mich noch kirre!"

„Wie meinst du das?" Ben schaut etwas verwirrt.

„Ich stehe auf deine Grübchen. Die machen mich völlig willenlos!"

Er strahlt: „Das ist gut zu wissen", sagt es und lacht mich frech an.

„Das war sicher ein Fehler, dir das zu verraten", überlege ich spaßeshalber laut.

Christa kommt um die Ecke und fällt mir um den Hals.

„Heute ist soviel Liebe in der Luft", scherze ich.

„Emilie! Halt dich fest! Marcos hat mir eine weitere, dauerhafte Ausstellung verschafft." Sie strahlt über das ganze Gesicht.

„Das ist ja fantastisch, Christa!" Jetzt weiß ich auch, warum sie so überschwänglich ist.

„Emilie, das ist nicht alles!" Sie nimmt mich an beiden Händen und schaut mich plötzlich ganz ernst an: „Ich brauche einen Manager beziehungsweise eine Managerin!"

Ich verstehe nicht. „Ich kenne keinen, der das machen könnte", versichere ich ihr.

„Aber Ben und ich kennen jemanden!" Sie schaut Ben lächelnd an und der lächelt zurück.

Da ist der Groschen gefallen. „Nein! Ganz bestimmt nicht!" Ich winke sofort ab.

„Emmi, überlege es dir doch!" Ben kommt zu uns und legt mir die Hand auf die Schulter.

Ich muss lächeln: „Wollt ihr mich beschwören?"

„Emmi, ich habe mit Frau Peeters gesprochen. Sie wäre bereit dir das Haus auf Dauer zu vermieten. Wäre das nicht toll. Wir würden doch ein gutes Team abgeben." Christa ist richtig euphorisch.

„Habe ich Bedenkzeit? Ich bin gerade ziemlich überfordert!"

Ich setze mich hin und wiege meinen Kopf hin und her.

Immer nur Trubel um mich herum!

Ben verabschiedet Christa, weil bei ihr die Hausklingel geht.

Beim Verlassen meiner Wohnung ruft sie noch: „Das ist Marcos! Er ist auch schon ganz neugierig, wie du dich entscheidest. Er glaubt auch, dass du die Richtige für den Job wärst!"

„Ihr zwei Geheimniskrämer! Da lasse ich dich eine halbe Stunde alleine und du schmeißt mein ganzes Leben über den Haufen!"

Wir müssen beide lachen. Marcos schaut über die Mauer.

„Entschuldigt! Aber Christa hat mich darüber informiert, dass Sie jetzt Bescheid wissen, Emilie! Ich halte es für eine gute Chance für Ihre Zukunft! Lassen Sie es sich durch den Kopf gehen. Christa ist auf dem Weg, mit ihren Bildern, berühmt zu werden. Ich wünsche Ihnen noch einen schönen Abend! Hier ist meine Karte! Melden Sie sich, wenn Sie sich entschieden haben!"

Torremolinos

Linda und Emilies Wohnung

„Geht es dir wieder besser, Emmi?" Linda kommt mir entgegen und strahlt. Ich drücke sie fest an mich. Irgendwie wirkt sie verändert.

„Geht es dir gut, Süße?" Ich schaue sie mir von oben bis unten an.

„Ja, Emmi, schau genau hin! Bald sehe ich nicht mehr so gut aus." Sie strahlt übers ganze Gesicht.

„Linda, bist du schwanger?", frage ich ganz vorsichtig.

Sie nickt und hat Tränen in den Augen. Da falle ich ihr wieder um den Hals und küsse sie auf die Wange: „Wie toll! Ich gratuliere euch! Wie weit bist du denn schon?"

„13. Woche! Und es ist mir überhaupt nicht schlecht."

Ich muss lachen und weinen zugleich.

„Wieso sollte es dir denn schlecht gehen?"

„Meiner Mutter ging es von Beginn an schlecht, neun Monate lang. Daher dachte ich, dass es mir auch so ergeht!"

„Ach Linda! Jede Schwangerschaft ist doch anders. Wisst ihr denn schon, was es wird?", frage ich vorwitzig.

„Nee, man kann noch nichts sehen! Aber ich will es auch nicht wissen, glaube ich." Sie schaut unsicher.

„Was sagst du denn dazu, dass Ben in Spanien bleiben will?" Sie merkt da erst, was sie gefragt hat.

„Du weißt davon?" Ich schaue sie spannungsgeladen an.

„Er hat uns doch die ganze Zeit tyrannisiert und dabei hat er von seinen Plänen erzählt", erklärt sie mir.

Ben ist am selben Tag, an dem ich in Torremolinos angekommen bin, weiter gereist nach Deutschland, um seinen Umzug zu organisieren.

„Weißt du auch von Christas Angebot?", frage ich Linda.

„Was meinst du?" Meine Freundin schaut mich herausfordernd an. Ich erzähle ihr von Ben und Christas „Verschwörung" und Linda ist Feuer und Flamme für die Ideen, die die beiden für mich ausgeheckt haben.

„Meinst du wirklich, ich könnte so etwas machen?", frage ich unsicher.

„Davon bin ich überzeugt, Emmi!", bestätigt sie mir mit Inbrunst.

Ich muss lachen.

„Ihr habt alle mehr Zutrauen in mein Können, als ich selbst."

„Und das Haus von Jimmys Mutter könntest du auch mieten, vielleicht später sogar kaufen. Sie hat schon länger überlegt es abzustoßen, da sie kaum noch dort ist."

„Das wäre natürlich fantastisch, aber woher soll ich das Geld nehmen, um es zu bezahlen?"

„Als Managerin wirst du doch ordentlich verdienen", mutmaßt Linda.

„Zuerst noch nicht. Christa muss sich doch erst einmal einen Namen unter den Künstlern Spaniens machen."

Linda grinst frech.

„Was ist?" Ich schaue sie an und lege den Kopf schräg, weil ich nicht weiß, was daran so zum Lachen ist.

„Du siehst dich doch schon als ihre Managerin! Und das ist gut so! Ich wünsche dir viel Erfolg in deinem neuen Beruf, Emmi!" Das meint meine Freundin wirklich ehrlich.

„Du kennst mich zu gut." Ich zwinkere ihr zu und muss ebenfalls lachen.

Torremolinos

Vor Linda und Emilies Wohnung

„Du wirst mir fehlen." Shana drückt mich an sich und versichert mir, mich in Almunecar zu besuchen. Jimmy und Linda stehen neben unserem Mietwagen, der uns nach Almunecar bringen soll. Das Haus haben wir von Frau Peeters gemietet und Ben hat seinen Umzug von Deutschland durchgezogen. Er arbeitet seit einer Woche bereits in der Firma in Malaga.

„Süße, wir kommen euch bald besuchen! Du fehlst mir jetzt schon." Linda wischt sich eine Träne aus dem Augenwinkel.

„Ich bin doch gar nicht weit weg von dir, Linda", versichere ich ihr und gebe ihr einen Kuss auf die Wange.

„Ich weiß!" Jimmy nimmt seine Frau in den Arm: „Sie ist im Moment etwas emotional, die Hormone!" Er zwinkert mir zu: „Gute Reise."

„Danke, Jimmy, auch dafür, dass du deine Mutter überredet hast."

„Da war keine Überredung nötig, Emmi."

Wir haben meine restlichen Sachen im Auto verstaut und Jimmy schließt die Wohnung ab, denn er kümmert sich um die Übergabe. Linda wohnt seit einiger Zeit bereits bei Jimmy.

***

Winkend und hupend verlassen Ben und ich Torremolinos in eine gemeinsame Zukunft.

„Süße, ich freue mich auf unser gemeinsames Leben. Aber ehrlich gesagt, habe ich auch ein bisschen Bammel. Ich habe noch nie mit einer Frau zusammengelebt."

Ich hüstele.

„Ja, natürlich. Bis auf meine Schwester." Er tut, als sei er beleidigt.

„Ich bin auch furchtbar aufgeregt. Alles ist so neu", gestehe ich ihm.

Ben legt mir seine rechte Hand aufs Knie.

„Emmi, das wird toll. Wir sind ein gutes Team und Christa baut fest auf dich! Wir haben ein schönes Haus. Die Wohnung in Torrox konnte auch gleich weitervermietet werden, sodass mir keine Einbußen entstanden sind und zu guter Letzt dein neuer Job! Darin wirst du gut sein, dass weiß ich!"

Soviel Lob bin ich nicht gewohnt. Mir kommen die Tränen und Ben missversteht das.

„Süße, weine doch nicht."

„Ben! Das sind Tränen der Rührung. Soviel Lob! Du beschämst mich!" Ich strahle ihn an. Er lächelt zurück und tätschelt mir das Knie etwas unbeholfen.

Almunecar

Marcos Mantojas Galerie

Meine erste Veranstaltung. Ich bin aufgeregt.

Hoffentlich klappt alles, geht es mir gebetsmühlenartig durch den Kopf. Christa hat mir geholfen, aber es ist doch alles neu und ungewohnt.

„Frau Meis! Wie schön!" Marcos reicht mir die Hand und schon haucht er wieder einen Kuss darauf.

„Marcos, wenn wir Freunde sein wollen...! Bitte lassen Sie das sein."

„Oh! Frau Meis! Es war mir nicht bewusst, dass Ihnen das unangenehm ist." Er ist bestürzt.

„Bitte seien Sie mir nicht böse, aber ich mag es einfach nicht."

„Ich gelobe Besserung." Er hat sich schnell gefangen und lächelt mich bereits wieder an.

Er dreht sich zur Kellnerin, die eben neben ihn getreten ist und nimmt zwei Gläser Champagner vom Tablett.

„Liebe Frau Meis! Was würden Sie dazu sagen, wenn wir zum du übergehen? Schließlich werden wir in Zukunft öfter miteinander zu tun haben."

Ich nehme das Glas entgegen und stoße mit ihm an: „Ich bin Emilie. Für Freunde Emmi."

„Marcos! Aber das wissen, ähm, das weißt du ja schon."

Er küsst mich links und rechts und wieder links auf meine Wangen.

„Auf eine gelungene Zusammenarbeit, meine liebe Emmi." Er kann nicht anders. Es ist immer etwas Schwulstiges an dem, was er sagt. Aber ich werde ihn so verschleißen müssen. Hauptsache Christa kommt mit ihm klar.

***

Am Ende des Abends kommt Marcos freudestrahlend auf mich zu und umarmt mich.

„Es war eine gelungene Veranstaltung! Ich wusste, dass das genau der richtige Job für dich ist."

„Dann habe ich dir zu verdanken, dass ich jetzt zu den Großverdienern von Almunecar gehöre", versuche ich zu scherzen. Er versteht den Witz allerdings nicht und schaut mich irritiert an.

Ich lenke ab und frage ihn: „Hat Christa mit Herrn Franco geredet. Die großen Bilder brauchen wir für die Ausstellung in

Torrox Costa. Es wären ja nur zwei Wochen, die wir die Gemälde benötigen!"

Noch bevor mir Marcos antworten kann, tritt Ben auf mich zu.

„Emmi, ich fahre schon mal nach Hause. Bei dir dauert es doch noch? Ich bin ziemlich müde."

„Nehmen Sie unsere Emmi mit nach Hause! Sie war heute sehr fleißig und die restlichen Gäste werde ich zusammen mit Christa verabschieden." Marcos reicht Ben die Hand, mir gibt er wieder ein Küsschen auf die Wange. Diese Küsserei geht mir jetzt bereits auf die Nerven.

Im Auto schaut mich Ben von der Seite an.

„Was ist los?", frage ich ihn.

„Marcos und du, ihr seid per du?"

„Er wird dir sicher auch bald das du anbieten."

„Da bin ich nicht scharf drauf! Er küsst gerne?" Ach, daher weht der Wind.

„Ben, du hast keinen Grund eifersüchtig zu sein! Mir geht diese Küsserei auch gewaltig auf die Nerven. Ich habe mir bereits überlegt, Christa einen Wink in diese Richtung zu geben."

„Und Marcos kannst du das nicht direkt zu verstehen geben?"

„Nein! Ich habe ihm heute schon verboten, bei jedem Treffen, meine Hand zu küssen! Ich will es mir mit ihm nicht ganz verscherzen."

Ben grummelt, aber sagt nichts mehr.

Ich bin zu müde, um mich mit ihm weiter zu zanken.

„Emmi!"

Ich bin im Auto eingeschlafen.

„Sind wir zu Hause?", gähne ich.

„Ja! Ich freue mich auf unser Bett", er grinst.

„Nee, ich glaube, auch dafür bin ich heute zu müde", muss ich ihn enttäuschen.

Da zieht Ben einen Flunsch.

Der neue Job macht viel Spaß, ist aber echt anstrengend. Es ist genau das, was ich gerne mache, organisieren, Terminplanung und das als mein eigener Chef.

Christa lässt mich gewähren. Sie vertraut mir vollkommen.

Und das Problem mit Marcos bekomme ich auch noch in den Griff.

Almunecar

Emilie und Bens Haus

Ben muss, von der Firma aus, nach Mallorca. Er soll dort in zwei Tagen ein Anwesen an den Mann bringen.

„Ich werde dich vermissen! Seit wir zusammengezogen sind, waren wir noch keinen Tag getrennt!", schmolle ich.

„Ach, Emmi! Mach es mir doch nicht so schwer! Ich bin in einigen Tagen doch wieder da."

„Und das, wo ich im Moment nichts zu tun habe." Mein Blick spricht Bände. Ben grinst verhalten.

„Dann genieße doch die Zeit und hänge etwas ab! Erfreue dich an unserer schönen Wohnung, gehe shoppen oder triff dich mit Christa", schlägt er mir vor.

„Bleib mir treu, mein Schatz", bitte ich ihn verlegen.

„Das weißt du doch! Ich habe dich lieb." Ein Küsschen und schon ist er weg.

Ich wähle mir einen Liebesroman und setze mich damit auf die Terrasse. Die Sonne scheint und ich döse so vor mich hin, ohne einen Blick ins Buch geworfen zu haben.

Ich werde wach, als mir jemand leicht seine Hand auf die Wange legt.

Augenblicklich bin ich hellwach.

Marcos kniet vor mir und strahlt mich an.

„Was machst du denn hier?" Ich bin völlig perplex.

„Du siehst so süß aus, wenn du schläfst." Er streichelt mir über die Wange und am Hals entlang.

Ich schlage seine Hand weg und springe auf.

„Lass das sein!", schleudere ich ihm entgegen. „Wo ist denn Christa?", versuche ich abzulenken und entferne ich einen Schritt von ihm.

„Sie muss noch etwas besorgen. Wir haben bestimmt eine Stunde Zeit", sagt er anzüglich.

Was denkt der sich denn?

„Marcos, ich glaube, du gehst besser", versuche ich ihn loszuwerden.

„Emmi! Sei doch nicht so! Ich habe doch gemerkt, dass du mich auch magst." Er nähert sich wieder und ich gehe mehrere Schritte zurück.

Auf welchem Ross reitet der denn ins Abendrot!

„Bitte geh jetzt!", fordere ich ihn abermals auf.

Er drängt mich an die Hauswand und fasst mir an den Busen.

„Marcos! Ich will das nicht! Geh jetzt sofort!", werde ich energischer.

Ich schiebe ihn weg und bewege mich Richtung Eingang.

Da greift er nach meiner Taille und zieht mich mit sich ins Haus.

Ich schreie schrill auf. Er drängt mich aufs Sofa und fängt an, hektisch an mir herumzufummeln. Ich versuche mich zu wehren, aber er ist um einiges stärker als ich.

Ich schiebe seine Hände weg, die auf einmal überall sind. Die ganze Zeit flehe ich ihn an, aufzuhören, aber er ist wie von Sinnen und reagiert überhaupt nicht auf meine Worte.

Er zieht plötzlich an meinem Slip und da sehe ich rot. Ich hole aus und schlage ihm mit der Faust in sein Gesicht. Er lässt einen Moment von mir ab und ich nutze die Gelegenheit, um ihm in seine Genitalien zu boxen. Er jault auf und lässt von mir ab.

Ich renne ins Schlafzimmer und schließe mich ein. Wie erschöpft falle ich vors Bett und lausche auf die Geräusche von draußen.

Es ist still.

Ob er schon verschwunden ist? Ich traue mich nicht nachzuschauen. Mir kullern die Tränen über die Wangen und ich rolle mich vor unserem Bett zusammen wie eine Katze. Irgendwann scheine ich eingeschlafen zu sein. Es dämmert draußen schon.

„Emmi?" Das ist Christa: „Emilie!"

Ich verhalte mich still. Was soll ich ihr auch sagen? Würde sie mir glauben? Unsere Freundschaft und vor allem unsere Geschäftsbeziehung wären wahrscheinlich jäh zu Ende.

Ich ziehe mich aus, dusche und gehe schlafen. Morgen überlege ich, was zu tun ist.

***

Die Nacht war unruhig. Ich bin immer wieder hochgeschreckt und habe das Gefühl etwas gehört zu haben.

Wäre Ben doch nur hier bei mir! Ich könnte mich an ihn kuscheln und würde mich zu Hause und sicher fühlen.

Die Hälfte der Nacht überlege ich, wie ich Marcos begegnen soll und ob ich Christa von den Ereignissen berichten soll.

***

Am Folgetag ist nebenan niemand zu hören oder zu sehen.

Ob Christa Termine hat? Überlege ich kurz.

Ich werde Ben erzählen, was passiert ist. Schließlich haben wir uns vorgenommen, keine Geheimnisse mehr voreinander zu haben. Das Geschehene hat mich so erschreckt, dass ich mich nicht an den Pool traue und den ganzen Tag im Haus bleibe. Ich schließe alle Türen und ziehe die Jalousien zu. So sieht es aus, als ob ich nicht zu Hause wäre und Christa kommt nicht auf die Idee hereinzuschauen. Ich verkrümele mich aufs Sofa, habe aber keine Muße zum Lesen. Schließlich schalte ich den Fernseher an, aber auch dafür fehlt mir die Ruhe. Irgendwann gehe ich in die Küche und backe einen Kuchen. Damit bin ich beschäftigt und es lenkt mich eine Zeit lang ab. Diese Nacht wird noch unruhiger. Ich träume wild. Morgens ist mein Bett total zerwühlt und ich schweißnass am ganzen Körper.

***

Endlich kommt Ben nach Hause.

„Hallo, Emmi!" Ben hat an der Haustür geklingelt. Ich öffne ihm. Da hebt er mich hoch und schwenkt mich herum. „Ich habe dich vermisst, Süße!" Ich freue mich auch ihn zu sehen, bin aber etwas überrumpelt wegen der stürmischen Begrüßung und stoße einen spitzen Schrei aus.

„Lass uns ausgehen! Mein Geschäft hat fantastisch geklappt! Besser noch als ich erwartet habe." Ben ist nicht zu stoppen. Er läuft an mir vorbei in sein Büro, legt Mappe und Koffer ab und marschiert weiter ins Bad. Er redet immer weiter und strahlt mich von der Seite an. Ich habe Mühe ihm zu folgen.

Der Mann hat vielleicht eine Energie!

„Hopp, hopp! Lass uns gehen!" Er scheucht mich ins Schlafzimmer. Ich muss lachen. Da beschließe ich, ihm vorerst von dem Vorfall nichts zu beichten.

Wem nützt es? Ich gehe mich umziehen.

Almunecar

El Chambao de Joaquín

Es wird ein schöner Abend. Ben redet ohne Unterlass. Er hat den Verkauf des Anwesens auf Mallorca abgeschlossen und eine ordentliche Provision herausgeschlagen. Sein Chef hat ihn gelobt und bei Ben kommt die Idee auf, sich selbstständig zu machen.

„Stell dir vor, ich könnte die Provision ganz behalten. Ich könnte dir einen Wagen kaufen. Und eigentlich müsstest du nicht mehr arbeiten. Wir könnten über eine Vergrößerung unserer kleinen Familie nachdenken..."

„Hallo!", rufe ich da, um ihn zu stoppen.

„Sag nichts, Emilie." Er legt mir den Zeigefinger auf meinen Mund und winkt dem Kellner.

Der bringt zwei Glas Champagner und strahlt wie ein Honigkuchenpferd. Der scheint mehr zu wissen, als ich.

Oh je!

Ben erhebt sich und kniet vor mir nieder.

Diese Situation habe ich mir in meinen Träumen immer sehr romantisch vorgestellt. Hier im Lokal finde ich es etwas peinlich.

194

Ich schaue mich vorsichtig um. Wir haben die volle Aufmerksamkeit der Anwesenden im Lokal.

„Emilie Meis! Ich liebe dich und ich hoffe, du mich auch! Würdest du mich heiraten?" Er schaut mir in die Augen und ich sehe, dass er mich anfleht, nur nicht nein zu sagen.

Ich muss lächeln: „Ja, Ben, ich würde dich gerne heiraten."

Er steckt mir einen Ring an den linken Ringfinger und strahlt wie vorher der Kellner.

Beim Aufstehen zieht er mich von meinem Stuhl und küsst mich stürmisch. Ich höre trotz meiner Aufregung, dass um uns herum geklatscht wird.

Vom Nachtisch weiß ich nichts mehr. Ich muss mir immer wieder den tollen Ring anschauen.

„Ben, der ist wunderschön. Aber für mich viel zu groß. Ich trage doch nie Schmuck."

„Ich hoffe doch, dass du bei dem Ring eine Ausnahme machst."

Er freut sich wie ein kleines Kind und als er meine Hand mit dem wunderschönen Ring küsst, ist mir das überhaupt nicht peinlich.

Almunecar

Emilie und Bens Haus

Wir sind noch nicht zur Haustür hinein, da küsst mich Ben stürmisch und zieht mich ins Schlafzimmer. Ich lasse ihn gewähren. Als er mich aufs Bett drückt, fühle ich eine Sperre in meinem Innern. Ich schiebe ihn vorsichtig zur Seite und er schaut mich verwirrt an.

„Habe ich etwas falsch gemacht?", fragt er mich irritiert.

„Nein, Ben. Aber ich kann nicht. Sei mir bitte nicht böse."

Ich liege wie gelähmt auf dem Bett und weiß nicht, wie ich reagieren soll. Er steht auf und schaut mit zusammengezogenen Augenbrauen auf mich herunter. Ich fühle mich schlecht, aber ich kann ihm nicht geben, was er erwartet.

„Außerdem bin ich sehr müde. Es war sehr aufregend heute Abend. Lass uns schlafen gehen, ja?", versuche ich einzulenken.

„Okay! Dann trinke ich noch etwas und komme gleich nach." Er dreht sich auf dem Absatz um und geht aus dem Schlafzimmer.

Ich habe ein furchtbar schlechtes Gewissen und plötzlich auch Bauchschmerzen. Nachdem ich mich bettfertiggemacht und hingelegt habe, starre ich hellwach an die Decke. Irgendwann kommt Ben ins Schlafzimmer zurück. Er rumort im Bad herum und legt sich schließlich an den äußersten Rand seiner Bettseite.

„Gute Nacht, Ben."

„Mmh", kommt von der anderen Bettseite. Die ganze Nacht dämmere ich vor mich hin, aber richtig einschlafen kann ich nicht. Als es draußen hell wird, stehe ich auf und gehe in die Küche. Ich koche mir einen Kaffee und setze mich nach draußen.

„Hast du auch einen Kaffee für mich?" Ich erschrecke mich, denn ich habe Ben nicht kommen hören.

„Ich hole dir einen." Ich stehe auf und gehe an Ben vorbei. Da hält er mich am Arm fest.

„Emmi? Was ist mit dir los?" Er schaut mich etwas hilflos an.

„Gleich. Erst hole ich dir deinen Kaffee."

Ich lehne mich an die Küchentheke und hole tief Luft.

Was mache ich jetzt? Wahrheit oder Ausrede? Ich bin ratlos.

Ich stelle Ben den Kaffee mit Milch und Zucker, wie er ihn mag, hin und setze mich ihm gegenüber.

„Raus mit der Sprache, Emmi. Irgendetwas ist doch mit dir!" Er pustet in seine Tasse, lässt mich aber nicht aus den Augen.

Ich hole tief Luft.

„So schlimm?", lächelt er mich verlegen an.

„Ich weiß nicht", weiche ich aus.

„Ja, schon", gebe ich dann doch zu.

Er wartet und ich werde mich offenbaren müssen.

„Also, ich bin vorgestern hier auf der Terrasse eingeschlafen und irgendwann stand Marcos neben mir. Ich habe ihn nicht kommen hören."

„Ja und?" Jetzt setzt sich Ben schnurgerade hin und wartet gespannt auf meine weiteren Ausführungen. Ich habe das Gefühl er ahnt etwas.

„Um es kurz zu machen. Er hat versucht mich..."

„Was?", brüllt er fast, ohne mich ausreden zu lassen.

„Du weißt schon! Aber es ist nicht so weit gekommen, weil ich ihn geboxt habe. Dann ließ er von mir ab." Ich sacke in mir zusammen, jetzt wo es ausgesprochen ist. Mir ist zum Heulen.

Ben achtet gar nicht auf mich. Er rennt auf der Terrasse hin und her, wie ein wütender Tiger. Er hat den Kopf gesenkt und ich habe das Gefühl, dass er jeden Moment anfängt zu brüllen.

Plötzlich bleibt er abrupt stehen und schaut mich verzeihend an.

Mir laufen mittlerweile unaufhörlich die Tränen über die Wangen.

„Emilie! Entschuldige!" Er nimmt mich in den Arm und streichelt mir unablässig über den Rücken. „Bitte beruhige dich! Ist wirklich weiter nichts passiert? Er hat nicht ...", den Rest des Satzes lässt er frei in der Luft schweben. Und ich kann nur nein winken. Erneut fließen Tränen. Er redet beruhigende Worte in mein Ohr und zieht mich auf seinen Schoß. Er wiegt mich hin und her, wie man es mit einem Baby macht, das weint. Aber es hilft, langsam beruhige ich mich.

„Ben, ich wusste nicht, wie ich es in Worte fassen soll und ich habe Angst, dass du denkst, ich hätte Schuld daran."

Mit großen Augen schaue ich ihn an und versuche in seinem Gesicht zu lesen.

„Wie kommst du denn auf so eine dumme Idee! Ich habe doch gesehen, wie er an dir herumgegraben hat!", ereifert er sich.

„Ich dachte, das sei seine Art und es hätte nichts zu bedeuten. Ich wäre nie auf die Idee gekommen..."

Ben schnaubt vor Wut.

„Ben, bitte tu nichts Unüberlegtes. Ich muss mit Christa und ihm zurechtkommen, wenn ich meinen Job behalten will!"

Ich bin verzweifelt!

„Du glaubst doch nicht, dass ich dich weiterhin mit ihm arbeiten lasse!" Ben wird tomatenrot im Gesicht und seine Augen blitzen vor Zorn.

„Und was soll ich dann machen?" Wieder rollen mir die Tränen über die Wangen. „Dann habe ich keinen Job mehr!"

„Weine nicht! Das ist jetzt nicht wichtig! Wir finden etwas Anderes für dich!" Er gibt mir einen ganz zärtlichen Kuss und ich schmiege mich an ihn.

„Menschenskind, bin ich froh." Da merkt er erst, was er gesagt hat. „Nee, nee, Emmi, so habe ich das nicht gemeint. Ich dachte gestern Abend ich hätte etwas falsch gemacht und du gibst mir heute den Ring wieder zurück! Deshalb mein Ausspruch! Das was dir passiert ist, macht mich dermaßen zornig, dass ich Marcos am liebsten verdreschen würde!"

„Ben, lass es! Ich muss mir erst einfallen lassen, was ich Christa sage."

„Wie wäre es mit der Wahrheit?"

„Das kann ich nicht, Ben."

Als die Sonne einige Strahlen übers Meer schickt, sitzen wir beiden immer noch auf der Terrasse. Eng aneinander geschmiegt, eine Decke über die Knie, sitzen wir zusammen auf einer Liege und schauen übers Meer. Meine Nerven haben sich beruhigt, denn Bens Anwesenheit tut mir gut. Wir haben eine ganze Weile nichts mehr gesagt, als Ben plötzlich abrupt die Decke zur Seite legt.

„Ich rufe den Chef an und mache blau. Wir unternehmen heute etwas, um dich auf andere Gedanken zu bringen", sagte er und setzt auf, geht zum Telefon und ich höre ihn hastig sprechen.

Als er zurückkommt, sagt er beiläufig: „Ich muss noch kurz weg. Mach dich schön. Wir fahren an den Strand, wenn ich zurück bin."

Als er eine Stunde später zurück ist, wirkt Ben seltsam.

„Ist etwas passiert?", frage ich ihn.

„Nein. Alles in Ordnung. Bist du fertig?"

„Wir können."

Almunecar

Fahrt Richtung Almeria

Wir fahren am Strand entlang und baden im Meer. Mittags gehen wir in einem kleinen Lokal an der Küste essen und es ist so, als wäre nichts geschehen.

Als wir gegen Abend auf einer Anhöhe anhalten, fallen alle Sorgen von mir ab. Ben hat die Decke mitgebracht und wir sitzen auf einer Klippe und schauen übers Meer.

„Ben, mir ist so nach dir!" Ich schaue ihm in die Augen und ich sehe, wie sich seine Iris weitet. Da ist es um mich geschehen.

Ich küsse ihn und er lässt es geschehen. Es kommt keine Initiative von ihm. Er lässt mich machen. Ich knöpfe sein Hemd auf und küsse die krausen dunkelblonden Haare auf seiner Brust, wandere mit meinen Lippen tiefer. Ben stöhnt leise auf und mein Unterleib vibriert. Plötzlich kann er nicht mehr an sich halten und dreht mich mit Schwung um und ich lande auf dem Rücken. Er reißt an meiner Bluse und ich helfe ihm. In wenigen Minuten liegen wir nackt nebeneinander und es ist uns völlig egal, dass wir gesehen werden könnten. Als Ben in mich eindringt, schreie ich laut auf vor Lust. Mir wird schwindlig und ich fühle nur noch ihn. Als wir beide ermattet nebeneinanderliegen, schaut Ben zu mir herüber und strahlt: „Emilie Meis, ich liebe dich! Bitte lass nichts und niemanden zwischen uns kommen!"

„Ich verspreche es dir, Ben Horon!"

Es wirkt wie ein Schwur und der soll ewig gelten.

Almunecar

Emilie und Bens Haus

Ben ist bereits zur Arbeit. Ich döse noch etwas, denn ich habe heute keinerlei Verpflichtungen.

Gegen Mittag klingelt es an der Haustür und ich bin etwas irritiert, weil ich niemanden erwarte. Christa steht vor mir.

„Hallo, Christa!", begrüße ich sie zurückhaltend. „Komm doch rein."

Sie tritt ein, ohne ein Wort des Grußes.

Als ich ihr einen Cappuccino hingestellt habe und sie noch immer nichts gesagt hat, werde ich unruhig.

„Was kann ich für dich tun?"

„Nichts mehr", ist ihre kurze Antwort. Sie trinkt an ihrem Cappuccino und lässt sich Zeit mit weiteren Erklärungen.

„Ben war gestern bei mir und hat mir erzählt, was dir widerfahren sein soll."

Sie schaut mich an und wartet auf eine Reaktion von mir. Ich sage nichts und warte ab.

„Glaubst du nicht, dass du mit deiner *höflichen Zurückhaltung* Marcos dazu animiert hast, mehr von dir zu erwarten?"

Das ist ja die Höhe. Ich kann es nicht glauben, dass sie das von mir annimmt.

„Du erwartest darauf doch keine Antwort, Christa?" Ich werde puterrot im Gesicht.

„Marcos ist kein Vergewaltiger und ich lasse nicht zu, dass du ihm einen schlechten Namen machst. Daher habe ich mir überlegt, dass ich mir eine andere Managerin suche und Marcos wird wohl auch auf eine weitere gemeinsame Zusammenarbeit mit dir verzichten wollen."

Sie steht auf. Eine Erklärung meinerseits interessiert sie scheinbar nicht.

„Darf ich nichts dazu äußern?", frage ich sie.

„Das hat mir Ben doch bereits alles erklärt! Und ehrlich gesagt, will ich nichts mehr von diesen Lügen hören."

Sie dreht sich auf dem Absatz um und geht. Ich bleibe völlig niedergeschlagen zurück. Eine gemeinsame Arbeit ist natürlich nicht mehr möglich, das ist mir auch klar. Aber ich habe gehofft, dass die Freundschaft zwischen Christa und mir davon nicht betroffen sein würde.

Wie naiv von mir!

***

Abends kommt Ben nach Hause und geht sofort ins Bad.

Als ich nach ihm rufe, kommt er um die Ecke und ich erschrecke mich. Er hat ein blaues Auge.

„Was ist passiert?", frage ich ihn, aber eigentlich weiß ich längst, was passiert ist.

„Du warst bei Marcos?" Ich presse die Lippen zusammen, um nichts Unbedachtes zu äußern.

„Zuerst war ich bei der Polizei! Aber da ist nichts auszurichten. Wir haben keine Zeugen und laut Polizei ist ja nichts passiert. Ich war so sauer, dass ich in die Galerie gefahren bin und Marcos zur Rede gestellt habe. Zuerst leugnete er alles und dann versuchte er mir weiszumachen, dass du ihn ermutigt hast, da ist es mit mir durchgegangen. Ich habe ihn verdroschen. Du müsstest ihn sehen. Der sieht noch besser aus, als ich."

Er lächelt verschmitzt und das sieht mit seinem blauen Auge etwas seltsam aus. Ich sehe, er ist ein bisschen stolz auf sich.

„Das hättest du nicht tun sollen. Jetzt kann er dich anzeigen."

„Dann soll er doch", erwidert Ben stur.

„Gibt es nichts zu essen? Ich habe einen Mordshunger", lenkt er sofort ab.

Ben setzt seine Idee eines eigenen Büros in die Tat um. Er nimmt seinen Resturlaub, mietet ein Büro in Almunecar an und ist total euphorisch am Werk. Er richtet innerhalb einer Woche sein neues Büro ein. Ein Raum für ihn, ein Raum für mich und ein Besprechungszimmer, ein kleines Bad und ein Empfang.

„Wir benötigen noch eine Empfangsdame und du müsstest dich um die Werbeplakate kümmern."

„Den Empfang mache ich am Anfang mit. Wenn es gut anläuft, kannst du immer noch eine Empfangsdame einstellen", schlage ich ihm vor.

„Wird dir das nicht zu viel? Du müsstest dich auch um die Rechnungen, die Werbung und die Buchhaltung kümmern." Er schaut etwas kritisch.

„Nein, gar kein Problem. Das habe ich früher auch alles in Deutschland gemacht."

„Was würde ich nur ohne dich machen?", zwinkert er mir zu.

„Dir teure Kräfte anheuern", zwinkere ich zurück.

Almunecar

Bens Immobilienbüro

Ich freue mich auf meine neue Aufgabe. Es ist anders, als bei meiner letzten Beschäftigung als Managerin. Diese hier Aufgaben kenne ich und sie liegen mir. Ben ist überall. Er wuselt im Büro herum, dann fährt er in die Innenstadt, um Besorgungen zu machen. Er wirkt etwas planlos, aber ich lasse ihn machen, denn er freut sich wie ein kleines Kind darauf, sein eigenes Büro zu haben, und dass wir zusammenarbeiten werden.

Es ist schön ihn so zu sehen und ich weiß, er macht seinen Job gut. Daher wird es klappen, das weiß ich.

Almunecar

Emilie und Bens Haus

„Hallo, Süße! Wie geht es euch?" Linda fliegt mir um den Hals.

Jimmy kommt einige Schritte hinter Linda durch die Tür, in der rechten Hand einen Kindersitz und um die linke Schulter eine riesige Tasche mit kleinen Bärchen darauf.

„Zeig mal her!" Ich schaue in den Sitz hinein. Ein kleines Gesichtchen, ganz rosig, schaut mit großen blauen Augen zu mir hoch.

„Hallo Lennard! Schön dich kennenzulernen!" Ich nehme die kleine Hand in meine und streichele ganz sacht über den kleinen Handrücken und der Kleine lächelt mich so süß an, dass ich sofort in ihn verschossen bin.

„Er hat Emmi angelächelt!", brüllt Jimmy und der Kleine erschreckt sich kurz, verzieht sein Gesichtchen. Ich rede auf ihn ein, damit er nicht weint.

„Emmi! Das hat er noch nie gemacht! Wahnsinn!" Eltern sind komische Menschen. Ihr Nachwuchs rührt sich in irgendeiner Weise und die Eltern flippen aus.

Ob wir uns auch so verhalten würden, wenn wir Eltern wären? Wo kommt denn jetzt der Gedanke her?

Wir plaudern bei Kaffee und Kuchen, gehen danach mit dem Kleinen spazieren und schon ist die Zeit vorbei und die kleine Familie packt ihren ganzen Hausstand wieder zusammen.

„Ach Jimmy, das Wichtigste haben wir völlig vergessen!" Linda knufft ihren Mann in die Seite.

„Liebe Emilie!" Jimmy baut sich vor mir auf.

Ich grinse und stelle mich kerzengerade hin: „Lieber James!"

„Möchtest du die Patentante unseres kleinen Lennys sein?"

„Echt? Ja, natürlich! Sehr gerne! Es wäre mir eine Ehre!" Mein Herz macht einen Hopser und Jimmy bekommt ein Küsschen von mir.

„Und was ist mit mir?", schmollt Linda scherzend.

Ich drücke meine Freundin an mich und lasse erst los, als Lenny zu maulen beginnt.

„Kommt uns bald besuchen!", ruft sie noch, schon halb im Auto verschwunden.

Wir winken bis das Auto um die Ecke verschwunden ist.

„Das hat dir gutgetan, gell?", meint Ben.

Wir räumen den Tisch ab und plötzlich hält er mich fest: „Wann möchten wir denn heiraten? Denn ich könnte mich an den Gedanken gewöhnen, so einen kleinen Mann oder auch ein kleines Mädel im Haus zu haben! Was sagst du?", er strahlt mich an.

„Heiraten hört sich gut an! Da bin ich dabei!", scherze ich, „aber mit dem Nachwuchs lassen wir uns doch besser noch etwas Zeit. Lass uns dein Büro erst einmal auf den Weg bringen", schlag ich ihm vor.

„Na gut! Du bist die Chefin." Er nimmt mich hoch und trägt mich ins Schlafzimmer.

„Du hast nicht richtig zugehört!" Ich muss lachen und stecke ihn damit an.

„Lass mich nicht fallen!" Ich drücke mich fest an ihn.

Wir haben eine heftige Nacht. Mein Verlobter ist nicht zu bremsen. Irgendwann in der Nacht schlafen wir erschöpft ein.

***

Morgens strahlt mich mein übernächtigter Mann von der Seite an.

„Guten Morgen, Süße! Gut geschlafen?"

„Lieb dich, mein Schatz."

Ich küsse ihn auf die nächste Stelle, die ich erreiche und das ist sein Unterarm.

„Oh je!", stöhnt er da.

„Was heißt denn da, oh je?"

„Das wird ein hartes Leben für mich, wenn ich jedes Mal so aus mir herausgehen muss, damit du mich liebst!" Er lacht über seinen eigenen Witz.

„Du Spinner!" Ich knuffe ihn in die Seite und ein Gerangel geht los. Natürlich endet es darin, dass wir uns lieben. Ich bin glücklich und Ben sieht genauso glücklich aus.

Almunecar

Emilie und Bens Haus

„Bist du fertig?" Ben trippelt von einem Fuß auf den anderen.

„Gleich! Setz dich schon ins Auto! Bin in 2 Minuten bei dir."

Heute ist unser großer Tag und ich bin nicht minder aufgeregt, wie mein Fast-Ehemann.

Wir heiraten!

Die Gäste haben als Adresse die kleine Landkirche Iglesia de Santo Domingo in Benalmádena bei Málaga hoch über dem Meer mitgeteilt bekommen.

„Meinst du, deine Schwester kommt auch? Hat sie sich gemeldet?", frage ich Ben, als ich mich ins Auto setze.

„Ich weiß es nicht, Emmi. Ich lasse mich überraschen. Sie hat nicht geantwortet, daher gehe ich davon aus, dass es ihr zu anstrengend ist."

„Ich traue mich gar nicht zu fragen", setze ich an, aber Ben unterbricht mich sofort.

„Und ich weiß auch nicht, ob meine Eltern kommen! Hoffentlich nicht! Ich hätte sie nicht eingeladen, wenn du nicht darauf bestanden hättest." Er verzieht seinen Mund dabei.

„Bitte, lass uns heute nicht streiten."

„Tun wir nicht. Wir werden den Tag genießen." Er lächelt mich von der Seite an. „Das ist ein Befehl!" Er grinst frech und zeigt seine wahnsinnigen Grübchen. Die machen mich immer noch verrückt, jedes Mal, wenn ich sie sehe.

Benalmádena Nähe Málaga

Iglesia de Santo Domingo

Als wir eintreffen, sind die Gäste bereits versammelt.

Die kleine Kirche liegt an einem wunderschönen Platz mit einem Springbrunnen davor, hoch über dem Meer.

Linda hat mein Patenkind auf dem Arm. Sie hat Tränen in den Augen.

„Nicht weinen, Süße." Ich drücke sie an mich.

Sie war mir eine große Hilfe bei den Vorbereitungen.

Seit sie das Baby hat, ist sie nicht mehr ganz so hibbelig.

„Du bist so schön! Dein Kleid ist ein Traum!" Sie hat es mit ausgesucht, deshalb muss ich lächeln. Jedoch merke ich ihr an, dass sie es ehrlich meint.

Mein Kleid ist aus cremefarbenem Chiffon, ganz eng geschnitten, das Oberteil ist mit Strasssteinen bestückt und ist in Falten gelegt, mit einem V-Ausschnitt. Straß an den breiten Trägern aus durchsichtigem Tüll, der Rock hat hinten eine kleine Schleppe und hinten in meinem Haar steckt eine Spange mit einem kleinen Schleier.

Da ich vor Aufregung in der letzten Zeit kaum essen konnte, musste die Schneiderin eine Woche vor der Hochzeit das Kleid enger nähen.

Ben hat Tränen in den Augen, als er mich zum ersten Mal im Kleid sieht.

Die Gäste gehen, nach kurzer Begrüßung, nacheinander in die kleine Kirche.

„Es wird Zeit. Der Priester wartet bereits auf euch." Jimmy scheucht uns auseinander und Ben nimmt meinen rechten Arm. So schreiten wir in die kleine Kirche. Der Hochzeitsmarsch erklingt und ich muss schlucken. Jetzt wird es ernst. Vor Aufregung erkenne ich keine der Personen, die in den Bänken sitzen, sondern ich fixiere einen Punkt am Altar, um nicht zu fallen.

Ich merke, dass Ben mich von der Seite anschaut und ich lächle.

Die Zeremonie wird deutschsprachig vollzogen und trotzdem verstehe ich nichts. Ich bin zu aufgeregt. Ich merke, dass es Ben genauso ergeht. Er drückt andauernd meinen Arm und verpasst fast seinen Einsatz, als er sein Gelöbnis aufsagen soll.

Der Priester macht seine Sache gut und als er uns auffordert uns zu küssen, setzt ein heftiges Klatschen aus den Bänken hinter uns ein. Ben strahlt mich an. Wir grinsen uns an, denn wir denken gleichzeitig: Linda!

Wir treten aus der Kirche und im ersten Moment bin ich geblendet. Die Sonne tut ihr Bestes, damit es ein schöner Tag wird.

Die Gäste stehen hintereinander in Reih und Glied, um uns zu gratulieren: Linda mit Lenny auf dem Arm, Jimmy, Shana, einige Kollegen aus Bens Firma in Malaga und, ich kann es kaum glauben, Bens Eltern!

Aber das ist nicht die einzige Überraschung. Ich habe meine Großeltern informiert. Da die beiden aber nicht mehr die Jüngsten sind, ging ich davon aus, dass sie nicht kommen würden. Da habe ich aber nicht mit meiner unternehmungslustigen Oma gerechnet.

„Meine schöne Enkelin!", kommt mein Opa Paul mit weit ausgestreckten Armen und stolzgeschwellter Brust auf mich zu, sodass kein Anderer eine Chance hat, mir als Erster zu gratulieren.

Mir kommen sofort die Tränen und ich werfe mich ihm entgegen.

Oma Anna streichelt mir über den Rücken und wartet gelassen, bis mein Opa mich loslässt.

„Du bist so schön, Kind!" Auch Oma hat Tränen in den Augen.

Ich muss mich zusammenreißen, um ihnen meinen Ehemann vorstellen zu können.

„Das ist Ben, meine große Liebe!" Ich strahle ihn an und dieses Strahlen spiegelt sich in seinen schönen blauen Augen.

„Man sieht euch an, dass ihr zwei euch liebt! Dann weiß ich unsere Emilie in guten Händen. Pass mir gut auf sie auf, Ben." Mein Opa gibt Ben die Hand.

Danach gratulieren uns Bens Eltern. Diese Glückwünsche fallen etwas zurückhaltender aus. Bens Mutter reicht mir ihre Hand und sagt: „Dann begrüße ich Sie in unserer Familie, Emilie! Herzlichen Glückwunsch." Ich bedanke mich höflich, wobei ich mir einen Glückwunsch meiner Schwiegermutter etwas herzlicher gewünscht und auch mit einem du gerechnet habe.

Als ich anschließend Bens Vater die Hand reiche, höre ich nur ein kurzes: „Ja dann, herzlichen Glückwunsch." Dies sagt er in einer sehr unterkühlten Art.

Auch ihrem Sohn geben sie lediglich die Hand und auch diese Glückwünsche fallen zurückhalten aus.

Ich bin wohl nicht die Schwiegertochter, die sie sich gewünscht haben!

Linda und Jimmy sind beide völlig aufgelöst.

„Endlich muss ich mir keine Gedanken mehr um dich machen", scherzt Linda unter Tränen. „Jetzt bist du in guten Händen."

„Und du, lieber Ehemann! Pass mir ja auf meine Süße auf", grinst Linda Ben an.

„Das werde ich." Er strahlt mich an.

Benalmádena bei Málaga

Restaurante la Ruta del Ibérico

Nachdem Shana, die Kollegen und der Pfarrer gratuliert haben, fahren wir in den Ort und speisen im Restaurante la Ruta del Ibérico.

Meine Großmutter verwickelt Bens Eltern in ein Gespräch und sorgt so dafür, dass eine einigermaßen angenehme Stimmung am Tisch entsteht.

Mit mir unterhalten sich seine Eltern kaum und wenn, handelt es sich nur um Smalltalk.

Als Ben die Frage nach seiner Schwester stellt, bekommt er eine barsche Antwort von seinem Vater: „Du hast doch nicht damit gerechnet, dass sie zur Hochzeit kommt!" Daraufhin verebbt das Gespräch zwischen ihnen wieder und auch herrscht allgemein einen Moment Stille am Tisch. In diesem Moment hätte man eine Stecknadel fallen hören können.

Mich wundert es, dass sie überhaupt gekommen sind.

Vielleicht wollen sie ihre Schwiegertochter einmal in Augenschein nehmen.

Beim Essen herrscht betretenes Schweigen und alle Anwesenden konzentrieren sich auf ihren Teller vor sich. Nur Klein-Lenny lallt in seinem Kindersitz fleißig vor sich hin.

Großmutter Anna sitzt Linda und Lennard gegenüber und stellt Fragen betreffend ihre Mutterschaft und dem Alltag mit dem Baby.

Auch Linda antwortet verhalten und scheint die Situation nicht einschätzen zu können.

Ich gehe zur Toilette und Linda schließt sich mir an.

„Vielleicht brauchst du Hilfe!" Sie nimmt mich am Arm und wir gehen plaudernd nach hinten.

Als ich aus der Kabine heraustrete, steht meine Schwiegermutter im Waschraum.

Sie lächelt mir zu und ich trete neben sie. Linda scheint die Toilette bereits verlassen zu haben.

„Emilie, Sie sind doch eine kluge Frau?"

Was will sie von mir? Mein Körper spannt sich sofort komplett an.

Ich soll sogleich erfahren, was sie meint.

„Die Geschichte mit Ihnen und unserem Sohn kann auf Dauer nicht gutgehen, das wissen sie doch selbst, oder? Sie kommen aus verschiedenen Welten und Sie können ihm niemals das bieten, was ein Mann in seiner Position und mit seiner Erziehung von einer Frau erwartet. Und sie glauben doch nicht, dass unser Ben hier in Spanien auf Dauer wohnen bleibt. Das ist nur eine Episode für ihn."

Plötzlich geht eine Toilettentür mit Schwung auf und eine wutschnaubende Linda steht neben mir.

Erschreckt drehe ich mich um und Frau Winter gibt einen kleinen spitzen Schrei vor Überraschung von sich.

Ich bin völlig verdattert und bin keines Wortes fähig.

„Emmi, wir gehen! Sofort!" Linda zieht mich mit sich, ohne auf eine Reaktion von mir zu warten.

Wir treten nach draußen und sie nimmt mich in den Arm. Dann hält sie mich ein Stück von sich entfernt und fragt: „Du glaubst doch nicht, was diese dumme Kuh da eben gesagt hat!" Sie schnaubt regelrecht.

„Ich weiß nicht! Ich bin verwirrt, Linda! Warum sagt sie so etwas? Und warum kommt sie überhaupt hierher, wenn sie sowieso annimmt, dass ich nur eine Episode für Ben bin?"

„Emmi, daran siehst du, dass sie euch nur auseinanderbringen will." Sie drückt mich fest an sich. „Ich könnte ...", vor Zorn faucht Linda und beendet ihren Satz nicht.

Ich bin so geschockt, dass ich noch nicht mal weinen kann. Ich habe das Gesagte irgendwie nicht verinnerlichen können.

Als wir eine Weile draußen sind, hören wir plötzlich Klein-Lenny weinen und Linda entschuldigt sich und geht hinein, nachdem sie sich von mir versichern lässt, dass ich einigermaßen in Ordnung bin.

„Kommst du gleich nach? Geht es wieder?", fragt sie mich noch, bevor sie im Stechschritt in das Lokal marschiert.

„Ich komme mit dir." Ich folge ihr und sehe noch, wie sich Bens Eltern verabschieden.

Ich gehe zur Theke und bestelle mir einen Schnaps, damit ich ihnen nicht auf Wiedersehen sagen muss und für meinen Magen, der mir schlimme Schmerzen macht. Bens Eltern schauen sich auch nicht nach mir um, sodass ich keine Freundlichkeit heucheln muss.

Als ich mich neben Ben setze, haben sie bereits das Lokal verlassen.

„Ist alles in Ordnung?", fragt mich Ben sofort. Da kommt der Kellner und Linda verwickelt Ben in ein Gespräch. So bleibe ich ihm die Antwort schuldig.

Der Tag wird noch gemütlich, obwohl meine Bauchschmerzen nicht mehr weggehen wollen.

Linda schaut mich öfter an und nickt mir verschwörerisch zu. Ich nicke zurück, um ihr zu bestätigen, dass es mir gut geht.

Mein Opa fühlt sich als Vertreter meines Vaters und hält eine kleine Rede. Ich bin so froh, dass die beiden hier sind. Opa hält nicht gerne eine Rede, um so glücklicher bin ich darüber.

Meine Oma erzählt von ihren Reisen, die sie früher regelmäßig unternommen hat.

Friedrich, ein ehemaliger Kollege von Ben, fragt sie, ob mein Opa nicht mit auf Reisen war. Oma Anna lacht sich schief. „Paul reiste noch nie gerne. Also musste ich meine Reisen alleine unternehmen. Das war aber nicht schlimm, denn umso schöner war es, wenn wir uns wiedergesehen haben. Diese Auszeiten haben in unserer Ehe die Spannung erhalten." Dabei lächelt sie Friedrich verschwörerisch an. Sie ist manchmal etwas zu ehrlich, aber so war sie schon immer.

Nachdem sich alle Gäste verabschiedet haben, bringen wir meine Großeltern in ihr Hotel. Bei ihrer Ankunft hat Jimmy sie am Flughafen abgeholt. Der fährt jetzt mit seiner kleinen Familie nach Hause, weil Klein-Lenny unbedingt ins Bett muss.

Nachdem wir Oma und Opa im Hotel abgesetzt und ihnen eine gute Nacht gewünscht haben, fahren wir Richtung Almunecar. Auf der Heimfahrt sind wir beide eine Weile schweigsam, bis Ben mich von der Seite anschaut.

„Linda hat dich heute nicht aus den Augen gelassen. Ist etwas vorgefallen? Bitte sage mir die Wahrheit, Emilie."

Da er den Wagen lenkt, habe ich einige Sekunden, bis er mich wieder von der Seite anschaut.

„Ben, das erzähle ich dir morgen, ja?"

„Meine Eltern kommen morgen zum Kaffee. Das wollte ich dir noch ankündigen."

Mein Magen macht einige wilde Hopser, natürlich nicht vor Freude.

„Sollen wir deine Großeltern auch dazu einladen?", fragt er da.

„Das können wir machen", gebe ich lahm zurück.

Ich habe einen Einfall.

„Oder du unternimmst etwas mit deinen Eltern und ich mit meinen Großeltern. Schließlich hast du sie schon länger nicht mehr gesehen. Was hältst du davon?"

Bitte sag ja! Ich bettele innerlich.

„Du möchtest nicht mit meinen Eltern Kaffee trinken, habe ich recht?"

Buh, was sage ich jetzt? Mit einer Lüge in die Ehe gehen, ist nicht gerade ratsam. Aber die Wahrheit gibt nur Krach, der keinem etwas nützt.

„Meine Großeltern sind doch nur zwei Tage hier und du sagst ja selbst, dass du keinen guten Draht zu deinen Eltern hast. Vielleicht könnt ihr daran etwas verbessern, wenn ihr Zeit miteinander verbringt und ich wäre dabei doch nur im Weg."

„Okay! Dann machen wir es so. Schließlich will ich meiner frisch angetrauten Ehefrau nicht schon in der ersten Nacht widersprechen."

Er lächelt nicht und daher weiß ich, er hat mir die Geschichte nicht abgenommen. Aber er will auch keinen Krach. Das Thema ist aber noch nicht vom Tisch, das merke ich ihm an.

Mein Magenschmerz wird schlimmer. Aber ich beruhige mich mit dem Gedanken, dass seine Eltern bald wieder abreisen und wir sie nicht oft zu sehen bekommen werden.

Jemals eine Freundschaft mit diesen Leuten zu pflegen, das kann ich mir beim besten Willen nicht vorstellen! Aber es wäre mir schon geholfen, wenn sie sich einfach aus unserem Leben heraushalten würden, philosophiere ich so vor mich hin.

Almunecar

Emilie und Bens Haus

Unser Frühstück am Tag nach unserer Hochzeit fällt etwas kurz aus. Denn Bens Eltern haben ihn scheinbar missverstanden und erscheinen bereits am Morgen.

Ben geht an die Haustür, als es klingelt.

„Mutter, Vater, ihr?", höre ich seinen Ausruf.

Ich renne ins Schlafzimmer, weil ich noch im Nachthemd in der Küche sitze.

Ich dachte, es handelt sich bei ihnen um gebildete Menschen und dann überfallen sie uns so unangemeldet, und dass am Tag nach unserer Hochzeit?

Als ich wieder in die Küche komme, sind die drei in ein Gespräch vertieft.

Mein Gruß wird von seinem Vater nur mit einem Kopfnicken beantwortet. Seine Mutter lächelt mich süffisant an, sagt aber nichts.

Welche Ausrede fällt mir ein, um das Haus zu verlassen?

Aber es fällt mir auf die Schnelle nichts Plausibles ein.

Ich hantiere in der Küche herum und Ben bittet mich: „Setz dich doch zu uns, Emilie."

Also setze ich mich dazu.

„Mona hat den Termin auf den letzten dieses Monates setzen lassen. Meinst du, du schaffst das?" Sein Vater fragt dies zwar, aber seiner Haltung nach, wird er keinen Einwand gelten lassen.

Was mag denn mit Mona sein? Ich habe das ganze Gespräch nicht mitbekommen, will aber nicht dazwischenreden, weil ich nicht scharf auf eine Reaktion seiner Eltern bin.

Ich werde Ben nachher fragen, nehme ich mir fest vor.

„Emilie, würden Sie uns einen frischen Kaffee aufbrühen?", fragt seine Mutter ganz scheinheilig.

„Das mache ich gern", gebe ich zur Antwort. Das kann ich auch, freundlich sein und es nicht so meinen.

Als sie endlich gehen, steht Ben auf und nimmt seine Jacke.

„Wo willst du denn hin?", frage ich ihn.

„Du machst doch heute etwas mit deinen Großeltern und da dachte ich, ich zeige meinen Eltern die Stadt. Oder hast du etwas dagegen?" Er schaut mich ungeduldig an.

„So haben wir es ja ausgemacht! Dann viel Spaß!" Ich gebe meinem Mann einen Kuss und schon sind sie die Tür hinaus.

Und das an unserm ersten Hochzeitstag! Mir ist zum Heulen.

Ich rufe meine Großeltern im Hotel an und frage, ob ich bereits jetzt kommen kann.

„Natürlich, Schatz", freut sich meine Großmutter.

Torremolinos

Innenstadt

Ich beeile mich zu Oma und Opa ins Hotel zu kommen. Heute kann ich nicht alleine sein.

Wir drei lassen es uns gutgehen und gehen schick essen. Meine Großeltern fragen mich im Verlaufe des Tages, ob ich glücklich bin. Ich will sie nicht beunruhigen und beantworte die Frage mit einem Ja. Sie schwärmen von Ben. Sie mögen ihn.

Als wir nachmittags zum Kaffeetrinken einkehren, stellt mir Oma Anna die Frage, die ich schon erwartet habe. Sie hält mit nichts zurück: „Deine Schwiegereltern mögen dich nicht? Sei ehrlich zu uns."

„Habt ihr das bemerkt", staune ich.

„Das war überdeutlich zu spüren. Was haben sie gegen dich und warum sind sie dann überhaupt gekommen, wenn sie diese Ehe ablehnen?" Mein Opa blickt zornig auf seinen Teller.

„Mein Fehler ist, dass ich nicht reich bin! Warum sie gekommen sind, ist mir auch schleierhaft. Wahrscheinlich wollen sie ihren Pflegesohn von mir abbringen. Das ist die einzige Erklärung, die mir dazu einfällt."

Da ich jetzt wieder Magenschmerzen habe, verabschiede ich mich von den beiden und verspreche ihnen, sie bald möglichst in Deutschland zu besuchen.

Sie bitten mich, dass ich auf mich aufpasse und wünschen mir viel Glück mit meiner Ehe.

Sie sind liebe Menschen und mit dieser Art Leute, wie es Bens Eltern sind, können sie genauso wenig umgehen, wie ich.

Almunecar

Emilie und Bens Haus

Als ich nach Hause komme, ist Ben noch nicht da.

Ich nehme mir mein Buch und setze mich auf die Terrasse, aber ich kann mich nicht konzentrieren. Eigentlich lauere ich die ganze Zeit darauf, dass Ben endlich heimkommt.

Erst Stunden später schließt er die Haustür auf und ruft nach mir.

„Ich bin auf der Terrasse, Ben!"

„Entschuldige, dass es so spät geworden ist", sagt er und gibt mir einen Kuss auf die Stirn.

„Ich muss mit dir sprechen. Aber ich mache mir erst etwas zu trinken. Kann ich dir etwas mitbringen?"

„Nein, danke!" Ich sehe ihm an, dass ihm etwas auf der Seele liegt. Als er sich endlich zu mir gesellt, schweigt er längere Zeit und ich werde schon leicht nervös.

„Ben, was ist los?", kann ich mich irgendwann nicht mehr zurückhalten.

Er stellt sein Glas ab und schiebt seinen Stuhl direkt vor mich.

„Mona lässt sich endlich operieren. Meine Eltern haben mir mitgeteilt, dass sie Ende des Monats unters Messer kommt und sie bitten mich, dann nach Deutschland zu kommen, um ihr beizustehen."

Ich muss schlucken.

„Das verstehe ich. Es ist ja eine große Sache. Hat Mona dich gebeten zu kommen oder kommt die Bitte rein von deinen Eltern?", frage ich ihn.

„Das ist doch egal, oder? Tatsache ist, dass ich Mona unterstützen möchte! Ich hoffe, du verstehst das."

„Natürlich, Ben", pflichte ich ihm bei.

„Denkst du, du schaffst es eine Zeitlang in unserem neuen Büro ohne mich?" Man sieht ihm sein schlechtes Gewissen an.

„Mach dir keine Sorgen. Das klappt schon", beruhige ich ihn. Mein Gefühl ist aber ein anderes.

„Wie lange wirst du denn dortbleiben?" Diese Frage muss ich ihm stellen, aber hätte ich geahnt, wie die Antwort ausfällt, hätte ich besser nicht gefragt.

„Emilie, du stellst so dumme Fragen! Wie soll ich das denn schon wissen! Die Zeit, die es braucht, bleibe ich. Und Mona soll merken, dass sie sich auf mich verlassen kann!" Er funkelt mich an, steht auf und geht hinein.

Ich sitze völlig verdattert auf der Terrasse und frage mich, wann die Stimmung so umgekippt ist.

***

Beim Frühstück versuche ich einzulenken, denn ich merke, dass Ben immer noch angesäuert ist.

„Wie wäre es denn, wenn ich mitkomme?" Ich schaue ihn erwartungsvoll an.

Ich sehe, dass er mit sich ringt.

„Emmi, ich hätte dich gerne dabei. Aber ehrlich gesagt, denke ich, es ist besser, wenn ich alleine fliege"

„Okay!", antworte ich enttäuscht.

„Emilie, bedenke doch. Unser Gewerbe läuft erst an und es wäre gut, wenn eine Ansprechperson hier wäre." Dagegen kann ich natürlich nichts einwenden.

Schweren Herzens gebe ich zu: „Da hast du wohl recht."

***

Ben ist abgereist und ich fühle mich sofort ziemlich alleingelassen.

Wie soll ich die Zeit nur überstehen? Ben rechnet mit 2 Wochen, die er in Deutschland bleibt.

Eine Ewigkeit!

Im Büro ist nicht viel los, da die Werbung erst anläuft und wir noch nicht sehr bekannt sind.

Ich organisiere Büromaterial und noch einige Kleinmöbel, die noch fehlen. Ansonsten langweile ich mich. Ich hätte ohne weiteres mitreisen können. Ben wollte mich aber nicht dabeihaben, das habe ich ihm deutlich angemerkt.

***

„Emilie, bist du es?" Meine Oma Anna ist am Telefon. Sofort wird es mir seltsam zumute.

„Oma! Schön von dir zu hören!", rufe ich in den Hörer.

„Kind, ich habe schlechte Nachrichten."

Weint sie etwa?

„Oma, was ist passiert?" Sie antwortet nicht gleich und ich bekomme Angst.

„Bitte sag etwas!", flehe ich den Hörer an.

„Opa ist gefallen und liegt mit einem Oberschenkelhalsbruch im Krankenhaus." Jetzt weint sie. Ich versuche sie zu beruhigen, was sich als kompliziert darstellt, so durch das Telefon.

„Kind, kannst du kommen", schnieft sie ins Telefon. „Ich hätte dich gerne hier."

„Oma ich höre nach, wann der nächste Flug geht und bin dann bei euch."

„Danke, mein Kind! Ich schaffe es einfach nicht alleine." Mein Gefühl sagt mir, dass es ihr nach unserem Gespräch bessergeht!

Ich verständige Ben, dass ich auch nach Deutschland komme und habe den Eindruck, dass er sich nicht wirklich freut.

Aber wahrscheinlich sind das nur meine gestressten Nerven, die mich dazu verleiten, solche Gefühle zu empfinden.

VII.

Deutschland

Köln-Bonner Flughafen

„Hallo Emmi!" Ben steht mit dem Wagen seines Vaters vor der Ankunftshalle, um mich abzuholen. Ich steige sofort ein, weil er in der Kurzhaltezone parkt.

„Na du, einen guten Flug gehabt?", begrüßt er mich beim Losfahren von der Seite her. Den Empfang habe ich mir etwas herzlicher erhofft, da wir doch einige Tage getrennt waren. Er begrüßt mich wie eine alte Bekannte und nicht wie seine frisch angetraute Ehefrau.

„Und bei dir? Wie geht es deiner Schwester?", frage ich unterkühlt zurück.

„Sie wurde vor zwei Tagen operiert und noch kann man nicht viel vermelden." Er schaut mich nicht an.

„Meinst du, ich könnte sie mal besuchen?", frage ich ihn unsicher.

„Ach Emmi, sie will keinen Besuch. Sie ist sehr angespannt, weil sie Angst vor dem Ergebnis hat. Sie will nur ihre Familie um sich haben." Er spricht es aus, merkt aber sofort, was er da gesagt hat.

Er schaut mich von der Seite an und bemerkt meinen Gesichtsausdruck.

„Ähm, du weißt doch, wie ich das meine." Ab da sprechen wir beide nichts mehr. Er, weil er weiß, dass er mich getroffen hat und ich, weil ich sauer bin.

Köln-Weidenpesch

Oma Anna und Opa Pauls Haus

Er bringt mich zum Haus meiner Großeltern, steigt aber nicht aus.

„Kommst du nicht mit?", frage ich ihn bestürzt.

„Emmi, lass uns morgen Mittag zusammen essen gehen. Ich hole dich ab. Wir haben einiges zu besprechen, denke ich".

„Okay," antworte ich und fast noch mit der Autotür in der Hand, fährt er ohne weiteren Gruß bereits los. Ich habe Mühe die Tür zu schließen.

Was soll das? Was ist nur los mit ihm? Ich verstehe die Welt nicht mehr. Wir waren wenige Tage getrennt und schon wird unsere Ehe, die eigentlich noch nicht richtig vollzogen wurde, schwierig? So hatte ich mir das nicht vorgestellt.

„Emilie, mein Kind, schön, dass du da bist", begrüßt mich Oma Anna hocherfreut. Sie nimmt mich in den Arm und ich muss mich zusammennehmen, dass ich nicht zu weinen beginne.

„Lass uns einen Tee trinken. Dann erzähle ich dir, was passiert ist." Sie nimmt mich an der Hand und wir gehen zusammen in den Wintergarten.

„Ihr habt es so schön hier! So viele tolle Blumen! Wie schaffst du das nur? Du bist doch so oft auf Reisen. Wer kümmert sich denn

226

dann um deine Blütenpracht?" Als ich es ausgesprochen habe, bemerke ich, dass meiner Oma die Tränen über die Wangen laufen. Ich nehme sie in den Arm und streichele ihr über den Rücken.

„Bitte, Omi, nicht weinen!" Da müssen wir beide lächeln. Das habe ich früher schon mal zu ihr gesagt.

Oma hatte bei der Gartenarbeit einen kleinen Unfall mit der Harke und ich habe sie mit den gleichen Worten getröstet. Daraufhin habe ich ihr einen riesigen Verband um den Kopf angelegt und darauf bestanden, dass sie diesen den ganzen Tag trägt. Wir haben uns gleichzeitig daran zurückerinnert. Wir plaudern eine Weile und Oma erzählt mir, dass Opa beim Kirschen pflücken vom Baum gefallen ist.

„Opa steigt in seinem Alter auf den Kirschbaum?" Ich bin entsetzt. „Wie konntest du das nur zulassen?"

„Ja, ja, schimpfe nur mit mir. Ich war diejenige, die diese idiotische Idee hatte. Ich mache mir schon die ganze Zeit selbst Vorwürfe." Sie schaut mich an, als ob sie von mir die Absolution erwartet.

„Oma, du konntest doch nicht ahnen, dass das passiert", versuche ich sie zu beruhigen.

„Was macht denn der frische gebackene Ehemann. Hast du ihn in Spanien alleine gelassen?", lenkt sie da vom Thema ab.

„Ben ist auch in Deutschland. Seine Schwester Mona wurde operiert. Sie war ja nach einem Autounfall im Rollstuhl. Jetzt hofft die Familie, dass sie bald wieder laufen kann."

„Ja dann drücken wir ihr doch die Daumen! Wo wohnt Ben denn während seines Aufenthalts?"

„Bei seinen Eltern, nehme ich an", gebe ich wahrheitsgemäß zur Antwort.

„Du weißt es nicht?" Sie schaut mich irritiert an. „Für dich habe ich das Gästezimmer bezogen. Du schläfst doch hier bei mir?"

„Natürlich, Omi! Ich werde Ben anrufen. Vielleicht kommt er auch hierher."

Nachdem Oma und ich im Krankenhaus waren und Opa besucht haben, rufe ich Ben an: „Wie geht es Mona?"

„Sie war heute besser dran! In einigen Tagen beginnt sie mit den ersten Krankengymnastikübungen und der Arzt macht ihr Hoffnung, dass sie wieder aus dem Rollstuhl kann. Sie wird zwar ihren Beruf nicht mehr ausüben können, aber es ist ein Riesenschritt in eine gute Richtung." So euphorisch habe ich Ben schon lange nicht mehr erzählen hören.

„Das freut mich wirklich sehr", versichere ich ihm ganz ehrlich.

„Ben, möchtest du nicht mit mir bei meiner Oma schlafen? Sie hat ihr Gästezimmer für mich vorbereitet und gefragt, ob du nicht auch hierherkommen möchtest."

Ich höre mich an wie ein Kleinkind, das bettelt.

„Ach Emmi. Das ist doch zu umständlich. Außerdem habe ich noch geschäftliche Gespräche mit meinem Vater zu führen. Da ist es einfacher, ich bleibe hier." Er verabschiedet sich kurz darauf mit einem „Gute Nacht, Emilie." Kein „schlaf gut", kein „ich liebe dich." Ich fühle mich schlecht. Irgendetwas stimmt hier nicht und ich werde herausfinden was.

***

Abends klingelt es an der Haustür und Oma flitzt hin.

Sie ist in ihrem Alter immer noch erstaunlich fit.

„Hallo Ben", höre ich ihre freudige Stimme.

„Hallo Oma Anna!" Es ist mein Ben und ich laufe ihm strahlend entgegen. Er lächelt und gibt mir einen Kuss.

„Ich freue mich dich zu sehen", sage ich wahrheitsgemäß.

„Ich freue mich auch. Können wir ein wenig spazieren gehen?"

„Na klar. Ich laufe nur schnell nach oben und hole eben meine Jacke."

Als ich zurückkomme, dreht sich gerade meine Oma um und geht ohne Gruß an Ben in die Küche.

Köln

Stadtpark

Als wir im Stadtpark spazieren gehen, plagt mich der Vorwitz: „Was war denn eben zwischen dir und Oma?"

Es dauert eine Weile, bis ich meine Antwort erhalte.

„Deine Oma hat mir vorgehalten, dass ich mich nicht korrekt verhalte. Sie meinte, dass ich dich nicht so lange alleine lassen soll. Schließlich seien wir erst frisch verheiratet."

Er verfällt wieder ins Grübeln.

„Und?" Ich erwarte mehr Erklärungen.

„Sie hat ja recht", gibt er zu. „Emmi, lass uns hier auf die Bank setzen. Ich muss mich mit dir unterhalten."

Das hört sich unheilvoll an.

Und ich soll recht behalten.

„Um direkt zum Wesentlichen zu kommen. Mein Vater schlägt mir eine Kooperation mit seinem Büro vor. Eine lukrative Sache für mich."

Es fällt mir auf, dass er nur von seinem Büro redet und sage ihm das auch: „Es ist also nicht mehr unser Büro?" Ich lächle, weil ich denke, dass es sich nur um einen Versprecher handelt.

„Es ist eine Verpflichtung daran geknüpft."

„Ben, mach es nicht so spannend", bitte ich ihn fortzufahren.

„Um es so auszudrücken, wie es meine Eltern mir erklärt haben. Sie sind mit unserer Ehe nicht einverstanden." Er schaut mich mit großen runden Augen an.

„Und warum nicht?" Eigentlich will ich nichts mehr hören und frage trotzdem weiter nach. „Was haben sie gegen mich?"

„Das ist nicht relevant. Hauptsache ist, ich halte zu dir."

Das kann ich nicht unkommentiert so stehen lassen. „Sicher? Du verhältst dich komisch und ich merke, seit deine Eltern auf unserer Hochzeit waren, dass etwas in der Luft liegt." Ich nehme meinen gesamten Mut zusammen und erzähle Ben von dem Zwischenfall auf unserer Hochzeit: „Deine Mutter meinte, ich sei eine Episode für dich!" Ich muss mich zusammenreißen, sonst kommen mir die Tränen und ich will jetzt auf keinen Fall weinen.

„Emilie, bitte erfinde doch nicht solche Lügen. Die Situation ist doch schon schlimm genug. Ich habe dir zwar gesagt, dass meine

Mutter manipulativ ist, aber soweit würde doch auch sie nicht gehen? Nicht auf unserer Hochzeitsfeier?" Es sind Fragen, die Ben an mich stellt. Er ist sich also auch nicht sicher mit seinen Äußerungen.

„Ben, ich lüge dich nicht an. Wenn du mir nicht glaubst, frage Linda. Sie hat alles mitangehört." Jetzt kullern mir doch einige Tränen über die Wangen.

Ben rückt näher und nimmt mich etwas ungeschickt in den Arm. Mir entfährt ein Schluchzen. Die ganze aufgestaute Angst entlädt sich in diesem Moment. Er drückt mich an sich und lässt mich weinen. Er sagt nichts und als ich zu ihm aufschaue, sehe ich, dass auch er Tränen in den Augen hat.

„Bitte, Ben", flehe ich ihn an. „Entschuldige! Ich habe eine solche Angst, dass deine Eltern uns auseinanderbringen." Weiter komme ich nicht, denn er nimmt mein Gesicht in seine Hände und lächelt mich ganz lieb an: „Schatz, das wird nicht passieren. Ja, für einen

Moment war ich versucht meinen Eltern zu glauben, dass wir vielleicht doch nicht zusammenpassen und das Angebot meines Vaters war mehr als verlockend. Aber jetzt durchschaue ich ihr Spiel. Es geht nur darum, uns auseinander zu bringen. Ich fasse es einfach nicht", er schüttelt unentwegt den Kopf.

„Ich liebe dich! Bitte lass nicht zu, dass sie es schaffen!", flehe ich ihn an.

„Das werde ich nicht zulassen! Und morgen kommst du mit zu Mona. Das müssen wir ein für alle Mal klären. Und, Emmi", er schaut mir tief in die Augen, „ich stehe zu dir und zu unserer Ehe! Merke dir das, bitte!"

Mir reicht diese Versicherung, um wieder in Tränen auszubrechen, dieses Mal aus Freude. Er hält mich im Arm und lässt mich weinen. Nach einer kleinen Ewigkeit beruhige ich mich und wir machen uns auf den Heimweg.

Köln-Weidenpesch

Oma Anna und Opa Pauls Haus

Ben lässt meine Hand nicht mehr los und als wir bei meiner Oma ankommen, nimmt er meine Oma fest in den Arm: „Ach Oma Anna, darf ich bei euch bleiben?" Da hat er Omas Herz schon erobert. Er kann wirklich ein Schmeichler sein.

Köln

Malteser Krankenhaus St. Hildegardis

Wir drei fahren zu Opa ins Krankenhaus und dieser freut sich, als er Ben mit uns hereinkommen sieht.

„Mein Junge, schön, dass du mich auch besuchst. Ich alter Trottel meinte, meine nicht mehr vorhandene Jugend beweisen zu müssen und klettere auf Kirschbäume!" Er lächelt, aber er sieht so klein aus, wie er da in den weißen Kissen liegt. Es geht mir durch den Kopf, dass die Beiden doch schon sehr alt sind und wieder ist mir traurig ums Herz.

Nein, Emilie, du weinst jetzt nicht! Sage ich zu mir. *Das würde Opa bestimmt falsch verstehen.*

232

Ben drückt meine Hand und lächelt mich an. Er hat gemerkt, dass seine Ehefrau wieder nahe am Wasser gebaut hat.

Köln

Innenstadt

Nach einer Stunde verlassen wir Opa und gehen zu Dritt etwas essen. Ben ist wie früher, gut gelaunt, scherzt mit uns und ich merke wieder, warum ich ihn so liebe.

Oma fragt beim Dessert: „Wie geht es deiner Schwester? Wird sie wieder laufen lernen?"

Ben verschluckt sich fast an seiner Mousse au Chocolat.

„Sie macht kleine Fortschritte, aber wir hoffen, dass sie irgendwann wieder selbstständig laufen kann. Weißt du, sie war Tänzerin, aber es wird wohl ein Traum bleiben, dass sie diesen Beruf wieder ausüben kann."

„Warte mal ab. Manchmal geschehen noch Wunder." Typisch Oma, sie sieht in allem das Positive.

„Oma Anna, das wäre wirklich ein Wunder." Er lächelt sie an, denn er weiß, dass sie ihn damit trösten will.

„Wann ist denn der Unfall geschehen?", fragt Oma und das Unheil nimmt seinen Lauf.

„Gestern vor genau drei Jahren." Ben schaut auf seinen Teller, aber das Essen ist ihm scheinbar vereitelt.

„Das ist ja ein makabrer Zufall. Emilies Eltern sind an dem gleichen Tag verunglückt." Oma schaut traurig nach mir und legt ihre Hand auf meine.

Ich schaue Ben an und sehe, dass ihm die ganze Farbe aus dem Gesicht gewichen ist.

Ich wage kaum Luft zu holen.

„Wo ist der Unfall passiert?", stößt Ben mühsam hervor.

Oma hat den Stimmungswechsel am Tisch nicht wahrgenommen und antwortet ihm unbefangen: „Einige Kilometer hinter dem Kölner Verteilerkreis. Emilies Eltern wollten zu einer Party von Freunden und kamen irgendwie von der Straße ab. Es konnte nie geklärt werden, wie es genau passiert ist. Es muss noch ein Wagen beteiligt gewesen sein. Der hat sich überschlagen und man hat ihn erst einen Tag später in den seitlichen Büschen gefunden."

Ich glaube jeden Moment in Ohnmacht zu fallen. Ben starrt mich mit riesengroßen Augen an. Dann winkt er mit dem Kopf und verlässt das Lokal.

Ich bin wie gelähmt und Oma schaut mich an. Plötzlich sehe ich, wie ihr dämmert, was passiert ist. Sie schlägt die Hände vor die Augen und stöhnt laut auf.

In meinem Schrecken bemerke ich erst einige Sekunden später, dass sie zusammengesunken ist. Ich stoße einen Schrei aus und die Kellnerin kommt auf uns zu gestürzt.

„Rufen Sie einen Krankenwagen und den Notarzt! Bitte schnell! Ich glaube, meine Oma hat einen Schlaganfall!" Ich schreie die arme Frau an. Sie läuft verdattert zur Theke und nimmt den Hörer ab und tut, was ich ihr aufgetragen habe.

Der Wirt, der schnell zu uns geeilt ist, hilft mir Oma auf eine Bank zu legen.

Sie ist so leicht, fällt mir seltsamerweise in dem Moment auf.

Wo ist Ben? Hat er von diesem Tumult nichts mitbekommen? Überlege ich kurz.

Als der Krankenwagen mit meiner kleinen Oma losfährt, schaue ich mich um. Ben ist nicht mehr da. Sein Auto steht auf dem Parkplatz, aber er ist nirgendwo zu sehen.

Der Wirt hat mir ein Taxi bestellt und ich fahre zum Krankenhaus.

Köln

Malteser Krankenhaus St. Hildegardis

Oma kommt auf die Intensivstation.

Ich darf nicht zu ihr. Der Arzt schickt mich nach Hause. Ich soll am nächsten Tag vorbeikommen.

„Wenn sich am Zustand Ihrer Oma etwas ändern, rufen wir Sie an", versichert er mir.

Köln-Weidenpesch

Oma Anna und Opa Pauls Haus

Zu Hause angekommen, überlege ich, wie ich Opa morgen das Geschehene beibringen soll. In meiner Verzweiflung versuche ich

Ben anzurufen. Er geht nicht dran, nur seine Mailbox. Mit der will ich nicht sprechen und schalte das Handy aus.

Ich muss mit jemandem sprechen und wähle die Nummer von Jimmy und Linda.

„Hallo", meldet sich Linda.

„Ich bin so froh deine Stimme zu hören", hauche ich in den Hörer.

„Hallo Emmi! Wie geht's der frisch gebackenen Ehefrau?", vergewissert sich eine fröhliche Linda.

„Ganz beschissen!"

„Was ist los?" Linda hat sofort umgeschaltet und ich erzähle ihr von dem ganzen Drama, dass sich heute und auch die letzten Tage abgespielt hat.

„Emilie, soll ich zu dir kommen?", fragt sie, als ich geendet habe.

„Nein, Linda! Das ist lieb von dir. Aber ich habe angerufen, weil ich mich mit jemandem unterhalten muss. Ich hoffe, du verstehst das! Und du bleibst schön bei deiner kleinen Familie."

„Emilie, wozu sind wir Freundinnen, wenn wir in solchen Situationen nicht zusammenhalten." Da hat sie vollkommen recht.

Wir unterhalten uns noch eine Weile und obwohl Linda immer sehr direkt ist, spricht sie das Thema Ben nicht mehr an. Ich will im Moment auch nicht darüber nachdenken.

Als ich aufgelegt habe, kommen alle diese Gedanken um Ben und Mona zurück.

Kann ich mich noch daran erinnern, wer an dem Unfall meiner Eltern Schuld war?

Aber ich kann mich nur noch daran erinnern, dass Opa mir erklärt hat, dass es geregnet hat und meine Eltern von der Straße abgekommen sind.

Ich lege mich hin, aber an schlafen ist kaum zu denken.

Irgendwann muss ich doch eingenickt sein und werde wach, weil ich wilde Träume von quietschenden Reifen und Autos habe.

Es ist schon mitten in der Nacht, als das Telefon klingelt. Ich schrecke sofort hoch und renne hin. Es ist Ben.

Gott sei Dank, nicht das Krankenhaus!

„Ja, Ben, was ist?", entgegne ich kühl.

„Entschuldige bitte, dass ich euch habe sitzenlassen. Ich war so geschockt und bin es immer noch."

„Das ist im Moment nicht wichtig." Ich kann mich im Moment nicht mit ihm auseinandersetzen.

„Nicht wichtig!", brüllt er ins Telefon. „Deine Eltern sind schuld, dass meine Schwester im Rollstuhl sitzt!"

Ich habe keine Kraft, um ihm zu widersprechen.

„Jetzt nicht! Gute Nacht, Ben!" Ich lege einfach auf.

Gegen die Wand gelehnt, sinke ich zu Boden und weine, bis ich keine Tränen mehr habe. Ich schleiche ins Bett und schlafe traumlos bis mittags durch.

Erschrocken fahre ich hoch und schaue auf den Wecker.

Mit einem Satz bin ich auf den Beinen. Eine schnelle Tasse Kaffee und schon mache ich mich Richtung Krankenhaus auf.

Oma hat die Nacht einigermaßen gut überstanden und kann schon bald auf eine normale Station.

Das sind endlich mal gute Nachrichten!

„Sie braucht einen Herzschrittmacher. Diese Operation werden wir durchführen, wenn Ihre Oma wieder bei Kräften ist", erklärt mir der Stationsarzt.

Ich gehe sogleich zu meinem Opa, der praktischerweise im gleichen Krankenhaus liegt.

„Hallo, Emilie! Du bist aber früh dran! Wo hast du denn meine Anna gelassen? Kommt sie noch?" Er lächelt mich an und heute sieht er wesentlich besser aus, als gestern.

„Opa, rege dich bitte nicht auf! Oma liegt auch hier im Krankenhaus! Sie hatte einen Schlaganfall bekommen, aber es geht ihr schon wieder besser." Ich nehme seine Hand und sehe, dass Opas Gesichtsfarbe wechselt. „Emilie, wir sind alte Leute. Sowas kann leider jeder Zeit passieren." Ich glaube, er will mich nicht beunruhigen und daher lächelt er mich an, zwar mit Mühe, aber er lächelt.

„Ich soll in Reha, meinte der Arzt bei der Visite. Das ist ja dann ganz gut, weil Anna sich jetzt nicht um mich kümmern kann."

„Opa, ich habe eine Frage an dich."

„Raus damit!" Er schaut mich auffordert an.

„Der Unfall meiner Eltern. Wer war schuld daran?" Jetzt ist es raus.

„So ganz genau konnte das nicht festgestellt werden. Das Auto deiner Eltern ist mit einem anderen Wagen kollidiert und hat sich überschlagen. Es war regennass auf der Straße. Der andere Wagen ist durch den Aufprall in die Böschung geschleudert und erst einen Tag später gefunden worden. Die junge Frau in dem anderen Wagen hat überlebt. Mehr weiß ich auch nicht. Wir haben damals versucht Kontakt mit der Familie der jungen Frau aufzunehmen. Jedoch haben ihre Eltern das verweigert."

Opa lässt sich in die Kissen zurückfallen.

„Ich weiß jetzt, was ich wissen wollte. Ruh dich aus, Opa. Ich komme gegen Abend nochmal rein zu dir." Ich gebe ihm einen Kuss auf die Wange und verabschiede mich von ihm.

Da ich nicht zu Oma darf, fahre ich nach Hause.

Köln-Weidenpesch

Oma Anna und Opa Pauls Haus

Dort angekommen, habe ich einen Entschluss gefasst und rufe bei der Polizei an.

Man verlangt von mir ein Aktenzeichen, um mir weitere Auskünfte erteilen zu können. Also begebe ich mich auf die Suche. Im Büro meines Opas durchforste ich alle Akten und werde fündig.

Mit diesen Akten fahre ich zur Polizeistation. Dort hilft man mir weiter und nach einer Stunde weiß ich mehr.

Köln

Klinikum der Universität zu Köln

Klinik und Poliklinik für Orthopädie und Unfallchirurgie

Um mich weiter abzulenken, mache ich mich zu Hause telefonisch auf die Suche nach dem Krankenhaus, in dem Mona liegt. Auch das bekomme ich heraus und fahre mit meinen Unterlagen dorthin.

Am Empfang frage ich nach Mona Winter und erfahre, dass sie auf der chirurgischen Abteilung liegt.

Als ich in den Aufzug einsteigen will, kommt mir Ben entgegen. Er stutzt und weiß im ersten Moment nicht, wie er reagieren soll. „Emilie! Was suchst du denn hier?"

„Ich will deine Schwester besuchen."

„Warum?", erkundigt er sich stirnrunzelnd.

„Warum nicht", gebe ich zur Antwort.

„Emilie, ich möchte nicht, dass du Mona aufregst. Ich sehe dir doch an, dass du aufgewühlt bist." Er schaut mich durchdringend an.

240

„Da könntest du richtigliegen." Ich schaue ihn von unten herauf mit einem festen Blick an und halte seinem Blick stand.

„Was hältst du davon, wenn wir uns zuerst unterhalten? Wenn du dann immer noch zu Mona möchtest, begleite ich dich", schlägt Ben mir vor.

„In Ordnung, so können wir es gerne machen. Ich denke, wir haben auch einiges zu klären."

Im Café des Krankenhauses setzen wir uns in die hinterste Ecke, um ungestört zu sein.

Ich erzähle Ben, was mit meiner Oma passiert ist und dass sie sich genauso erschrocken hat, wie wir, als ihr bewusst wurde, dass seine Schwester die Unfallbeteiligte am Unfall meiner Eltern war.

Ben ist betroffen. Er schüttelt nur den Kopf und schaut mich erschrocken an.

„Emilie, es tut mir so leid. Ich war nicht mehr Herr meiner Sinne. Ich brauchte frische Luft und musste einfach raus. Stundenlang lief ich durch die Stadt. Bitte verzeih mir."

„Das ist schon verziehen", versichere ich ihm.

„Das ist aber noch nicht alles, oder?" Er schaut mich an und ich hole einmal tief Luft.

„Richtig! Ben, ich war bei der Polizei. Was weiß Mona noch von dem Unfall bzw. was hat sie dir davon erzählt?", erkundige ich mich.

„Ich weiß nur, dass sie erwähnt hat, sie sei von der Straße abgekommen, weil ein anderer Wagen sie abgedrängt hat. Den Rest habe ich dir bereits erzählt. Sie ist durch den Aufprall in die Böschung geschleudert worden und dort hat man sie erst einen

Tag später gefunden. Da sie eingeklemmt war, konnte sie sich nicht befreien." Er schaut mich fragend an, denn er wartet auf meine Erklärung.

„Das stimmt nur zum Teil. Die Polizei konnte den Unfall anhand der Bremsspuren sehr gut rekonstruieren. Ich habe die Akten in Kopie erhalten. Du kannst gerne nachlesen, wie es passiert ist", schlage ich ihm vor.

„Emilie, erzähle es mir einfach. Ich glaube dir schon, was du mir sagst", versichert er mir.

„Deine Schwester ist aus irgendeinem Grund auf den Randstreifen gekommen, hat die Kontrolle über ihren Wagen verloren und den Wagen meiner Eltern berührt. Dadurch sind beide Wagen von ihrer Spur abgekommen und müssen sich nochmals berührt haben, dieses Mal so heftig, dass sich beide Wagen überschlagen haben. Meine Mutter war scheinbar sofort tot, aber mein Vater konnte sich noch aus dem Wagen befreien und ist auf der Straße von einem weiteren Wagen erfasst worden." Ich muss schlucken. Dieser Gedanke, dass mein Vater hätte überleben können, hat mich beim Lesen der Unterlagen völlig geschockt und jetzt beim laut aussprechen, muss ich wieder würgen, weil mir so schlecht wird.

„Emilie, dann ist meine Schwester die Schuldige? Steht es so in den Unterlagen?" Ben fällt es schwer zu sprechen.

„Ja, Ben. Der Beamte, mit dem ich gesprochen habe, meinte, dass sie irgendwie abgelenkt war. Vielleicht hat sie auf ihr Handy geschaut oder es ist ihr etwas hinuntergefallen. Aber das kann nur Mona beantworten."

„Ob meine Eltern das auch alles wissen?", überlegt er laut. „Dann haben sie uns die ganze Zeit angelogen." Betroffen schweigt er einen Moment.

„Willst du noch eine Erklärung von Mona? Oder ihr Vorhaltungen machen?", fragt er vorsichtig.

„Nein! Geschehen ist geschehen. Ich möchte mit Mona Frieden schließen. Meinst du, das ist möglich?", frage ich ihn und habe Angst vor der Antwort.

„Emilie, lass mich zuerst mit ihr sprechen. Sie kann sehr launisch sein. Und da sie im Moment auch noch Schmerzen von der OP hat, ist sie häufig nicht besonders gut gelaunt."

„Du bist der beste Bruder, den man sich vorstellen kann", sage ich zu ihm und meine es auch genauso, „du nimmst sie immer in Schutz. Aber ganz ehrlich. Sie ist mittlerweile kein Kind mehr und muss sich dem stellen, was sie betrifft."

Ben antwortet mir nicht.

Vielleicht muss er sich mit diesem Gedanken erst einmal auseinandersetzen.

„Lass mich trotzdem zuerst mit ihr reden. Ich will auch dich schützen. Sie kann sehr zornig werden." Er schaut mich verzeihend an.

„Okay", willige ich ein.

„Emmi?"

„Ja, Ben?"

„Ich möchte mich auch noch wegen einem anderen Punkt bei dir entschuldigen", beginnt er ein weiteres Thema.

„Ja, Ben, ich höre." Längst weiß ich, worum es geht.

„Ich bin wieder mal auf meine Eltern hereingefallen. Das Angebot der Zusammenarbeit mit der Firma meines Vaters verspricht einen guten Gewinn. Damit hat er versucht mich zu locken. Eigentlich weiß ich, wie er tickt und trotzdem hat er mich damit eingefangen. Aber Emilie, das was du mir über meine Mutter erzählt hast. Das schlägt dem Fass den Boden aus. Auf unserer Hochzeit erlaubt sie sich meine Braut zu tyrannisieren! Das hätte ich nie für möglich gehalten." Ben holt tief Luft.

„Ich habe ihr das vorgehalten und was denkst du, hat sie gemacht?" Er schaut mich wütend an.

„Keine Ahnung, Ben. Sag es mir." Ich halte seinem wütenden Blick stand, weil ich weiß, dass nicht mir dieser Blick gilt.

„Sie hat nur gelächelt und mit den Schultern gezuckt! Ich habe noch nie so einen Groll auf meine Mutter gehabt. Und glaube mir, sie hat sich schon einiges erlaubt in der Vergangenheit. Als Erklärung kam dann einige Zeit später, sie würde annehmen, dass meine Ex-Freundin Lena wesentlich besser zu mir passen würde und sie mich nur vor einem Fehler bewahren möchte." Er macht eine Pause, um sich zu sammeln. „Ich habe ihr klipp und klar gesagt, sie soll sich künftig aus unserem Leben heraushalten."

„Es tut mir so leid, Ben", versichere ich ihm. Was soll ich auch sonst dazu äußern?

„Und meinem Vater habe ich bereits abgesagt. Das Geschäft muss er mit jemand anderem machen."

„Wirst du damit leben können?", frage ich ihn geradeheraus.

„Ja, das kann ich! Emmi, ich habe fast unsere Ehe aufs Spiel gesetzt, noch bevor sie richtig begonnen hat. Es musste mal wieder etwas passieren, damit ich die Beiden durchschaue. Wer will schon glauben, dass seine Eltern so intrigant sind, auch wenn es nur die Pflegeeltern sind." Ich greife über den Tisch und nehme seine Hand.

„Haben wir noch eine Chance?", fragt er mich. „Gibst du mir noch eine Chance, muss ich eher fragen?" Ben schaut mich hoffnungsvoll an.

„Ben, ich liebe dich nach wie vor und ich hatte wirklich Angst, dass unsere Ehe schon vorbei ist." Er drückt meine Finger sehr fest, aber ich sage nichts. Denn die Berührung seiner Hand tut mir gut und ich möchte nicht, dass er loslässt.

Köln-Innenstadt

Ristorante Toscanini

Nachdem Ben seine Schwester im Krankenhaus besucht hat und ich meine Großeltern, treffen wir uns beim Italiener in der Innenstadt.

Ben sieht heute glücklicher aus als gestern.

„Du hast aber gute Laune", begrüße ich ihn, als wir uns setzen.

„Mir geht es auch besser, weil wir uns wieder vertragen und die Unstimmigkeiten weitestgehend ausgeräumt sind." Er lächelt mir zu und drückt mir wieder die Hand.

„Weitestgehend?", horche ich auf.

„Emmi, ich habe da etwas für dich." Er legt ein Kuvert auf den Tisch und schiebt es näher zu mir hin.

„Für mich?", frage ich trotzdem nach.

„Mona meinte, sie könne sich so besser ausdrücken, um sich dir zu erklären!" Er schaut auf die Tischdecke. Nachdem der Kellner unsere Getränke gebracht hat, nehme ich das Kuvert auf und öffne es ganz langsam.

„Weißt du, was drinsteht?", frage ich Ben.

„Nein, das weiß ich nicht!", gibt er zurück.

Ich falte das Blatt auseinander und fange an zu lesen.

Emilie,

ich habe in den letzten Wochen viel Zeit zum Nachdenken gehabt. Du wirst sicherlich verärgert über mich sein!

Ich kann zu meiner Verteidigung nur anführen, dass ich meinen Bruder über alles liebe und meine Eltern hast du ja bereits kennengelernt und weißt, dass ich an ihnen keinen besonderen Halt habe.

Ich hatte plötzlich das Gefühl, Ben zu verlieren und der Gedanke hat mich fast durchdrehen lassen.

Natürlich wusste ich bald schon, dass diese Gedanken dumm und einfältig sind.

Liebe Emilie, bitte verzeih mir. Ich habe es dir schwergemacht und hoffe, wir können nochmal von vorne anfangen!

Über einen Besuch von dir würde ich mich freuen!

Gruß Mona

Ich muss schlucken. Nachdem ich meine Gedanken gesammelt habe, stehe ich auf und gehe um den Tisch herum. Ich stelle mich vor Ben und er steht auch auf. Er nimmt mich wortlos in den Arm und drückt mich fest an sich. So stehen wir eine Weile zusammen, bis der Kellner sich hüstelnd bemerkbar macht.

„Darf ich stören? Ihr Essen, bitteschön." Wir müssen lachen und er lacht mit.

„Ich bin so glücklich, dass ihr jetzt wieder miteinander klarkommen werdet", äußert Ben vorsichtig.

„Ja, Ben! Das werden wir. Ich mag deine Schwester und jetzt gibt sie uns noch eine Chance. Es kann nur besser werden." Wir lächeln uns an.

„Hast du Hunger?", will er von mir wissen.

„Eigentlich nicht", antworte ich ihm aufgeregt.

Köln-Weidenpesch

Oma Anna und Opa Pauls Haus

Er zahlt und wir fahren geradewegs zum Haus meiner Großeltern.

Ben schließt die Haustür hinter uns und küsst mich noch im Flur stürmisch.

Wir halten es kaum aus. Auf dem Weg zur Couch zieht er mir nach und nach alle Kleidungsstücke aus. Wir fallen regelrecht übereinander her. Ben ist nicht zu stoppen, aber das will ich auch nicht. Es ist fantastisch. Es ist schnell vorbei, aber ich fühle mich gut. Eng umschlungen liegen wir völlig ermattet nebeneinander und Ben küsst mich aufs Haar.

„Süße, es tut mir leid, dass du nicht viel davon hattest. Aber ich war so verrückt nach dir. Ich konnte mich einfach nicht zurücknehmen!" Ich schaue lächelnd zu ihm auf und zeige ihm damit, dass alles in Ordnung ist.

Höre ich ihn kichern? Ich schaue wieder nach ihm und sehe, dass ich richtig gehört habe.

„Warum lachst du?", frage ich ihn irritiert.

„Wenn deine Oma das wüsste...", er lässt den Satz offen.

„... dann würde sie sich für uns freuen", beende ich seinen Satz.

Er drückt mich fester an sich.

„Ich liebe dich, Emilie!"

„Und ich liebe DICH, Ben!"

***

Oma Anna erholt sich nach dem Eingriff schnell und wir holen sie heute vom Krankenhaus ab. Sie sitzt hinten im Auto und setzt uns sofort über ihre Gedanken in Kenntnis.

„Ich werde mit Paul in Urlaub fahren, wenn er wiederhergestellt ist", lässt sie uns wissen. „Wir sind doch keine alten Leute, die in eine Reha müssen. Und dann wären wir auch noch getrennt. Die spinnen doch!" Zornig starrt sie vor sich hin.

Wie ein kleines Kind! Das sind meine Gedanken dazu. Ich warte noch darauf, dass sie mit dem Fuß aufstampft.

Ben und ich lächeln uns an. Sie ist einfach süß in ihrer Wut. Diese kleine zarte Person kann richtig aufdrehen.

„Oma, eine Reha wäre aber der richtige Weg", versuche ich sie umzustimmen. „Es besteht doch sicher die Möglichkeit, dass ihr zwei zusammen hinkönnt."

„Ach, Kind! Vielleicht denke ich nochmal darüber nach. Opa muss ja noch eine Weile im Krankenhaus bleiben. So bleibt mir noch etwas Zeit zum Überlegen." Sie legt ihre Stirn in Falten und versinkt in Schweigen.

Zu Hause angekommen, legt sich Oma Anna hin. Sie ist immer noch schwach und soll sich schonen, aber das würde sie nie zugeben.

„Ben, ich kann sie noch nicht alleine lassen. Was sollen wir tun? Unser Geschäft läuft noch nicht richtig und du möchtest sicher noch eine Zeitlang bei deiner Schwester bleiben." Hilflos sehe ich meinen Mann an.

„Emmi, ich habe darüber auch schon nachgedacht." Er macht eine Denkpause und schaut mir dann geradewegs in die Augen.

„Wir lösen das Geschäft in Spanien auf. Wir haben ja noch nicht viel investiert. Das Haus ist gemietet und Jimmys Mutter wird uns bestimmt keine Steine in den Weg legen."

„Bist du dir sicher?" Dies wäre die beste Lösung, aber wir müssten wieder ganz von vorne anfangen. Ben hat meine Gedanken scheinbar erraten.

„Mach dir keine Gedanken. Wir schaffen das, wenn wir zusammenhalten. Und bedenke, deine Großeltern werden nicht jünger. Es ist doch unsinnig, wenn wir wieder zurückgehen."

„Du hast recht, Ben. Es wäre die beste Lösung für uns alle." Ich lächle ihn etwas zurückhaltend an.

Auch das schaffen wir!

„Dann werde ich nach Spanien reisen und alles in die Wege leiten", äußert Ben.

Damit ist es beschlossene Sache.

Mein aufkeimender Bauchschmerz hat nichts mit der geplanten Veränderung zu tun. Er bezieht sich vielmehr darauf, dass ich meine liebe Freundin Linda dann nur noch selten sehen werde und außerdem haben wir Bens Eltern wieder an der Backe. Das gefällt mir überhaupt nicht. Das riecht gewaltig nach Ärger.

***

„Hallo beste Freundin?", begrüße ich Linda am Telefon.

„Hallo! Schön von dir zu hören! Geht es deiner Oma besser und erholt sich dein Opa? Macht Mona Fortschritte?" Linda bombardiert mich mit Fragen. Ich muss wie immer über sie lachen.

Dieses Energiebündel!

„Linda, langsam. Darf ich eine Frage nach der anderen beantworten!" Nachdem ich ihr die Fragen beantwortet habe, komme ich zum eigentlichen Grund meines Anrufs.

„Ich habe aber noch mehr Neuigkeiten", deute ich an.

„Ich hoffe gute." Sie seufzt in den Hörer.

„Wie man es nimmt. Ben und ich wagen einen Neuanfang", ich mache eine kleine Pause und ich höre Linda stöhnen. „Aber nicht in Spanien, sondern hier in Deutschland. Es ist einfach besser so.

Ich muss auch an meine Oma und meinen Opa denken." Damit liefere ich ihr direkt den Hintergrund unserer Entscheidung.

„Oh!", höre ich Linda stöhnen. „Für euch schön, aber mich macht es traurig, dass Lennards Patentante dann so weit weg lebt", mault sie.

„Bedenke, Linda, was du mir damals gesagt hast, als ich unsicher war, als es um eine Fernbeziehung mit Nils ging. Deutschland ist doch nur 4 Flugstunden entfernt", wiederhole ich ihre Aussage von damals.

„Ich weiß. Aber du wirst mir fehlen." Ich kann sie vor mir sehen, wie sie einen Flunsch zieht.

„Du mir doch auch. Aber ich verspreche dir, dass ich dich sooft wie möglich besuchen werde. Allein schon wegen Klein-Lenny. Damit ich wenigstens einige Schritte seiner Entwicklung mitbekomme", versichere ich ihr. Da ist sie etwas beruhigt und ich höre wieder ein Stöhnen.

„Was ist denn los? Du stöhnst die ganze Zeit?", horche ich auf.

„Ach, wie soll ich es ausdrücken", überlegt sie laut. „Lenny ist im Moment schon sehr anstrengend und er scheint Zähne zu bekommen. Ich laufe die ganze Nacht mit ihm durch die Wohnung. Müdigkeit ist ein Dauerzustand bei mir." Schon wieder ein Stöhnen.

„So kenne ich dich gar nicht, Süße. Ich weiß zwar nicht viel über Kleinkinder, aber das wird sicher bald wieder besser", versuche ich sie zu beruhigen.

„Ich hoffe, du hast recht", kommt kleinlaut von der anderen Seite des Telefons.

Kurz darauf müssen wir Schluss machen, weil ihr Baby sein Recht auf Aufmerksamkeit einfordert.

Mit dem Versprechen bald wieder anzurufen, lege ich auf.

Dann werden wir mit dem Nestbau und Familienerweiterung noch etwas warten, wenn das so anstrengend ist. So geht es mir nach dem Gespräch durch den Kopf.

Bonn

Anwesen der Familie Winter

Mona ist wieder zu Hause bei ihren Eltern und mein erster Besuch steht an. Bisher ist es nie passend gewesen, wenn ich mit ins Krankenhaus wollte. Oder ich hatte Termine mit meiner Großmutter und es klappte deshalb nicht. Es wäre mir allerdings lieber gewesen, sie im Krankenhaus zu besuchen. Hoffentlich kann ich es umgehen, Bens Eltern zu treffen, wenn wir zu Mona fahren.

Doch dieser Wunsch zerschlägt sich bereits bei Ankunft vor der Villa. Bens Mutter steht mit Hut und Schürze im Garten und schneidet ihr Rosen zu.

„Hallo ihr zwei!", werden wir freudig begrüßt. Ich falle aber nicht mehr darauf herein. Sie hat in der Vergangenheit bewiesen, wie hinterhältig sie sein kann.

Ben geht zu ihr und küsst sie auf die Wange. Was er zu ihr sagt, kann ich nicht verstehen, weil ich am Auto stehen bleibe.

Sie kommt auf mich zu und reicht mir ihre Hand, nachdem sie ihren Handschuh ausgezogen hat. Ich ergreife die Hand und bin versucht einen Knicks zu machen. Sie strahlt eine solche Autorität aus, man könnte denken, sie sei von adligem Geschlecht. Ich schaue Ben ins Gesicht und er hat die Dreistigkeit zu lächeln.

„Guten Tag, Emilie." Ihre Begrüßung scheint ehrlich gemeint zu sein. „Holen wir das Kaffeetrinken heute nach, das schon lange überfällig ist?"

Was soll ich erwidern? „Nein, ich traue dir nicht" oder auf die Schnelle eine Ausrede erfinden? Ben rettet mich.

„Wir sind hier um Mona zu besuchen und zu schauen, welche Fortschritte sie gemacht hat. Den Kaffeeklatsch werden wir ein anderes Mal nachholen müssen." Er schaut seine Mutter durchdringend an.

„Na gut. Eigentlich habe ich heute auch kaum Zeit. Ich wusste ja nicht, dass ihr vorbeikommt. Am besten ruft ihr vorher an, damit ich es richten kann." Sie nickt mir zu und dreht sich auf dem Absatz um.

Ich möchte ihr gerne glauben, dass ihre Worte so gemeint sind, wie sie sie ausgesprochen hat, aber die Vergangenheit lehrt mich eines Besseren.

***

„Hallo Emilie!" Mona empfängt uns auf Krücken in ihrem Wohnzimmer. Sie hat eine ganze Etage für sich.

Hier lässt sich leben! Diese Wohnung steht der in Bonn in nichts nach.

„Hallo Mona. Du läufst! Das freut mich sehr für dich!" Fast gleichzeitig steigen mir die Tränen in die Augen. Sie sieht es und kommt einen Schritt auf mich zu und umfängt mich mit einem Arm. Ich drücke sie an mich und muss jetzt richtig weinen.

Mona schnieft ebenfalls.

„Jetzt ist aber Schluss mit den Tränen", schreitet Ben ein, obwohl ich ihm ansehe, dass er ebenfalls mit den Tränen kämpft.

Mona hat eine Betreuerin, die sich um Haushalt und alle anfallenden Dinge kümmert, die sie noch nicht bewältigt.

Francesca, die Haushälterin, hat eine wunderschöne Kaffeetafel gedeckt. Und auf dem Weg zur Essecke flüstert mir Mona verschwörerisch zu: „Francesca hat eine Todsünde begangen. Sie hat die tollen Rosen, die du auf der Tafel siehst, in Mutters Garten abgeschnitten, wenn die das wüsste." Sie kichert.

Wir setzen uns und ich habe das Bedürfnis etwas Nettes zu ihr zu sagen: „Mona, ich bin so froh, dass du den Brief an mich geschrieben hast und noch glücklicher bin ich, dass du wieder laufen kannst. Ganz ehrlich!" Sie drückt meine Hand und schluckt. Ich sehe, dass es ihr nahegeht.

„Ich war eine Mistbiene, Emilie! Entschuldige! Aber lass uns nach vorne schauen, ja?" Sie schaut mich hoffnungsvoll an.

„Da bin ich auch dafür", hilft mir Ben. „Und jetzt ist Schluss mit der Heulerei. Ich habe Hunger. Gibt es nur Kuchen?"

„Er ist und bleibt frech, dein Ehemann. Ich wäre gerne bei eurer Hochzeit dabei gewesen. Aber es wäre einfach zu anstrengend gewesen. Da mein Plan zur OP bereits stand, musste ich mit meinen Kräften haushalten. Ich hoffe, ihr verzeiht mir das."

„Natürlich", versichere ich ihr. „Das verstehen wir." Ich schaue Ben an und er nickt mir strahlend zu.

„Emmi, wenn Ben nach Spanien reist, wird er ja eine Weile fort sein. Sollen wir zwei dann zusammen etwas unternehmen, um uns besser kennenzulernen?" Ganz vorsichtig kommt dieser Wunsch von Mona.

„Mona, ich würde mich freuen. Vielleicht hast du ja Lust meine Großeltern kennenzulernen. Aber wir können natürlich auch etwas Anderes unternehmen", schlage ich ihr vor.

„Ja, sehr gerne. Lass uns einen Tag festhalten." Sie strahlt mich an und es ist so, als wäre nie etwas zwischen uns vorgefallen.

Zwischen Köln und Bonn

Auf der Heimfahrt hält Ben am Seitenstreifen ganz plötzlich an.

„Was ist los?" Ich schaue ihn neugierig an.

Er steigt aus und geht um das Auto herum, öffnet mir die Autotür, zieht mich aus dem Wagen und drückt mich feste an sich.

„Hey, ich bekomme keine Luft mehr!" Ich befreie mich ein wenig aus seiner Umarmung. „Wofür ist das denn?", frage ich ihn, obwohl ich weiß, weshalb er so froh ist, möchte ich es gerne hören.

Jetzt schluckt mein großer, starker und lieber Mann.

„Ich bin so froh, dass ihr euch wieder versteht. Das ist mir sehr, sehr wichtig."

„Ach Ben! Das ist doch kein Grund, wegen dem du weinen musst." Ich tupfe mit meinem Finger die Träne aus seinem Augenwinkel und lächle ihn lieb an.

„Nur Freudentränen." Er nimmt mich wieder fest in den Arm und dann küsst er mich ganz leidenschaftlich. Ganz außer Atem steigen wir strahlend wieder ins Auto ein und fahren wie beflügelt zum Haus meine Großeltern.

Köln-Weidenpesch

Oma Anna und Opa Pauls Haus

Die kommende Nacht ist der Hammer.

Mein Mann ist kaum zu stoppen. Er verwöhnt mich nach allen Regeln der Kunst.

Zwischendurch versuche ich mich aus seiner Umklammerung zu befreien. „Du drückst mich kaputt", lache ich.

„Ach was! Stell dich nicht so an!", albert er herum und kitzelt mich erst unterm Kinn und dann unter den Armen. Ich bin sowas von kitzelig und wir sind scheinbar so laut, dass meine Oma an die Wand klopft. Wir schauen uns verschämt wie Kinder in die Augen und kichern leise. Dann schlafen wir bald ein, ich in seine Arme gekuschelt.

Jetzt soll die Zeit stehen bleiben. So ist mein letzter Gedanke vorm Wegdämmern.

***

Ben ist abgereist und ich bleibe zurück, mit der Aufgabe mich um eine Wohnung oder ein Haus zu kümmern.

Oma bietet uns zwar an, dass wir bei ihnen im Haus wohnen bleiben. „Wir haben doch genug Platz, Kind. Küche und Wohnzimmer können wir uns teilen. Ihr habt doch kein Geld für eine eigene Wohnung." Sie schaut mich etwas zögerlich an und macht dabei große runde Augen. Sie überlegt scheinbar, ob sie zu weit gegangen ist.

Meine liebe Omi, schießt es mir sofort durch den Kopf.

„Oma, das ist ganz lieb von dir", beruhige ich sie. „Eine Weile werden wir auch noch dein Angebot annehmen müssen, aber irgendwann wollen wir ja auch mal eine Familie gründen!" Ich zwinkere ihr zu und sie lächelt mich ganz glücklich an.

„Es wäre schon toll, wenn ich noch erleben würde, dass ihr zwei Nachwuchs bekommt." Ich gehe zu ihr und drück meine kleine Omi an mich. Sie ist wirklich eine Seele von Mensch.

Köln-Rodenkirchen

Rheinufer

Nach nur fünf Tagen der Suche und ganz viel Glück finde ich eine wunderschönen, großen Wohnung in Köln-Rodenkirchen: 130 qm mit Blick auf den Rhein. Auch die Miete ist noch im Rahmen. Ich komme aus dem Strahlen nicht mehr heraus.

„Frau Horon, Sie haben Glück. Die Familie Maier hat die Wohnung aus privaten Gründen abgegeben und muss sie schnellstmöglich loswerden. Daher auch der besondere Preis. Normalerweise ist eine Wohnung in dieser Lage wesentlich teurer." Der Makler säuselt in dieser Art weiter, aber ich höre ihm nicht mehr zu, sondern konzentriere mich darauf mir die Zimmer genauer anzusehen und einzuprägen. Ben will später sicher einen genauen Bericht.

4 Zimmer, Küche, Diele, Bad, riesiger Balkon zur Südseite, alles auf zwei Ebenen mit Wendeltreppe. Ben wird staunen. Ich nehme den Mietvertrag mit nach Hause und suche den restlichen Tag nach dem Haken an der Sache. So viel Glück ist mir fast unheimlich.

Köln-Weidenpesch

Oma Anna und Opa Pauls Haus

Als ich Ben abends davon berichte, geht es ihm genauso.

„Eine Wohnung in so fantastischer Lage, für den Preis! Du bist unglaublich. Ich habe auch gute Nachrichten. Mein Wagen ist bereits in Richtung Deutschland unterwegs. Das Büro konnte ich weitervermieten. Jimmys Mutter nimmt keine weitere Miete fürs Haus und ein Herr Franco hat angerufen und will sich in den nächsten Tagen bei dir melden. Er hat einen größeren Auftrag für dich. Das habe ich nicht ganz verstanden, aber ich habe ihm die Nummer deiner Oma genannt. Ich hoffe, das geht in Ordnung?"

„Das ist Christas Galerist. Was will der denn von mir? Da bin ich aber gespannt! Also läuft es bei dir auch sehr gut! Das freut mich sehr, Ben. Kannst du denn bald nach Hause kommen?", erkundige ich mich, voller Hoffnung ihn bald wiederzusehen.

Ben fällt seine Antwort scheinbar schwer. „Emmi, es dauert noch einige Tage. Ich muss schließlich alles ordentlich abwickeln."

„Das verstehe ich. Ich habe nur Sehnsucht nach dir, Schatz!"

„Mir geht es doch genauso. Es dauert ja nicht mehr lange!" Wir verabschieden uns bald und ich überlege, dass ich vergessen habe ihm zu erzählen, dass meine Großeltern ihre gemeinsame Reha schon bald gemeinsam antreten werden, und dass ich meine Kölner Wohnung verkaufen möchte. Der jetzige Mieter hätte Interesse sie zu kaufen. Aber es hat noch Zeit, bis Ben zurück ist.

Die nächsten Tage habe ich voll auf damit zu tun, mich um die neue Wohnung, die Einrichtung, die Versorgung von Omas Pflanzen und die Suche nach einer Anstellung zu kümmern. Es kommt also keine Langeweile auf und daher überrascht mich der Anruf von Herrn Franco völlig.

„Frau Emilie Meis?", vergewissert sich der Anrufer am Telefon.

„Ja, nein, jetzt Emilie Horon. Ich habe geheiratet. Guten Tag, Herr Franco", melde ich mich etwas verwirrt.

„Frau Horon, ich habe ein Angebot für Sie und hoffe, wir kommen wieder ins Geschäft." Ich verstehe ihn nicht.

„Herr Franco, ich bin in Deutschland und werde auch hierbleiben", erkläre ich ihm.

„Das hat mir Ihr Mann bereits mitgeteilt. Das ist völlig in Ordnung. Ich habe Kontakt zu einem Galeristen in Bonn aufgenommen und brauche jemanden, der sich in Deutschland befindet und auf den ich mich verlassen kann. Verstehen Sie?"

„Welche Bilder stellen Sie denn aus?", frage ich etwas unsicher.

„Frau Horon, Sie haben ja mitbekommen, wieviel Erfolg Frau Christa Schubert mit ihren Bildern hier in Spanien hatte. Jetzt wollen wir es in Deutschland versuchen. Ich bin mir sicher, dass es einen Markt dafür in Deutschland gibt."

Das dachte ich mir doch! Es geht um Christa Schubert!

„Herr Franco, ich denke, das kommt nicht infrage. Frau Schubert und ich haben uns im Streit getrennt."

„Ich kenne die Geschichte, Frau Horon. Frau Schubert hat mich vorgeschickt, Sie zu kontaktieren. Sie hat sich von Mantoja getrennt. Diese Beziehung ist unglücklich geendet. Frau Schubert würde gerne wieder Kontakt zu Ihnen aufnehmen, wenn Ihnen das recht ist?"

Meine Gedanken überschlagen sich und ich bitte Herrn Franco um Bedenkzeit. Ich lasse mir Christas Nummer geben und versprechen mich zu melden.

Mit diesem Angebot habe ich in hundert Jahren nicht gerechnet. Ich werde mich erst mit Ben besprechen und dann eine Entscheidung treffen.

Die Ereignisse überschlagen sich in letzter Zeit und wieder habe ich Mühe mitzuhalten.

Fahrt nach Bad Windesheim

Ich bringe meine Großeltern nach Bayern zur Kureinrichtung und Mona begleitet uns. Oma Anna ist begeistert von Bens Schwester. Sie ist auch wirklich nett, jetzt wo wir alles geklärt haben. Wir haben viel Spaß im Wagen und man könnte annehmen wir fahren zusammen in Urlaub, so aufgekratzt ist die Stimmung.

Da Mona im Moment keine Anwendungen hat, haben wir beschlossen einige Tage in Bad Windsheim zu bleiben.

Wir mieten uns in einem Hotel ein und schließen richtig Freundschaft. Als Mona mir vorschlug mitzukommen, war ich erst nicht begeistert. Ich hatte Sorge, wir würden uns über etwas längere Zeit, die wir gemeinsam verbringen, nicht miteinander klarkommen. Aber es ist das Gegenteil eingetreten. Wir wachsen immer enger zusammen.

Bad Windesheim

Kureinrichtung

Wir besuchen die Großeltern und gehen abends gemeinsam Essen. Tagsüber gehen wir spazieren oder schwimmen. Mona bringt mir einige Yoga Übungen bei. Oma und Opa erholen sich sichtlich und Opa ist der festen Überzeugung, dass es an der guten Luft liegt. Wir drei lächeln uns dann jedes Mal verschwörerisch an, woraufhin Opa jedes Mal feststellt, dass er gegen drei Frauen absolut keine Chance hat.

Die Tage in Bad Windsheim sind ruckzuck vorbei, wir verabschieden uns von meinen Großeltern und machen uns auf den Weg zurück nach Köln.

Fahrt nach Köln-Bonn

Auf der Rückfahrt erzählt mir Mona, dass sie einen Mann kennengelernt hat und ihn mir gerne vorstellen möchte. Sie schwärmt in den höchsten Tönen von ihm. Ich freue mich für sie. Ohne den Mann zu kennen, stelle ich fest, wie gut er ihr tut.

„Wie lange kennst du ihn schon?", will ich wissen.

„Ich habe ihn vor einigen Wochen in der Stadt zufällig getroffen. Er hat mich regelrecht über den Haufen gerannt!", sie lacht. „Dabei ist er eigentlich gar kein stürmischer Mann. Wir haben dann zusammen Kaffee getrunken. Seither sehen wir uns jeden Tag. Da ich nicht wusste, ob er es ernst mit mir meint, habe ich bisher noch niemandem von ihm erzählt." Sie schaut auf ihre Hände und schmunzelt vor sich hin. „Ich glaube, Mutter ahnt etwas." Sie verzieht dabei das Gesicht zu einer Schnute.

„Es ehrt mich sehr, dass du es mir als Erster erzählst. Ben weiß noch nichts davon?" Erstaunt blicke ich zu ihr hinüber.

„Nein, ich habe ein wenig Angst davor, es ihm zu mitzuteilen." Sie schaut mich mit zusammengepressten Lippen an.

„Ach was. Er wird sich für dich freuen, Mona", beruhige ich sie.

„Emmi, kommst du morgen Abend zu mir? Dann stelle ich ihn dir vor."

„Ja, gerne. Soll ich etwas mitbringen?", frage ich sie.

„Nein, Kira sorgt schon für alles." Ich schaue Mona von der Seite an und sehe, wie sie lächelt.

„Es ist schön, dass es dir immer bessergeht." Ich lächle sie kurz an und konzentriere mich dann wieder auf den Verkehr.

Bonn

Anwesen der Familie Winter

Mona öffnet mir die Tür und strahlt.

„Du siehst heute besonders schön aus, Mona!", muss ich ihr gestehen. Sie trägt ein buntes Sommerkleid und hat die Haare zu einer Hochsteckfrisur frisiert. Sie küsst mich rechts und links auf die Wangen und bittet mich hinein.

„Vielen Dank, Emmi! Lieb von dir." Sie errötet ganz leicht, was ihr einen Hauch von Jugendlichkeit verleiht.

„Ich bin etwas aufgeregt", flüstert sie mir zu.

„Warum?", frage ich sie verwundert.

„Hoffentlich versteht ihr euch?" Sie grinst gequält.

„Mach dir nicht so viele Gedanken, Mona! Ist er schon da?", flüstere ich zurück und sie nickt.

Als ich das Wohnzimmer betrete, trifft mich fast der Schlag.

„Anton?", frage ich verwirrt, „was machst du denn in Deutschland?"

Mona schaut verwirrt von einem zum anderen.

„Ihr kennt euch?"

„Hallo Emilie", kommt reserviert von Anton zurück. „Ja wir haben uns in Spanien kennengelernt." Weiter sagt er nichts mehr.

Wir setzen uns und sind alle drei etwas gehemmt. Mona schenkt uns Wein ein und bietet uns Häppchen an.

Der Hunger ist mir vergangen und ich weiß nicht recht, wie ich mit dieser seltsamen Situation umgehen soll.

„Wie geht es dir, Emilie?", fragt Anton in die Stille hinein, die entstanden ist.

„Mir geht es gut. Ich habe in der Zwischenzeit geheiratet."

„Ach, diesen Nils, den ich einmal bei dir gesehen habe?"

Mona staunt. „Wer ist Nils?", erkundigt sie sich.

„In Spanien war ich eine Zeitlang mit Nils zusammen", erkläre ich ihr.

„Und ihr zwei wart auch zusammen?", fragt sie da unsicher.

„Nein!" „Ja!" Unsere Antworten überschneiden sich.

Es ist wohl eine klare Ansage nötig.

„Anton, das ist doch nicht wahr. Wir waren kurze Zeit befreundet, aber nie zusammen." Das gebe ich etwas energischer von mir, als es beabsichtigt war.

Anton schaut auf seinen Schoß und schweigt. Mona hat einen hochroten Kopf.

„Mona, ich glaube, ich gehe jetzt. Sprecht miteinander. Glaube mir, da war nie etwas zwischen uns."

Ich stehe auf und verlasse die zwei. Mona kommt noch mit in die Diele. „Ich rufe dich nachher an, Emmi." Dann schließt sie die Tür.

Ich habe ein ganz seltsames Gefühl im Magen.

Wie klein die Welt doch ist! Geht es mir bei der Heimfahrt durch den Kopf. Ich wähnte Anton in Spanien und ihn jetzt als zukünftigen Freund von Mona zu sehen, hat mich etwas schockiert. Hoffentlich bekommen die zwei die Situation in den Griff.

Köln-Weidenpesch

Oma Anna und Opa Pauls Haus

Als ich ins Bett gehe, hat Mona noch nicht angerufen.

Ob das ein gutes Zeichen ist?

Morgen rufe ich bei ihr an.

***

Als ich mir morgens einen Kaffee koche, läutet das Telefon und ich gehe davon aus, dass es Mona ist.

„Hallo, Mona, bist du das?", rufe ich in den Hörer.

„Nein, ich bin es Christa!" Schweigen.

„Christa, hallo", stammele ich etwas verlegen in den Hörer.

„Emilie, Herr Franco hat bereits bei dir angerufen?"

„Ja."

„Dann weißt du, warum ich mich bei dir melde?"

„Ja."

„Als Erstes möchte ich dir gestehen, wie leid es mir tut, dass ich bei unserem letzten Gespräch so gemein zu dir war." Wieder Schweigen.

„Emilie, kannst du mir verzeihen?"

„Woher kommt die Einsicht?" Diese Frage beschäftigt mich, seit Herr Franco angerufen hat.

„Ich habe eine Situation erlebt, die mir bestätigt hat, dass du mich nicht angelogen hast." Sie drückt sich umständlich aus.

„Das verstehe ich nicht, Christa."

„Marcos hat in der Galerie seine Angestellte bedrängt und ich bin in diese Situation hineingestolpert. Ich konnte das Schlimmste verhindern und habe mich sofort von ihm getrennt. Es läuft eine Anzeige bei der Polizei gegen ihn." Wieder Schweigen.

„Emilie, bitte verzeih mir!" Ich höre Christas Atem ganz deutlich. Es muss ihr schwergefallen sein, dieses Telefonat mit mir zu beginnen.

„Christa, ich war tief enttäuscht, dass du mir nicht geglaubt hast. Und noch mehr hat es mich getroffen, dass du angenommen hast, ich wolle dich und Marcos auseinanderbringen. Aber es ist einige Zeit ins Land gegangen und ich hatte seit dem Gespräch mit Herrn Franco Zeit genug mir Gedanken zu machen. Lange Rede kurzer Sinn. Natürlich verzeihe ich dir. Deine Freundschaft hat mir gefehlt. Und soll ich dir noch etwas verraten?"

„Ja, was denn?"

„Ich habe mir Gedanken gemacht, wie er vielleicht mit dir umgeht, wenn er zu solchen Attacken fähig ist. Ich habe mir Sorgen um dich gemacht", gestehe ich ihr.

„Ach Emmi, ich bin so froh, dass wir wieder gut miteinander sind!"

Ich höre den Stein purzeln, der Christa vom Herzen fällt.

„Ich auch, Christa." Sie schweigt wieder.

„Christa, ich habe mir das Angebot von Herrn Franco überlegt. Ben ist im Moment in Spanien, aber, wenn ich mit ihm gesprochen habe und er nichts dagegen hat, würde ich das Angebot gerne annehmen."

„Ich würde mich sehr freuen, wenn wir wieder zusammenarbeiten würden. Meine letzte Managerin musste ich feuern. Es klappte überhaupt nicht zwischen uns."

Kurz darauf verabschieden wir uns und Christa versichert mir, dass sie sich bald wieder bei mir meldet.

Wieder denke ich: *Wie klein doch die Welt ist.*

***

„Stell dir vor, ich habe mit Christa gesprochen", lautet die Eröffnung des Telefonats zwischen Ben und mir.

„Ich auch", antworte ich ihm. Jetzt stutzt er.

„Wie?" Er hat scheinbar vorher mit ihr gesprochen.

„Hat sie dich bereits angerufen?", erkundigt er sich da schon.

„Ja, gestern Morgen", bestätige ich ihm.

„Dann hat sie dich morgens direkt nach unserem Gespräch angerufen", überlegt er. „Was machst du? Nimmst du ihre Entschuldigung an?"

„Das habe ich bereits getan, Ben. Und sie hat mir ein Angebot gemacht. Besser gesagt, Herr Franco hat angerufen und mir ein Angebot gemacht."

„Und nimmst du an?" Er weiß anscheinend bereits Bescheid.

„Ich wollte erst mit dir sprechen."

„Emmi, wenn du es machen willst, dann stehe ich dir nicht im Weg."

„Dann würde ich gerne annehmen. Die Arbeit hat mir Spaß gemacht. Es ist eine Chance."

„Dann sag ihr zu." Wir unterhalten uns noch eine Weile. Warum ich ihm von dem Abend bei Mona nichts erzähle, weiß ich nicht. Ich erkläre es mir damit, dass ich es ihm besser erzähle, wenn ich ihm gegenüberstehe. Dann kann ich besser auf seine Reaktion eingehen, schließlich habe ich seine Eifersucht bereits kennengelernt.

***

„Emmi, entschuldige, dass ich mich gestern nicht gemeldet habe", meldet sich Mona am Telefon.

„Nicht schlimm, Mona. Wie geht es dir?", taste ich vorsichtig vor.

„Mir geht es gut. Anton hat mir bestätigt, dass es zwischen euch nichts Ernstes war. Er sei ein wenig in dich verliebt gewesen, das sei aber ein Strohfeuer gewesen. Ich soll mir keine Sorgen machen, meint er", sie lacht auf. „Emmi, ich weiß doch, dass du meinem Bruder hoffnungslos verfallen bist. Deshalb mache ich mir keine Gedanken." Sie kichert.

„Ach Mona. Da du nicht angerufen hast, habe ich mir schon Gedanken gemacht. Ich bin froh, dass das geklärt ist. Und wie weit seid ihr zwei?", rutscht mir heraus. „Entschuldige, ich bin indiskret. Vergiss meine Frage, bitte." Ich bin aber auch ein Trottel.

Mona lacht laut auf. „Emmi, du bist ganz schön vorwitzig. Ja, wir sind schon ganz schön weit miteinander. Anton ist ja ziemlich schüchtern gewesen, am Anfang zumindest. Aber seit er aufgetaut ist ..." Das Ende des Satzes lässt sie offen und kichert.

„Ach so. Alles klar. Ich freue mich für euch! Wirklich!" Nach einigem Smalltalk verabschieden wir uns. Ich lehne mich zurück und lächle in mich hinein.

Schön, dass es für Mona so gut läuft! Es freut mich sehr für sie.

***

Ben ist zurück und ziemlich geschafft.

Er lässt seine Koffer im Flur fallen und ich werfe mich in seine Arme.

„Da hat mich ja jemand richtig vermisst", grinst er.

„Und du?", frage ich zurück, „du hast mich nicht vermisst?" Ich schaue ihn schmollend an.

„Nee, überhaupt nicht", grinst er frech zurück.

Da schwingt er mich durch die Luft und küsst mich stürmisch. Das ist mir Antwort genug.

***

Oma und Opa sind zurück aus ihrer Reha. Opa scheint um einige Jahre gealtert zu sein, aber Oma ist fit wie ein Turnschuh.

Nach dem Mittagessen nimmt mich Oma zur Seite.

„Emilie, ich habe in der Reha eine Frau aus Brandenburg kennengelernt. Sie hat eine Reise zum Nordkap gebucht und mich gefragt, ob ich mitkomme." Sie schaut mich mit großen Augen an.

„Bist du denn fit genug für so eine Reise?" Ich nehme ihre Hand in meine.

„Kind, mach dir keine Sorgen. Es ist eine Busreise und das traue ich mir zu. Die Frage ist nur, was mache ich mit Paul in der Zeit?" Sie neigt den Kopf wie niedergeschlagen Richtung Tisch.

Was soll ich dazu sagen?

„Oma, wenn du dich fit genug fühlst, bin ich die Letzte, die dich von dieser Reise abhält." Nach einer Denkpause setze ich nach: „Ich kümmere mich um Opa. Wann soll die Reise denn stattfinden?"

„Erst in drei Monaten. Ich muss ja erst einmal schauen, ob ich noch einen Platz im Bus und auf dem Postschiff bekomme. Emilie, das ist wirklich toll von dir. Bei dir weiß ich Opa gut aufgehoben." Sie strahlt mich an und hätte ich nicht ja gesagt, dann würde ich es jetzt machen.

Meine Oma, die Abenteurerin! Ich lächle in mich hinein! Kaum ist sie wiederhergestellt, kommt die Reiselust zurück. Aber ich gönne es ihr. Als ich Ben davon erzähle, lacht er sich schief.

„Diese Reisetante! Ich finde das gut! Und Opa Paul werden wir schon versorgt bekommen."

„Ben."

„Ja?"

„Ich habe den besten Mann der Welt." Ich gebe ihm einen dicken Schmatzer. Wieder lacht mein Mann schallend.

„Emmi, dieses Wochenende machen wir eine Fahrt in die Eifel, zu dem Landgasthof. Du weißt, welchen ich meine?"

„Klar! Das wäre wirklich toll!" Ich freue mich riesig. „Super Idee!"

Eifel

Landgasthof

Wir verbringen ein paar wundervolle Tage. Ich genieße die Zeit mit meinem tollen Ehemann. Wir gehen wandern, besuchen eine Therme, essen vorzüglich und plaudern über alles Mögliche. Nach den wenigen Tagen habe ich das Gefühl ihn noch besser zu kennen. Auf der Rückfahrt stelle ich dann die Frage, die mir schon eine Weile auf der Seele liegt.

„Ben, wie gehen wir in Zukunft mit deinen Eltern um?" Ich schaue ihn von der Seite an.

Er blickt kurz zu mir herüber, er muss sich wegen des Verkehrs aber gleich wieder nach vorne umdrehen. Eine ganze Weile bleibt er mir die Antwort schuldig.

„Emmi, wir werden zwangsläufig mit ihnen zusammentreffen. Aber ich verspreche dir, mich nie mehr von ihnen aufhetzen zu lassen. Wir stehen zueinander und ich habe die Hoffnung, dass sie irgendwann einsehen, dass wir zusammengehören!"

Ich drücke seine Hand, die er mir aufs Knie gelegt hat und so fahren wir schweigend Richtung Rodenkirchen. Mit dem Schlüssel für unsere neue Wohnung in der Tasche, geht es unserer Zukunft entgegen und ich kann es kaum erwarten, Ben alles zu zeigen.

Köln-Rodenkirchen

Emilie und Bens Wohnung

„Der Wahnsinn! Es ist ja fast schon alles fertig. Du warst richtig fleißig, mein Schatz!" Ben geht staunend durch die Räume. Ich bin stolz, dass alles ohne seine Hilfe bewerkstelligt zu haben.

„Wann können wir einziehen? Ich mag deine Großeltern, aber es wird Zeit, dass wir eine eigene Wohnung haben, findest du nicht auch?"

„In einer Woche sind die Handwerker weg und die Küche ist in zwei Tagen fertig eingebaut. Aber, Ben, wenn Oma zu ihrer Reise aufbricht, habe ich mir überlegt, dass Opa für diese Zeit zu uns kommt. Deshalb habe ich noch Möbel für ein Gästezimmer bestellt." Ich schaue ihn leicht verunsichert an.

„Natürlich. Es wäre schließlich umständlich, wenn du immer zwischen Weidenpesch und Rodenkirchen pendeln müsstest."

Puhu, bin ich erleichtert. Ich wusste ja nicht, wie Ben auf meine eigenmächtige Handlung reagiert.

„Hin und wieder muss ich schon hin, wegen dem Garten."

„Aber hier hast du Opa Paul im Blick, wenn er wieder mal den Drang verspürt, hochhinaus zu wollen", scherzt Ben.

***

Der Tag des Umzugs ist gekommen. Abends sitzen wir auf unserem neuen Sofa und Ben hat eine Flasche Champagner geöffnet.

„Schatz, ich habe noch eine Überraschung für dich." Er schaut mich herausfordernd an, so, als ob er mich auffordern möchte, *nun frag mich schon!*

„Mach es doch nicht so spannend." Ich stupse ihn in die Seite.

Er lacht, sagt aber immer noch nichts.

Dich kriege ich!

„Dann erfährst du meine Neuigkeit auch nicht." *Ätsch!*

„Okay, okay! Ich habe gestern mit Jimmy telefoniert und eigentlich soll ich dir noch nichts verraten. Aber die Nachrichten sind so toll, dass ich Linda vorgreifen muss."

„Erzähl schon!" Ich könnte ihn erwürgen, wenn er sowas macht.

„Linda ist wieder schwanger." Er strahlt, als könnte er etwas dafür.

„Was?", entfährt mir. „Wollten sie das denn?" Ich schlage mir die Hand vor den Mund. *Was habe ich da nur wieder von mir gegeben!*

„Natürlich! Das Kind ist geplant. Jimmy meint, dass so beide Kinder zusammen groß werden. Aber das ist ja noch nicht alles." Er will aufstehen.

„Nein! Bleib bloß hier!" Ich halte ihn am Ärmel fest.

Er lacht und setzt sich wieder.

„Du bringst mich zur Weißglut!"

„Das sehe ich! Dein Gesicht ist puterrot", lacht er.

„Sie kommen nach Deutschland zurück. Jimmy und ich haben uns überlegt, zusammen eine Firma zu gründen. Als ich in Spanien war, haben wir erst etwas oberflächlich darüber geredet. Aber mittlerweile ist daraus ein konkretes Konzept geworden. Und Linda wird dich fragen, ob die Möglichkeit besteht, dass sie in deine frühere Wohnung können."

„Ach so! Das habe ich dir ja noch gar nicht erzählt. Mein Mieter möchte die Wohnung kaufen und ich habe versprochen, darüber nachzudenken. Aber Linda und Jimmy gebe ich sie natürlich noch lieber."

Ich bin so verwirrt durch die vielen neuen Nachrichten, dass ich im Moment fast vergessen hätte, dass ich meinem Mann ebenfalls eine Neuigkeit beibringen will.

Da fragt er auch schon: „Und wie lauten deine Neuigkeiten?" Er sitzt erwartungsvoll mit dem Glas in der Hand vor mir.

„Ich werde wohl ein Glas Sprudel trinken", sage es und schaue ihm ins Gesicht. Nachdenklich legt er seine Stirn in Falten.

Da fällt plötzlich der Groschen. Er stellt sein Glas ab und fällt mir um den Hals.

„Emilie, ich liebe dich! Seit wann weißt du es?"

„Ich war gestern beim Arzt! Es wird ein Mädchen."

„Und warum schaust du dann so komisch?" Er runzelt die Stirn.

„Ich hatte ja andauernd Bauchschmerzen..."

„Jaha!" Das Fragezeichen steht meinem Mann ins Gesicht geschrieben.

„Da war ich bereits schwanger." Ich taste mich langsam heran.

„Wann?", ist die einzige Frage, die Ben jetzt stellt.

„In circa 3 Monaten."

„Aber man sieht doch noch gar nichts!" Ben greift automatisch nach meinem Bauch.

„Ich hatte ja sehr abgenommen und daher nahm ich an, dass ich wieder zugelegt habe. Aber nachdem die „Blähungen" immer häufiger und stärker vorkamen, bin ich zum Arzt gegangen."

„Ist denn alles in Ordnung."

„Ja. Das Kind ist ganz normal entwickelt."

Er sitzt vor mir und schaut nur.

Könnte ich jetzt in seinen Kopf schauen!

Dann strahlt er und drückt mich, mit Tränen in den Augen, ganz vorsichtig an sich.

„Wow! Ich werde Vater! Weißt du, wie glücklich du mich machst?"

Epilog:

Die kleine Kristin wurde an Heiligabend geboren. Sie ist unser ganzer Stolz. Ben lässt kaum jemanden an sie heran. Sie ist aber auch sein exaktes Ebenbild, nur zarter.

Die kleine Sunny, die Tochter von Linda und Jimmy, ist zwei Monate nach unserer Tochter auf die Welt gekommen. Es war eine komplizierte Geburt und Linda ging es eine Weile nicht gut, aber sie hat sich wieder erholt und ihre Rolle als Mutter besser im Griff.

Jetzt sind wir beiden Mütter die glücklichsten Frauen von ganz Köln. Und es ist einfach fantastisch, dass Linda und ich wieder vereint sind. Sie hat mir sehr gefehlt.

Auch sind Bens Eltern freundlicher zu mir, seit unsere Kleine auf der Welt ist.

Mona, als ihre Patin, ist Dauergast bei uns. Sie und Linda verstehen sich ebenfalls sehr gut.

Beim ersten Treffen der beiden Frauen, überlegte Mona, woher sie Linda wohl kennen würde. Linda käme ihr so bekannt vor. Als der Groschen gefallen ist, haben wir ihr die Geschichte unserer Detektivarbeit erzählt und Mona hat sich weggeworfen vor Lachen.

Oma Anna kümmert sich um Kristin, wenn ich wegen Christas Bilderausstellung unterwegs bin.

Opa Paul hat sich wieder gut erholt, klettert aber nicht mehr auf die Obstbäume.

Das hat er uns zumindest versprochen!

Oma Anna: *„Alter schützt vor Torheit nicht!"*

Dem ist nichts hinzuzufügen!

Danksagung

In erster Linie danke ich meiner Familie für ihre Unterstützung und das Vertrauen, das sie in mich gesetzt haben.

Außerdem bedanke ich mich bei meiner Freundin Viola Dietz für ihre Mühe beim Testlesen und ihre aufmunternden Worte. Ohne euch wäre dieses Buch nie erschienen.

Weitere Bücher der Autorin:

Abenteuer gesucht – Liebe gefunden

– Sabrina und Max –

Max gefällt sein Leben so, wie es ist. Er hat beruflich alles erreicht, was er sich vorgenommen hat. Viele nette Studentinnen fliegen auf ihn, denn er sieht wirklich gut aus.

Sein Leben nimmt eine Wendung, als er auf Sabrina trifft. Sie wirbelt unbewusst alles durcheinander.

Die elfenhafte Sabrina, Tochter eines englischen Adligen und Schwester der kapriziösen Ashley, ist rundum zufrieden mit ihrem Leben. Es verläuft in ruhigen Bahnen und sobald sie ihr Studium beendet hat, will sie im Leben ihren eigenen Mann stehen. Dem Dasein ihrer Eltern, als Adlige, kann sie nichts abgewöhnen und einen Mann, der für sie sorgt, den sucht sie nicht.

Max trifft zuerst auf Ashley und beginnt ein kleines Abenteuer mit ihr, ohne zu wissen, dass diese alle Kriterien erfüllt, die er bei einer Frau sucht: ein Schloss, Geld und einen Titel. Er ahnt nicht, dass seine Studentin Sabrina Ashleys Schwester ist und verliebt sich in sie. Damit fangen die Verwicklungen an. Georg, der Vater der beiden Schwestern ist Max größter Widersacher, denn er will seine Tochter genau vor einem solchen Mann beschützen.

Wie sieht der Weg von Sabrina und Max aus? Finden sie trotz aller Widrigkeiten zueinander?

Glückslos oder Niete

- Louisa -

Louisa gewinnt bei einem Preisausschreiben und begibt sich mit einer Reisegruppe zum Gardasee. In Italien ist sie vom Unglück verfolgt. Nach dem Kontakt mit der Polizei hat sie eine Beziehung mit einem Polizisten, der sich aber als gewalttätig herausstellt. Ihre alte Liebe Jakob bändelt wieder mit ihr an, aber er ist nicht ehrlich zu ihr und bringt sie in körperliche Gefahr. Beruflich findet sie ihre Erfüllung und ihre neue beste Freundin Maja. Erst als sie deren Vater kennenlernt, ist ihr das Glück wieder gut gesonnen.

Nicht alle Männer sind Betrüger

- Charlotte -

Charlotte Wegener lebt in Köln und arbeitet in einer Immobilienfirma, in der sie sich wohlfühlt. An ihrer Seite Freundin Konstanze, allgemein genannt Konny. Sie ist Charlottes Stütze in allen Lebenslagen und gleichzeitig ihre Kollegin.

Nachdem ihr Exfreund Jonas Charlotte betrogen hat, glaubt Charlotte nicht mehr an die große Liebe. Um so mehr freut sich Konny als Charlotte auf der jährlichen Firmenfeier zugibt, sich in den neuen Kollegen Henrik verguckt zu haben. Charlotte glaubt endlich die wahre Liebe ihres Lebens in Henrik gefunden zu haben. Durch Henriks Unsicherheit in puncto Liebe kommt es zu Verwicklungen, die nach einiger Zeit scheinbar ein Zusammensein der beiden nicht mehr möglich macht. Die

Beziehung zerbricht endgültig als Henrik sich in Notlügen verstrickt.

Dann tritt Charlottes neue Nachbar Tim auf das Parkett und sie ist hin und weg von ihm. Auch gefällt Charlotte Tim extrem gut. Nach ganz kurzer Zeit des Kennenlernens heiraten die beiden und genießen ihre gemeinsame Zeit. Aber Tims Jähzorn, der nach einem Unfall mit Gedächtnisverlust auftritt, macht es Charlotte bald unmöglich an eine gemeinsame Zukunft zu glauben.

Henrik lernt in Singapur die Asiatin Angelin auf seiner Urlaubsreise kennen. Diese verliebt sich in Henrik. Er empfindet aber nur Freundschaft. Aber auch die scheint zu zerbrechen, da Angelin sehr launisch ist. Er liebt Charlotte immer noch und das wird ihm auf seiner Reise schmerzlich bewusst. Er glaubt allerdings, Charlotte für immer verloren zu haben.

Das Schicksal hat für Charlotte und Henrik aber andere Wege vorgesehen. Als Charlotte völlig verzweifelt keine Rettung mehr für ihre Ehe sieht, wendet sich das Blatt und Henrik ist ihr eine große Stütze.

Die Bücher sind bei Amazon, im örtlichen Handel und über meine Webseite zu beziehen.

Alle Bücher sind auch als E-Book erhältlich.

Besuche mich auf meiner Webseite:

www.sophie-maar.de,

bei Facebook:

http://www.facebook.com/sophie.maar.62

Instagram:

https://www.instagram.com/sophiemaar1/

oder schreibe mir über meine E-Mailadresse:
sophiemaar1@web.de

Und sollte dir mein Buch gefallen haben, würde ich mich über eine positive Bewertung bei Amazon freuen, denn deine Meinung ist mir wichtig!

Viel Spaß beim Lesen!

Deine Sophie Maar